일러두기

1. 번역에 쓰인 원전은 2013년 중국 장강문예출판사에서 출간한 '이월하 문집' 제1판을 사용했다.

2. 맞춤법과 띄어쓰기는 한글맞춤법과 외래어표기법에 따랐다.

3. 한자는 우리말로 표기하고, 꼭 필요한 경우에만 괄호 속에 원음을 병기해 이해하기 쉽도록 했다.

　　예 : 다이곤多爾滾(도르곤)

4. 인명과 지명은 우리말로 표기했다. 단, 이미 굳어진 표현은 원지음을 존중했다.

　　예 : 나찰국羅刹國(러시아). 이후에는 '러시아'로 표기

5. 본문 중의 괄호 안에 뜻을 풀이한 것은 모두 옮긴이의 설명이다.

【제왕삼부곡 제2작】

시진핑 주석이 반부패개혁의 모델로 삼은 황제

옹정황제

4

얼웨허 역사소설

홍순도 옮김

더봄

옹정황제 4권

개정판 1판 1쇄 인쇄   2015년 9월 7일
개정판 1판 1쇄 발행   2015년 9월 10일

지은이   얼웨허(二月河)
옮긴이   홍순도
펴낸이   김덕문

펴낸곳   더봄
등록번호   제2015-000072호
주소   서울특별시 중구 을지로 12길 28, 207호(저동2가, 저동빌딩)
대표전화   02-2264-0148   **팩스** 02-2264-0149
전자우편   thebom21@naver.com
블로그   blog.naver.com/thebom21

ISBN 979-11-86589-30-4 04820
ISBN 979-11-86589-26-7 04820(전12권)

책값은 뒤표지에 있습니다.

1 소태문昭泰門
2 고루鼓樓
3 종루鐘樓
4 팔각비정八角碑亭
5 옹화문雍和門
6 어비정御碑亭
7 옹화궁雍和宮
8 영우전永佑殿
9 법륜전法輪殿
10 연수각延綏閣
11 영강각永康閣
12 만복각萬福閣(만복당)

옹화궁雍和宮

강희제가 황자들을 위한 별궁으로 지었다가, 1694년 넷째 아들 윤진에게 하사하였다. 윤진이 친왕으로 봉해지면서 옹왕부王府로 바뀌었고, 1711년 이곳 여의실如意室에서 후일 건륭제가 되는 홍력弘曆이 태어났다. 1723년 윤진이 옹정제雍正帝가 된 후 행궁으로 승격되어 옹화궁으로 칭해졌다. 옹정제의 사망(1735)으로 궁내에 옹정제의 시신이 안치되었으며, 이로 인해 주요 전각이 황금색 유리 기와로 바뀌었다. 옹정은 황자 시절부터 티베트 불교를 믿었는데, 사후에 건륭제의 명령으로 1744년 남북 480m, 동서 120m로 확장하여 정식 티베트 불교 사원이 되었다. 만복각에 있는 미륵불은 전체 높이가 26m에 달하는 세계에서 가장 큰 단일목 불상으로 기네스북에 올랐다.

옹정황제雍正皇帝

1678~1735. 재위 1722~1735. 강희제의 넷째 아들로 태어나,
강희제의 뒤를 이어 청나라의 5대 황제가 되었다. 즉위 초에 여러 형제들을 숙청하는
비정한 모습을 보였지만 부지런한 점에서는 천하의 으뜸이라고 칭송받을 정도로
정무에 성실히 임하여 건륭제 시절에 세계 최강대국이 되는 기반을 마련하였다.
중국 시진핑 국가주석이 치세의 모델로 삼고 있다고 할 정도로 집권 내내 반부패
개혁을 추진했다. 묘호는 '세종'世宗, '옹정'雍正은 연호이다.

효경헌황후孝敬憲皇后

1679~1731. 옹정제의 정후正后이다. 시호는 효경헌황후孝敬憲皇后이다. 만주정황기
출신으로, 성은 오라나랍烏喇那拉씨이고, 내대신內大臣 비양고費揚古의 딸이다. 1691년
(강희 30년) 당시 패륵인 윤진胤禛의 적복진嫡福晉(정실부인)에 책봉되었다. 훗날 윤진이
황위에 오르면서 그녀 또한 황후에 책봉되었다. 옹정 9년(1731) 9월에 붕어하였다.
옹정제의 제1황자였던 애신각라 홍휘愛新覺羅弘暉를 낳았지만 8세에 요절하고 말았다.

1부 탈궁초정奪宮初政

42장
한치 앞도 알 수 없는 정국

북경은 하늘땅이 뒤집히는 엄청난 충격에 휩싸였다. 하룻밤 사이에 태자가 폐위당한 데다 열셋째 황자 윤상까지 구금되는 초유의 사태가 발생했으니 그럴 만도 했다. 특히 관가는 완전히 발칵 뒤집혔다고 해도 좋았다. 백성들 역시 무슨 불길한 일이 일어나지는 않을까 불안에 떨었다.

그러나 오사도만은 그에 대해 아무것도 모르고 있었다. 4월에 강희가 북경을 떠나자마자 오사도도 윤진의 허락을 받고 외유를 떠났던 탓이었다.

그는 우선 조선漕船을 타고 과주도瓜州渡를 거쳐 강을 따라 거슬러 올라갔다. 그곳에서 구산龜山, 사산蛇山을 유람한 다음에는 호북성에 있는 황학루黃鶴樓에도 올랐다. 수레를 빌려 타고 영남嶺南으로 가서는 성한 사람도 오르기가 그렇게 힘들다는 무이산武夷山에도 올라갔다 내려왔다. 그가 그렇게 주변 한 바퀴를 돌고 사천성 성도로 왔을 때는 이미 9월 말이 돼 있었다.

그가 연갱요와 이위가 사천성 일대에서 일하고 있다는 사실을 모를 리가 없었다. 그러나 그는 심신이 피곤해 머리를 비우고 좋은 산의 기운을 충전하고자 외유를 택한 터였다. 그래서 웬만해서는 사람들을 만나 불편해지는 것이 싫었다. 때문에 아예 연락을 하지 않기로 했었다. 그런데 공교롭게도 두보杜甫의 초당草堂을 둘러보던 중 달랑 30냥 밖에 남지 않은 전대를 그만 도둑맞고 말았다. 낯선 타향에서 달리 어쩔 방법이 없었던 오사도로서는 이위를 찾아가는 수밖에 없었다.

성도成都는 사천성의 성부省府로, 규모도 크고 유명한 도시였다. 때문에 자그마한 현의 아문 같은 것은 수도 없이 많았다. 그러기에 그는 어마어마한 아문의 숲에서 볼 때 눈에 띄지도 않는 미미한 존재라고 해도 좋았다.

오사도는 그곳 박신묘雹神廟의 서쪽에 자리 잡은 뜰이 넓은 단층 건물 앞으로 다가갔다. 멀리서 보면 아름드리 고목으로 살짝 가려져 있는 곳이었다. 아문 문 앞에는 '숙정회피'肅靜回避(고요하고 엄숙한 곳으로 부정한 만남은 피한다는 뜻)라는 팻말이 내걸려 있었다. 대문 안에는 당고堂鼓와 관화官靴 상자가 걸려 있었다. 그것들만 아니라면 여느 중산층 가정집이나 다를 바 없어 보이는 곳이었다.

오사도가 이위가 집무를 하고 있을 현의 아문에 도착했을 때는 미시未時가 채 되지 않은 시각이었다. 족히 40명에서 50명은 될 것 같은 수재들이 아문의 커다란 나무그늘 밑에서 소리 내어 책을 읽고 있었다. 또 일부는 삼삼오오 모여 앉아 귀엣말을 나누고 있었다. 오사도는 1년에 한 번씩 있는 수재들의 연간 시험 기간인가 하는 추측을 할 수 있었다. 그 옛날 자신의 모습을 보는 것만 같아 자기도 모르게 피식 웃음도 터져 나왔다.

그가 아문 앞에 있는 한 아역衙役에게 물었다.

"이 현령을 만나러 왔소."

아역이 오사도의 말투에 즉시 대답했다.

"이 현령은 지금 공문결재처에서 손님을 만나고 있습니다."

오사도는 한사코 아뢰러 가겠다는 아역을 말린 다음 혼자 측문을 통해 안채로 들어갔다.

과연 귀에 익은 이위의 목소리가 들려왔다. 그는 이위 앞으로 가까이 다가갔다. 놀랍게도 이위는 대탁과 마주하고 앉아 있었다. 손님은 다름 아닌 대탁이었던 것이다.

오사도가 성큼 방 안으로 들어서며 환하게 웃으면서 인사를 건넸다.

"대탁, 자네도 여기 있었구먼. 참 기막힌 인연이네!"

"아니! 오 선생께서 여기는 어떻게?"

대탁과 이위가 깜짝 놀라 퉁기듯 일어섰다. 그리고는 황급히 다가와서는 어느새 땀범벅이 돼 있는 오사도를 의자에 눌러 앉혔다. 곧이어 대탁이 나무라듯 말했다.

"이런 날씨에 또 무리해서 강행군을 했군? 그러다 길에서 쓰러지기라도 하면 어쩌려고 그러나! 이 땀 좀 봐! 이제는 그깟 돈 몇 푼 없지도 않을 것 아닌가. 자신을 혹사해도 너무 하는 것 아니야?"

오사도가 천천히 웃으면서 대답했다.

"남자가 호들갑은? 붉고 거무튀튀한 내 얼굴 좀 보게. 얼마나 건강미가 넘치는가! 내가 다리를 저는 장애인만 아니라면 자네들이 나보다 나은 게 뭐가 있어?"

오사도가 너스레를 떨었다. 이어 덧붙였다.

"아, 농담이야. 솔직히 말하면 오는 도중에 노자를 통째로 도둑맞고 말았어. 우리 이 현령이 이 지역의 치안은 확실히 잡았다는 소문에 지나치게 방심하고 돌아다니다가 그만 당한 거지. 마땅히 어디 가서 몸을 의탁할 곳도 없고 해서 찾아왔네!"

이위가 알겠다는 듯 고개를 끄덕이며 오사도에게 차를 따라줬다. 이어 자조 섞인 웃음을 흘리면서 말했다.

"뜻대로 되는 것이 하나도 없네요. 사천성 순무 아문에나 있다면 모를까! 도둑을 우리 현 아문에서 열 명 붙잡았다고 쳐요. 그런데 그중 대여섯 명 이상은 상급 기관에 선을 달고 있어요. 그러면 그냥 풀어주는 수밖에 없다니까요! 위에서 노골적이고 강압적으로 명령을 내리는데, 무슨 뾰족한 수가 있어야죠! 도둑이 관리를 움직이니 정말 망할 놈의 세상이에요. 참다못해 몇 번은 어깃장을 놓았더니 위에 있는 놈들이 나를 아주 눈엣가시처럼 생각하고 있어요."

대탁이 한숨을 지으면서 웃었다.

"자네는 아마도 전생에 죄를 많이 지은 모양이야. 그런 현령을 하는 것을 보니!"

오사도를 비롯한 세 사람이 기분 좋게 웃으며 얘기를 주고받고 있을 때였다. 스무 살 가량 되어 보이는 서무관 차림의 젊은이가 성큼성큼 들어서더니 이위와 대탁 두 사람을 향해 가볍게 고개를 끄덕이며 인사를 했다. 그리고는 바로 이위에게 아뢰었다.

"어르신, 수재들이 다 모였습니다."

"저는 하루하루 이렇게 산답니다. 두 분 어르신, 잠깐 앉아 계십시오. 금방 다녀오겠습니다."

이위가 일어서자마자 벽에 걸려 있던 모자를 눌러썼다. 이어 기지개를 켜면서 가슴께를 만졌다.

순간 그가 깜짝 놀라는 기색을 보였다. 그런 다음 부지런히 안주머니를 뒤져봤다. 그가 고개를 갸웃거리면서 낭패스런 얼굴로 서무관에게 물었다.

"고기탁高其倬, 학정學政(지방 교육행정을 책임지는 관리)이 보내온 시험문제가 자네한테 있나?"

고기탁이 이위의 말에 깜짝 놀라면서 황급히 대답했다.

"그건 밀봉돼 내려왔습니다. 때문에 받자마자 어르신께 드렸잖습니까? 왜요, 없어졌어요?"

이위가 당황한 표정을 짓더니 소매 속을 비롯해 안주머니까지 뒤져보며 한바탕 난리를 피웠다. 나중에는 장화 속까지 털어보았다. 그러나 시험문제는 어디에도 없었다. 고기탁이 그런 이위를 한참 바라보더니 웃으면서 말했다.

"어르신께서 시험문제를 뜯어보셨잖아요? 시험문제라고 해봤자 제목 한 줄이 고작일 텐데요. 기억하실 것 아닙니까? 종이 한 장 잃어버렸다고 문제될 것은 없잖아요."

"뜯어보기는 했지. 하지만 내 머릿속에는 아무것도 들어 있지 않으니까 그러지."

이위가 의자에 털썩 주저앉아 두 손으로 머리를 감싸 쥐었다. 고개를 이리저리 갸웃거렸다. 나중에는 머리를 쥐어박으면서까지 생각을 떠올리려 안간힘을 썼다. 한참 후에야 그가 겨우 뭔가 단서를 잡은 듯 말했다.

"아무튼 첫 번째 글자는 '마'馬자였던 것 같아. 그런데 그게 도대체 어디로 간 거야?"

오사도는 이위가 주관하는 시험이 성省의 학정이 성 전체의 수재들을 대상으로 보는 전체시험의 일종이라는 사실을 잘 알고 있었다. 또 밖에서 기다리는 수십 명의 수재들이 들고 일어나면 사태는 수습할 길 없이 커진다는 것 역시 모르지 않았다. 그래서 그도 이위 못지않게 당황했다.

그때 고기탁이 다시 웃으면서 말했다.

"침착하게 잘 생각해보세요. 사서四書에서 출제하는 것쯤이야 이미 다 아는 사실이잖아요. 또 사서에는 '마'馬에 관한 내용이 한정돼 있잖아요. 혹시 '백성문왕거마지음'百姓聞王車馬之音(백성이 왕의 거마 소리를 들었다는 의미) 아니었나요?"

이위가 고기탁의 말에 고개가 떨어져 나가라 신경질적으로 흔들어 댔다. 그리고는 괴롭다는 표정을 한 채 말했다.

"아니야, 아니야."

"그러면 혹시…… '견마犬馬에 관해서'라는 제목 아닐까요?"

이위가 계속 고개를 가로저었다. 점점 실망한 어조로 입을 열었다.

"아니야. 아무튼 '마'자가 첫 글자야!"

고기탁이 고개를 갸우뚱한 채 생각에 잠기더니 갑자기 뭔가 떠오른 표정을 지었다. 이어 자신만만한 표정으로 무릎을 탁 쳤다.

"알겠습니다."

고기탁으로 말을 마치고는 책상 앞으로 달려간 다음 붓을 들었다. 그리고는 '마부진야'馬不進也라고 적었다. 이어 자신만만한 어조로 물었다.

"바로 이거죠?"

오사도와 대탁은 고기탁의 영민함에 속으로 찬사를 보냈다. 그러나 이위는 여전히 고개를 저었다.

"아니. '마' 뒤에 글씨가 이것보다는 훨씬 더 많았어."

고기탁도 점점 지쳐갔다. 이위는 윤진이 책을 읽지 않는다고 혼을 낼 때마다 이리저리 피해 다니면서 책읽기를 게을리 한 것이 후회된다는 듯 울상을 지어 보였다.

그러다 갑자기 이마를 치면서 일어섰다. 그리고는 두루마기를 마구 걷어붙이고는 허리춤을 뒤적였다. 아나나 다를까, 몇 겹으로 접은 종이 하나가 비상금처럼 숨겨 놓았을 법한 은표 한 장과 함께 들어 있는 것이 보였다.

이위의 입은 어느새 귀에 가 걸렸다. 좌중의 사람들은 이위가 펼쳐든 종잇장의 시험 문제를 보고는 허탈한 웃음을 짓지 않을 수 없었다. 그것은 '마'자가 아니라 '언'焉자였던 것이다. 즉 '후생가외 언지래자지불여금야'後生可畏 焉知來者之不如今也(후세대를 두려워하라. 후대에 올 사람들이 지금과 같지 않을 것을 어찌 알겠는가?)라는 공자의 말에 나오는 글자였다.

이위는 고기탁과 함께 황급히 달려나갔다. 오사도가 그런 이위의 뒷모습을 보면서 아쉬움을 토했다.

"인품이나 여러모로 봤을 때 사람은 흠잡을 데 없이 좋지. 넷째마마께서도 좋게 보셨더라고. 책을 많이 읽어 지적인 수양만 쌓으면 크게 될 인물이라면서 칭찬을 아끼지 않으셨어!"

오사도가 말을 마치고는 내내 말이 없는 대탁을 향해 고개를 돌렸다. 그리고는 관심이 잔뜩 묻어나는 어조로 물었다.

"내가 보기에 자네는 무슨 걱정이 있는 것 같군? 이곳 사천에는 무슨 일로 왔는가?"

대탁이 오사도의 질문에 숨길 것이 없다는 표정을 한 채 숨을 길게 내쉬면서 대답했다.

"이틀 전에 도착해 이미 연갱요도 만났어. 지금 우리 장주漳州에는 소금 운반에 필요한 말이 부족해. 그래서 사천성의 차茶를 청해靑海성으로 가져가서 말로 바꿔오려고 했어. 그랬더니 연갱요가 그럴 게 뭐 있느냐면서 자기 군중에서 사백 필을 선뜻 내주더라고? 나로서는 눈물 나게 고마웠지! 그러다 우연히 연갱요가 여덟째마마와 넷째마마한테 보내려고 준비해둔 선물 꾸러미를 보게 됐어. 그런데 양쪽을 완전히 똑같은 걸로 마련했더라고. 영 기분이 찜찜하지 않겠어? 어쩌면 넷째마마께 충성하기 위해 선물을 준비하면서 여덟째마마 것도 똑같은 것으로 할 수가 있느냐 이 말이야! 저녁에 은근슬쩍 물어보기는 했어. 그제야 열셋째마마께서 연금 당했다는 말도 하는 것 아니겠어?"

오사도의 얼굴이 대탁의 말에 순간적으로 굳어졌다. 그가 소스라치게 놀라면서 다그쳐 물었다.

"무슨 일로 연금을?"

대탁이 고개를 저으면서 대답했다.

"잘 모르겠어. 더 충격적인 것은 태자마마가 또다시 폐위 당했다는 사실이야. 조정에서는 여덟째마마를 육경궁의 새 주인으로 앉히려는 움직임이 대단한 것 같아!"

"연갱요 그 사람한테 관보官報가 있었어?"

오사도는 극도로 경악했다가 빠른 속도로 마음을 진정시켜가고 있었다. 곧이어 천장을 물끄러미 바라보면서 뭔가를 골똘히 생각하더니 다시 입을 열었다.

"새로운 태자를 천거하라는 내정의 밀지密旨가 이미 내려졌다는 소리는 없었는가?"

대탁이 시름에 잠긴 어조로 대답했다.

"그런 말도 없었을 뿐만 아니라 나도 묻지 않았어. 사실 따지고 보면 연갱요만큼 넷째마마의 총애를 받는 사람도 없어. 그럼에도 여덟째마마한테 잘 보이려 하고 있어. 그런 것을 보면 사태는 훨씬 심각한 것 같아! 도대체 이 일을 넷째마마께 아뢰어야 하는지 감이 잡히지 않아."

오사도가 눈빛을 예리하게 반짝였다. 뭔가 생각하는 눈치였다. 그리고는 침착하게 입을 열었다.

"자네가 나한테 이 모든 것을 털어놓았다는 것은 나를 진정한 친구로 생각했기 때문이라고 봐. 친구 사이에는 다른 것 없어. 의리 하나로 통하게 돼 있어. 넷째마마께서는 자네한테 각박하게 대한 적이 없는 것으로 알고 있어. 그분은 은혜를 알 뿐만 아니라 반드시 보답하는 성격이야. 그러니 무슨 일이 있더라도 넷째마마에게 등을 돌려서는 안 돼. 연갱요의 일은 우리가 놀라 천방지축 뛸 일은 아닌 것 같아. 현 시점에서 급선무는 넷째마마의 마음을 편하게 해드리는 거야!"

대탁이 말없이 오사도를 똑바로 쳐다봤다. 약관의 나이에 만나 20년 동안 생사고락을 같이 해온 그의 지혜가 자신보다 훨씬 위에 있다는 사실에 대해 진심으로 탄복하는 눈치였다. 그가 곧 한숨을 내쉬면서 말했다.

"자네 말대로 하지. 그런데 이렇게 멀리 떨어져 있으면서 상황 파악도 제대로 못하는데 어떻게 넷째마마를 도울 수 있겠는가?"

오사도가 미간을 찌푸린 채 구름 한 점 없는 가을하늘을 바라보면서 말했다.

"연갱요를 만나지 않으려고 했었는데……, 반드시 만나야겠군. 자네는 지금 즉시 넷째마마께 편지를 써서 두 가지 얘기를 전달하게. 우선 자네가 무이산에 갔었다고 하게. 그곳에서 대단한 신통력을 자랑하는 도사를 우연히 만났다고도 말씀드려. 그리고는 몰래 넷째마마의 생신팔자生辰八字를 대면서 운명을 물었더니, 황제를 의미하는 '만자호'萬字號가 틀림없다는 말을 했다고 하라고. 그 다음 두 번째로는, 자네가 성도에서 나를 만났다고 해. 이어 내가 곧 북경으로 돌아갈 예정이라고 하라고. 그리고는 내가 저녁에 천상天象을 봤는데, 넷째마마에게 당분간 작은 액이 낀 것 같다고 하더라고 말씀드려. 당연히 침착하게 은인자중하고 있으라고 전하게. 낙관은 열흘 이전으로 당겨 적게. 넷째마마로 하여금 자네가 북경에서 일어난 사건에 대해서는 전혀 모르고 있는 상태에서 이 편지를 썼다는 것을 믿게 하기 위해서야."

그러자 대탁이 편지지와 먹물을 준비하면서 물었다.

"편지 쓰는 것은 쉬워. 그런데 어떻게 보내지?"

오사도가 고개도 돌리지 않은 채 대답했다.

"강아지한테 맡기게."

대탁이 다시 물었다.

"자네는 연갱요를 만나야겠다고 했어. 꼭 그렇게 해야 할 이유라도 있는 것인가?"

오사도가 갑자기 몸을 홱 돌렸다. 이어 차갑게 내뱉었다.

"나는 그 사람에게 분명히 못 박아 둘 것이 있어. 배신은 곧 죽음을 의미한다는 사실을 말이야. 넷째마마에게 치명적인 약점이 잡혀 있다는 사실을 그 사람에게 상기시켜줄 필요도 있고! 나는 연갱요 그 사람에게 호위병을 붙여달라고 할 거야. 그래서 밤낮 없이 강행군을 해서 북경의 넷째마마 곁으로 하루라도 빨리 돌아갈 거야!"

대탁이 다시 뭐라고 물으려고 할 때였다. 이위가 마치 덜 떨어진 사람처럼 히죽히죽 웃으면서 걸어오고 있었다. 그는 짐짓 편지 쓰는 데 몰두하는 척을 하고 바로 입을 다물었다.

그런데 이위가 안으로 채 들어서기도 전에 오사도가 먼저 입을 열어 물었다.

"강아지, 닷새 이내에 북경으로 전달해야 하는 중요한 편지 한 통이 있어. 무슨 뾰족한 수가 없겠나?"

이위가 생각할 것도 없다는 듯 통쾌하게 대답했다.

"당연히 있죠. 넷째마마께서 하사하신 회중시계를 팔아 천마天馬(사천성의 명마) 한 필을 산 지 얼마 되지 않았거든요? 그놈은 하루에 자그마치 팔백리를 달려도 끄떡없더라고요! 그 바람에 요즘은 취아가 돈이 없다고 매일 바가지를……."

그러자 오사도가 이위의 말허리를 자르면서 말했다.

"알았어! 그러면 그 서무관이라는 친구를 보내면 되겠군! 한번 불러와 봐. 내가 따로 할 말도 있어!"

오사도는 그날 밤 사경四更 무렵 연갱요의 행원行轅을 나와 중경重慶으로 향했다. 이어 양양襄陽, 완락宛洛을 거쳐 한단邯鄲 옛길로 북상하기로 했다.

연갱요는 호위병을 붙여달라는 오사도의 요청을 흔쾌히 들어주었다. 십여 명에 이르는 그들은 모두들 연갱요의 부하들로 힘깨나 쓰는 장사들이었다. 그래서 그런지 아무리 풍찬노숙을 하면서 새벽부터 밤 늦게까지 쉬지 않고 먼 길을 걸어도 누구 하나 불평불만을 토로하는 이가 없었다.

하기야 오사도가 수레를 메는 아침에 100냥, 수레를 내려놓는 저녁에 100냥 등 하루에 돈을 200냥씩이나 뿌리듯이 줬기 때문에 그런 것도 없잖아 있었다. 그렇게 해서 오사도 일행은 출발 20여 일만에 순조롭게 북경 교외의 풍대豊臺라는 지역에 도착할 수 있었다.

"드디어 해냈군!"

오사도가 호위병들의 어깨를 짚고 위태위태하게 수레에서 내리면서 안도의 숨을 내쉬었다. 이어 빛깔만 봐도 대충 시간을 알 수 있는 하늘을 천천히 올려다봤다. 어느새 신시申時가 다 되어가는 시각인 듯했다.

그는 사전에 약속한 대로 주용성이 정양문에서 기다리고 있을 것이라는 생각에 동행한 호위병 대장을 불러 말했다.

"자네들 덕분에 무사히 도착하게 돼서 대단히 고맙게 생각하네. 생각 같아서는 여기까지 온 김에 북경의 곳곳을 안내하고 구경시켜 주고 싶어. 그러나 자네들도 군에 매인 몸이니 빨리 돌아가 봐야지! 나는 집 앞에 당도했으니 걱정하지 말고 돌아가게."

그러자 대장이 웃으면서 대답했다.

"연 군문께서 어르신의 명령에 전적으로 복종하라고 하셨습니다. 어르신 말씀이 그러시니 저희들은 곧바로 내려가겠습니다. 그러면 무사히 도착했다는 글을 몇 자라도 적어 주십시오."

오사도가 대답했다.

"그렇지 않아도 미리 생각하고 어제 저녁 편지를 써 놓았네. 이걸 가져가면 연 군문이 상을 두둑하게 내릴 거네."

오사도가 말을 마치더니 주머니에서 미리 써두었던 편지를 꺼냈다. 이어 대장의 손에 쥐어줬다.

오사도는 풍대에서 가마 하나를 빌려 곧장 북경으로 향했다. 그는 가마를 타고 가는 도중에 경사京師의 가마꾼들은 역시 다르다는 생각을 했다. 굵직한 팔뚝 힘만 자랑하면서 무식하게 들었다 났다 하는 사천성의 가마꾼들과는 달리 발걸음을 떼어놓는 보폭이 한결 같은 그야말로 실력이 뛰어났던 것이다. 게다가 느리지도 않고 지나치게 빠르지도 않았다. 편안한 느낌이 잠을 저절로 불러올 정도였다.

그뿐만이 아니었다. 탁자 위에 찻잔을 올려놨음에도 찻물이 밖으로 단 한 방울도 튀지 않았다. 전혀 흔들림이 없다는 얘기였다. 가마꾼들은 그처럼 타의 추종을 불허할 정도로 실력이 뛰어났으며 손님을 대하는 태도 역시 깍듯했다. 오사도는 속으로 연신 감탄을 금치 못했다.

때는 가을이 임박한 계절이었다. 창밖의 가을풍경은 언제 보나 따스하고 평화로웠다. 높고 맑은 하늘을 비롯해 시리도록 새파란 호수 위에 가녀린 몸짓을 하는 갈대의 운치가 눈부신 날이었다. 그러나 가마 안의 오사도는 바깥 경치나 구경하고 있기에는 마음의 여유가 전혀 없었다. 머릿속이 복잡해서 생각해두어야 할 것이 한두 가지가 아니었다.

오리무중 같은 정국을 어떻게 헤쳐 나갈 것인가? 고기탁과 주용성은 접선을 했을까? 주용성을 만나지 못한다면 바로 옹친왕부로 향할 것인가, 아니면 하루쯤 다른 곳에 묵었다 들어가는 것이 좋을 것인가? 그는 그런 생각들을 하고 있었다.

……가마는 오사도가 깊은 시름에 잠겨 있는 동안에도 계속 달려 얼마 후 북경성에 들어섰다. 오사도는 밖으로 얼굴을 살짝 내밀었다. 언제 봐도 우중충하게 무거워 보이는 서편문의 전루箭樓가 눈에 들어왔다. 순간 그는 가슴이 쿵쿵 뛰는 것을 주체하지 못했다. 그가 가마 밖으로 고개를 내민 채 지시했다.

"정양문의 관제묘로 가게."

오사도가 정양문 앞에서 내렸을 때는 주위에 어둠이 깔리기 시작했다. 그곳의 관제묘關帝廟는 대낭묘大廊廟와 연결돼 있었다. 또 북쪽은 꽃시장과 인접해 있었다. 날마다 문전성시를 이루는 데는 다 이유가 있었다.

오사도는 마치 북경에 처음 온 촌사람처럼 주위를 둘러봤다. 술집 가녀歌女들로 보이는 여자들이 삼삼오오 떼를 지은 채 향긋한 연지냄새를 풍기면서 석양에 물든 거리를 걷고 있는 모습이 가장 먼저 눈에 들어왔다. 어디론가 목적지를 두고 가는 듯했다. 또 길가에는 초롱불이 하나둘씩 밝혀지고 있었다.

그가 수없이 어깨를 스치고 지나가는 사람들 사이에서 멍하니 서 있을 때였다. 등 뒤에서 누군가의 목소리가 들려왔다.

"오 어른, 여기 계셨군요. 오래 기다리게 하시네요!"

"오, 묵우墨雨 자네구만! 누가 할 소리를 하는가? 내가 얼마나 눈이 빠지게 기다렸는데! 왜, 주용성은 나오지 못한다고 하던가?"

오사도가 윤진의 서재에서 시중드는 묵우를 발견하고는 안도의 한숨을 내쉬면서 반색을 했다. 주용성보다 나이는 어려도 영악하고 약삭빠른 묵우가 대답했다.

"저하고 주 대장이 번갈아가면서 나흘째 지키고 있는 중이었습니다. 실은 아까 가마에서 내리실 때부터 보고 있었습니다만 고복이 그 계집년하고 저쪽 술집에 있기에 혹시 들킬까봐 감히 나오지 못했던 겁니다."

오사도가 묵우의 말에 알겠다는 듯 고개를 끄덕였다.

"그래, 잘했어. 어서 가자고."

묵우가 앞에서 사람들을 헤치며 안내를 했다.

"다 준비해 놨습니다. 송씨 식당의 깨끗하고 안전한 곳에다 방을 얻어놓았거든요. 그런데 왜 옹친왕부를 코앞에 두고 이러시나요? 주 대장도 의아스러워 하더라고요. 웬만하면 집에 들어가시죠?"

오사도가 묵우를 따라 부지런히 발걸음을 옮겨놓으면서 말했다.

"내가 지금 하는 말을 명심해라. 진정한 인간이 되려면 자유롭지 못한 현실을 감내할 줄 알아야 해. 제멋대로만 사는 사람은 절대 진정한 인간이 될 수 없다는 것을 말이야. 속 편한 것만 추구했다면 나는 아마 장사를 했을 거야. 그래도 먹고 사는 데는 지장이 없었을 거고."

오사도와 묵우는 말을 주고받으면서 식당으로 들어섰다. 묵우는 식당주인이 보는 앞에서도 오사도를 깍듯하게 예우했다. 그래서일까, 주인 역시 황급히 더운 물수건을 가져오는 등 오사도에게 공손히 대했다.

오사도는 그것으로 손과 얼굴을 대충 문질렀다. 이어 묵우가 주인에게 황주와 저녁을 차려달라고 부탁했다. 더불어 오사도에게는 잠시 누워 있으라면서 이부자리를 펴줬다.

그때 주인이 어느새 저녁상을 마련해 들고 올라왔다. 따끈하게 데운 황주에 양고기 칼국수, 네 가지 간단한 볶음요리가 차려진 저녁상은 무척 깔끔해 보였다. 깨가 들어있는 빵도 있었다.

"황주는 볶음요리를 안주삼아 자네가 마시게. 나는 칼국수 하나면 돼. 술을 마시면 잠을 못 자거든. 그래 물건은 가져 왔나?"

오사도가 물었다. 그의 말이 떨어지자마자 묵우가 바로 입 안 가득 빵을 뜯어 넣었다. 배가 무척 고픈 모양이었다. 곧이어 묵우가 손가락으로 보자기를 가리키면서 대답했다.

"이번 달의 관보와 넷째마마께서 결재하신 문서, 또 폐하께서 결재해 내려 보내신 주장奏章들이 전부 들어있습니다. 주용성 대장이 그러더군요. 얼른 보시고 날 밝기 전에 빨리 서재에 도로 갖다놔야 한다고요. 넷째마마께서는 서류 한 장 없어진 것도 귀신같이 눈치채신다고 하더라고요!"

오사도가 고개를 끄덕이면서 웃었다.

"그럼 당연하지. 그러나 내가 있는 한 자네들이 욕을 보게 되는 일은 없을 거야."

오사도는 저녁상을 물리고 난 다음 바로 보자기를 풀었다. 그리고는 하나씩 훑어보면서 중요하다고 생각되는 문서들만 골라냈다. 그가 천천히 입을 열었다.

"그래 요즘 들어 넷째마마의 기분은 보기에 어떤 것 같은가? 건강도 괜찮고?"

"어디 편찮으신 것 같지는 않습니다. 그러나 성질을 부릴 때가 많아졌습니다. 늘 얼굴을 길게 늘어뜨리고 무서운 표정을 짓고 있습니다. 그러니 보는 사람마다 멀찌감치 도망다닐 수밖에요. 성음과 문각 두 스승님한테도 마찬가지였습니다. 지난번 청우재淸雨齋에서 두 사람이 넷째마마께 오 선생한테서 소식이 없느냐고 물은 적이 있습니다. 그때 넷째마마께서는 냉소를 흘리면서 '자네들이 나에게 물으면 나는 누구한테 물으라는 말인가?'라고 말씀하시면서 버럭 화를 내셨습니다. 제가 바로 옆에서 봤습니다."

묵우가 대답했다.

"그리고 또?"

오사도가 독촉하듯 다시 물었다.

"그러나 고기탁인가 뭔가 하는 사람이 다녀간 후로는 기분이 많이 좋아지신 것 같았습니다. 한가지 이해가 되지 않았던 것은 그때 넷째마마께서 그 고 아무개인가 하는 사람한테 상다리가 부러지게 저녁까지 대접했다는 사실입니다. 솔직히 제가 여기 이렇게 오래 있었어도 누구 하나 넷째마마로부터 그런 최상급의 대우를 받는 것은 본

적이 없었습니다. 그날 이후로 오 어른께서 북경으로 곧 돌아올 것이라는 소문이 나돌았어요. 넷째마마께서는 하루에도 몇 번씩이나 오선생의 편지가 없느냐면서 물어오셨고요. 그때 저희들은 오 어른이옹친왕부의 기둥 역할을 하신다는 것을 다시 한 번 깨닫게 됐죠. 부탁입니다, 어서 집으로 들어오세요, 예?"

묵우가 오사도의 질문에 대답을 하고 나서는 간청하듯 말했다. 그러나 오사도는 조용히 듣고 나서 아무 대답도 하지 않았다. 그저 듣고 있던 문서를 내려놓으면서 길게 한숨을 쉴 뿐이었다. 한참 후 그가 대답과는 관계없는 말을 입에 올렸다.

"잘 들었네. 자네도 여기 오래 있어봤자 좋을 것은 없으니, 가서 주용성에게도 말해. 굳이 올 필요 없다고 말이야. 그저 성음이 그날의관보를 가지고 한 번씩 다녀가면 족하겠어. 자네와 주용성, 문각은넷째마마와 같이 하는 시간을 많이 만들어 즐겁게 해드리라고. 길어야 이틀 후면 나도 왕부로 들어갈 것이네. 상황이 어느 정도 파악되면 곧 넷째마마를 만나 뵐 거니까 걱정하지 말게."

묵우가 다시 입을 열었다.

"주 대장이 이미 고복에게 얘기해서 제게 휴가를 얻어줬어요. 저는여기에서 오 어른의 시중을 들 거예요. 몸도 성치 않으신데 곁에 아무도 없어서는 안 되죠. 저는 밖에서 눈 좀 붙이고 있을 테니 일이있으면 불러주세요."

묵우가 말을 마치고 밖으로 나갔다. 오사도는 생각을 정리하느라날이 거의 밝아서야 겨우 눈을 붙일 수 있었다.

그로부터 연 나흘 동안이나 오사도는 송씨의 식당에서 한 발자국도 떠나지 않았다. 문각과 성음은 황자들의 움직임에 관한 소식을 기가 막히게도 제때제때 알려줬다.

6일째 되는 날이었다. 오사도가 드디어 마음의 결정을 내린 모양이었다. 아침 일찍 일어나 소금물로 양치질을 하면서 묵우를 향해 지시했다.

"수레 하나 빌려와라. 우리도 이제 집에 돌아가도 되겠구나."

묵우가 기분이 좋아서 달려나가더니 바로 수레 하나를 불러왔다. 그러나 수레에 올라탄 오사도는 수레꾼에게 옹친왕부가 아닌 조양문으로 갈 것을 명령했다.

"옹화궁으로 가시지 않고요? 조양문에는 염친왕부밖에 없는데요!"

묵우가 깜짝 놀라며 말했다. 오사도가 시무룩한 얼굴을 한 채 수레를 재촉하면서 대답했다.

"오랜만에 염친왕부가 보고 싶어서 그래."

묵우는 의혹이 꼬리에 꼬리를 무는 것을 억누를 수가 없었다. 그러나 이유를 물어봤자 소용이 없다는 것을 잘 알고 있었기에 입을 다물었다.

오사도와 묵우가 조양문에 위치한 운하 부둣가에 도착했을 때는 진시辰時가 다 된 시각이었다. 운하의 수면은 잔잔하니 거울처럼 맑았다. 어느새 표면은 살짝 살얼음이 얼고 있었다.

부두에는 사람도 거의 없었다. 그러나 부두 맞은편의 웅장하고 거대한 염친왕부 앞은 때아닌 문전성시를 이루고 있었다. 무슨 잔치가 열리는 날 같았다.

그래서 그런지 알록달록한 각양각색의 옷차림을 한 사람들과 관개冠蓋(높은 벼슬아치가 타고 다니던 말 네 필이 끄는 수레)들이 마치 구름 같이 많아 보였다. 가마의 경우 명교明轎(봄맞이용 가마), 난교暖轎(발을 내려 안이 따뜻한 가마), 타교馱轎(노새를 비롯한 동물이 끄는 가마)에서부터 일반 가마에 이르기까지 그야말로 없는 것이 없었다. 수레의 행렬도 대략 비슷했다. 한마디로 가마와 수레 행렬의 끝이 보이지 않을 정도였다.

염친왕부에 몰려든 사람들은 대문 좌우에 마련된 천막에까지 운집해 음식을 즐기고 있었다. 먼발치에서 이제는 문을 닫은 만영전당포와 염친왕부를 번갈아보던 오사도의 입가에 갑자기 차가운 미소가 서서히 번졌다.

묵우가 그런 그의 표정을 지켜보더니 웃으면서 말했다.

"우리가 여기는 왜 왔죠? 봐 봤자 별다른 것이 없어 보이는데……, 그만 가시죠."

"아니야, 뭔가 이상해. 문각이 그저께 와서 여덟째마마는 요즘 손님을 일절 만나지 않고 두문불출하고 있다고 했거든. 그런데 이건 뭐야? 자네가 가서 슬쩍 알아보고 오게."

오사도가 눈을 가늘게 뜨며 지시했다. 묵우가 쏜살같이 달려가 기웃거리고 오더니 아뢰었다.

"오늘이 여덟째마마 복진의 생일이라고 합니다. 그러나 찾아온 사람들 중에 관리들은 하나도 없다고 하네요. 각 왕부의 복진과 시첩들이 많이 찾아온 것일 뿐이라고 하는군요."

오사도가 알겠다는 듯 웃었다. 이어 그만 가자면서 묵우를 수레 쪽으로 끌었다. 바로 그때였다. 서쪽에서 하녀 한 명이 보자기 하나를 안고 오사도를 향해 걸어오더니 인사를 올렸다.

"혹시 오 어르신이 아니옵니까?"

오사도가 어리둥절한 표정을 지은 채 고개를 끄덕였다.

"맞네. 그런데 무슨 일인가?"

"소녀의 마님께서 멀리서 보기에 꼭 마님의 친척분 같다면서 가보라고 하셨사옵니다. 성이 맞는 것을 보니 틀림없는 것 같습니다. 잠깐 소녀를 따라와 주실 수는 없겠습니까?"

오사도는 연신 이상하다는 생각을 하면서 하녀를 따라갔다. 곧 몇 발자국 떨어지지 않은 곳에 붉은 담요가 덮인 난교가 그의 눈에 들어왔다. 양옆에는 어멈인 듯한 여자가 두 명 서 있었다.

오사도는 잘못 왔다는 생각에 고개를 저으면서 돌아서려고 했다. 바로 그때 난교의 주렴이 흔들리더니 젊은 여인이 장밋빛 적삼과 땅에까지 닿는 긴 치마를 받쳐 입은 채 가마에서 사뿐히 내렸다. 이어 오사도를 향해 허리 굽혀 인사를 하면서 기어들어가는 목소리로 말했다.

"동생, 나야."

그녀는 다름 아닌 오사도의 첫사랑인 김채봉이었다. 한때는 바라보는 것만으로도 가슴이 부풀어 오르던 그 살구 모양의 두 눈, 실버들 같은 눈썹, 입가에 찰랑이는 복점 하나……. 어느 것 하나 그의 뇌리에서 떠난 적이 없었던 그녀의 특징이었다.

오사도는 흠칫 놀랐다. 그러나 이내 어색하게 상황을 얼버무리면서 간신히 입을 열었다.

"아……, 나는 또 누구라고!"

김채봉은 애절한 눈빛으로 자꾸만 외면하는 오사도의 얼굴을 요리조리 뜯어봤다. 그러더니 한참 후에야 고개를 떨어뜨린 채 한숨을 내쉬며 말했다.

"지금 옹친왕부에 있다고 들었어."

"그래."

"얼굴이 괜찮아 보이네."

"그래."

오사도와 김채봉은 간신히 몇 마디를 주고받고는 다시 긴긴 침묵에 빠지고 말았다. 마치 약속이라도 하듯 눈빛은 얼음이 엷게 긴 운하의 수면 위를 바라보고 있었다. 그러기를 얼마나 했을까, 김채봉이 다시 더듬거리면서 입을 열었다.

"그동안 쭉 궁금한 것이 하나 있었어. 왜…… 그날 저녁 그렇게 큰비를 맞으면서 급히 떠났기에……. 궂은 날씨에 길이 험했을 텐데……. 별탈 없이 잘 갔는지 해서……."

"지금에 와서 그게 왜 궁금해?"

오사도가 김채봉의 말에 갑자기 냉소를 흘렸다. 이어 더욱 싸늘해진 어조로 말을 이었다.

"왜 그랬느냐고? 살아야 했으니까! 도마 위에 꼼짝 없이 올라간 생선도 살겠다고 팔딱거리는데……! 왜? 내가 아직 목숨이 붙어 있는 것이 신기해? 그러나 이제는 날 어떻게 해보려 해도 그리 쉽지는 않을 걸? 그리고 누나도 남편이 있고, 나도 섬기는 주인이 있는 사람이야. 각자의 길이 있는데 무슨 일로 나를 보자는 거지?"

김채봉이 오사도의 싸늘한 어조에 고개를 푹 떨어뜨렸다. 이어 두 눈에서 구슬 같은 눈물을 뚝뚝 흘렸다. 얼마 후에는 작은 목소리로 미안하다는 요지의 말을 중얼거렸다.

"……나는 평생 너에 대한 죄스러움에 가슴 졸이면서 살 거야. 용서는 하지 않아도 좋아. 나는 남자들의 일은 잘 몰라. 그러나 내가 듣기에 넷째마마는 성격이 보통이 넘는다고 했어. 고향에 돌아가도 먹고 살만한 집안이잖아! 몸도 성치 않은데……, 여기에서 이렇게 고생하지 말고 집에 돌아갔으면 좋겠어……."

오사도가 김채봉의 말이 끝나기도 전에 고개를 들었다. 그리고는 하늘을 쳐다보면서 크게 웃었다. 섬뜩한 웃음이었다. 그가 얼마 후 웃음을 뚝 그치고 말했다.

"걱정해줘서 정말 눈물 나게 고맙군! 넷째마마건 여덟째마마건 나를 데려가는 사람은 그저 심심풀이 상대로 대해. 때문에 설령 재화災禍가 가득한 집이라도 나 같은 절름발이에게는 불똥이 튀지 않아. 그러니 걱정 붙들어 매시지 그래."

오사도는 말을 마치자마자 고개를 숙인 김채봉을 뒤로 한 채 지팡이 소리를 크게 내면서 앞을 향해 걸었다. 김채봉은 그 자리에 붙박인 듯 멀어져가는 오사도를 한참이나 바라보고 있었다. 묵우가 뒤따라오면서 물었다.

"괜찮게 사나 보네요. 누구 부인인가요?"

"개한테 시집갔으면 개 부인, 닭한테 갔으면 닭 부인 아니겠어? 쓸데 없는 생각하지 말고 어서 풍만정으로 가자."

오사도가 냉소를 머금으며 내뱉었다. 웃음이 얼어붙은 운하보다 더 차가워보였다. 가마는 이미 그의 눈에서 거의 사라져서 보이지 않았다.

윤진은 오후가 되자 상서방을 떠나 집으로 돌아왔다. 원래는 호부와 형부에 들러 당관들의 보고를 받은 다음 이후 업무에 대한 지시를 내리고서야 집으로 가는 것이 정해진 일정이었으나 이날 만큼은 달랐다. 웬일인지 가슴이 터져버릴 것만 같이 복잡하고 짜증스러웠기 때문이었다. 게다가 상서방에서 셋째 윤지가 자신이 만든《고금도서집성》에 대해 한바탕 일장 연설을 늘어놓은 것도 그를 더욱 짜증나게 했다.

옹친왕부의 문지기들은 그 시각 열심히 지패놀이를 하느라 방 안에서 한데 어울려 있었다. 윤진이 이런 시간에 집에 올 것이라고는 생각지도 못했던 것이다.

아니나 다를까, 주인이 돌아온 줄도 모르고 놀이에 빠져 있는 문지기들의 모습을 본 윤진은 얼굴을 한껏 일그러뜨렸다. 주용성에게 말고삐를 던져주고는 얼음이 뚝뚝 떨어지는 매서운 눈빛을 한 채 반쯤 열린 문틈으로 문지기들을 노려봤다.

주용성은 곧 날벼락이 떨어질 것이라는 사실을 모르지 않았다. 그래서 미리 힘껏 고함을 질렀다.

"이것들이 환한 대낮에 모여 앉아 뭐하는 거야! 눈깔은 가죽이 모자라 찢어 놨어? 넷째마마께서 돌아오셨잖아?"

문지기들은 주용성의 호통에 깜짝 놀라 고개를 쳐들었다. 순간 하나같이 기절할 듯 놀라서 어쩔 줄을 몰라 했다.

그중 하나가 황급히 지패를 화롯불에 집어던지고는 무릎을 꿇었다. 그제야 그들은 하나둘씩 무릎을 꿇었다. 불호령이 떨어지기만을 기다리는 모습이었다. 그들은 윤진의 작은 기침에도 어깨를 들썩거리기까지 했다.

얼마 후 그들 중에서 나이가 가장 많은 황씨가 덜덜 떨면서 고개를 조아린 채 말했다.

"넷째마마, 하도 심심해서 잠깐 놀았을 뿐입니다. 다시는 감히 일하는 시간에 이런 짓을 하지 않겠다는 맹세를 하겠습니다."

"일하는 시간에는 다시 하지 않겠다고? 고복 어디 갔어? 불러와!"

윤진이 이를 악물며 명령했다. 그러자 문지기 하나가 바로 조심스럽게 입을 열었다.

"아침 먹고 나갔는데 아직 들어오지 않았습니다. 세자마마의 책을 사러 간다고 했습니다."

문지기의 말이 끝나는 순간이었다. 홍시를 비롯해 홍주, 홍력 세 아들이 월동문에서 걸어 나오다 윤진을 발견했다. 그들은 재빨리 까치

발을 들고 몰래 동쪽 서재로 들어가려고 했다. 윤진은 그 모습이 우습기도 했으나 습관적으로 울컥 화가 치솟았다. 급기야 버럭 고함을 지르고 말았다.

"거기 서지 못해? 이리로 오라고!"

홍시를 비롯한 윤진의 세 아들은 마치 물건을 훔치다 발각된 것처럼 뚝하고 멈춰섰다. 이어 서서히 몸을 돌려 조금씩 발걸음을 옮겨 윤진에게 다가갔다. 그리고는 윤진의 옆에 시립했다. 그러자 윤진이 냉소를 흘리면서 말했다.

"잘 한다, 잘 해! 주인은 밖에서 나랏일 때문에 머리가 아파 죽을 지경인데, 집구석에서는 지패질이나 하고. 또 읽으라는 책은 읽지 않고 도망 다니면서 놀기나 하고. 게다가 어떤 정신 빠진 놈은 책을 사러 갔다는 것이 만들어오는지 아직 들어오지도 않고!"

윤진이 호통 치는 내내 홍시와 홍주는 잔뜩 겁에 질려 쉴 새 없이 눈을 깜빡거렸다. 그러나 셋째 홍력은 형들과는 달랐다. 그런 두 형을 잠깐 힐끗 바라보는가 싶더니 무릎을 꿇으면서 또박또박 사정을 설명했다.

"실은 저희들은 내내 서재에서 공부를 하고 있었습니다. 그러다 오세백世伯께서 오셨다는 소식을 들었습니다. 반가운 김에 인사를 하러 뛰쳐나왔던 거죠. 아버지께서도 안 계신데 오 세백께서 심심해하실 것 같아서……."

"오 선생이 돌아왔다는 말인가?"

홍력의 말에 윤진의 안색이 갑자기 환하게 밝아졌다. 곧이어 뒤도 돌아보지 않고서 성큼성큼 월동문으로 향했다. 주용성은 한 바가지씩 욕을 얻어먹은 채로 엎드려 있는 문지기들을 향해 짓궂게 혀를 낼름 내밀고는 부랴부랴 윤진의 뒤를 쫓아갔다.

윤진은 다급한 마음에 죽림竹林을 에돌아 걸음을 옮겼다. 아니나 다를까, 오사도는 이미 정자 계단 앞에서 기다리고 있었다. 그는 오사도에게 단숨에 달려갔다. 이어 잠시 오사도의 아래위를 훑어본 다음 덥석 두 손을 부여잡았다. 동시에 고개만 끄덕였다. 감격한 것인지 안심한 것인지 가슴이 벅차올라 무슨 말을 해야 할지 떠오르지 않았던 것이다.

윤진이 한참 후에야 비로소 깊이깊이 안도의 숨을 내쉬며 입을 열었다.

"정말로 오랜만이군! 떠날 때보다 더 건강해 보여서 일단은 안심이 되네……."

오사도가 윤진을 향해 공수를 하면서 인사를 건넸다. 윤진 역시 떠나기 전과 외견상으로는 크게 다름이 없었다. 언제나처럼 한 치의 흐트러짐도 없는 말끔한 인상을 하고 있었다. 그러나 얼굴을 보면 전보다 많이 수척해져 있었다. 안색이 흐릿하니 핏기가 없을 뿐만 아니라 눈언저리가 어두웠다.

오사도가 그동안의 그의 마음고생을 짐작이라도 하는 듯 웃으면서 말했다.

"지금 막 난로를 피웠습니다. 그랬더니 연기가 너무 매운 것 같습니다. 제가 잠시 넷째마마를 모시고 밖에 나가 산책이나 했으면 하옵니다."

윤진이 흔쾌히 고개를 끄덕였다. 이어 주용성에게 오사도를 부축하도록 했다. 두 사람은 말을 하지 않아도 서로를 절실히 필요로 하고 있다는 것을 새삼 느꼈다. 가슴 깊이 서로를 원하기도 했다. 같이 있으면 그 자체만으로 서로 힘이 되고 용기가 되는 그런 존재라고 할 수 있었다.

둘은 어느새 나뭇잎들이 낙엽이 되어 떨어진 버드나무 사이를 거닐면서 한동안 말이 없었다. 오사도가 한참 후에 먼저 입을 열었다.

"넷째마마, 근심이 많으신 것 같습니다."

윤진이 말없이 연못 안에서 천천히 노니는 어린 물고기를 바라봤다. 이어 무거운 목소리로 말했다.

"누군가 이런 글귀를 남겼지. '바람소리 빗소리 책 읽는 소리, 소리소리마다 귀에 들리고, 나랏일 집안일 천하의 모든 일에 생각이 다 미치네!'라는 글을 말이야. 정세가 이렇게 어지러운데 나라고 어찌 초조하고 불안하지 않을 수 있겠는가? 후유…… 솔직히 나는 요즘 들어 하루가 일 년 같아. 마치 혼자서 길고 어두운 골목길을 더듬거리면서 가고 있기는 하지만 어디쯤 왔는지, 끝이 어딘지 물어볼 사람 하나 없고……. 설상가상으로 폭우까지 퍼붓지를 않나! 꼭 그런 느낌이야."

윤진이 그동안 억눌렸던 모든 것을 토해내려는 듯 길고 깊은 한숨을 내쉬었다. 동시에 다시 입을 열었다.

"나는 정말 오 선생이 영영 오지 않으면 어떻게 하나 걱정했지. 두려웠어."

"제가 겁이 나서 뺑소니라도 친 줄 아셨습니까? 그럴 일은 결코 없을 겁니다. 넷째마마께서는 그동안 저를 진정한 벗으로 극진히 대해주시지 않으셨습니까? 저는 분골쇄신하는 한이 있더라도 그 은혜에 보답할 것입니다. 사실 저는 이미 닷새 전부터 북경에 도착해 있었습니다."

오사도가 소리 없이 웃으면서 탄식을 흘렸다. 윤진이 흠칫 놀라면서 그 자리에 멈춰섰다. 그리고는 생소한 사람 쳐다보듯 오사도를 바라봤다. 오사도가 애써 그런 윤진의 시선을 외면한 채 천천히 입을 열었다.

"사천에서 북경에 지각변동이 일어날 것이라는 섬뜩한 소식을 접했습니다. 그래서 촌각도 지체하지 않고 북경으로 서둘러 돌아왔습니다. 그런 다음 주용성, 묵우, 문각, 성음을 동원해 관보와 조정의 문서 및 넷째마마 서재에 있던 서류들을 가져다 나름대로 분석을 했습니다. 그 결과 많은 것을 깨달을 수 있었습니다. 오늘 여덟째마마의 문하인 흑석철黑碩哲을 예부상서, 여덟째마마를 시종일관 천거해왔던 장정추張廷樞를 공부상서, 규서를 좌도어사, 셋째마마의 문하인 혁수赫壽를 강남 총독으로 임명한다는 조정의 지의旨意가 내려졌죠? 그래서 마음이 상하신 넷째마마께서 오늘따라 유난히 일찍 귀가하신 것 아닙니까?"

윤진이 오사도의 말에 흠칫 놀라는 표정을 지어 보였다. 그러나 이내 고개를 가로저었다.

"관료 세상의 부침이라는 것은 원래 그런 것 아닌가? 꼭 그것 때문만은 아니야. 상서방에서 사전에 아무런 연락이 없었을 뿐만 아니라 내 의견은 전혀 무시하고 있다는 것에 화가 났던 것이지!"

오사도가 윤진의 그럴 듯한 변명에 껄껄 웃으면서 말했다.

"저는 넷째마마께서 하도 '한량'이기를 원하시기에 그런 것에는 담담하신 줄 알았습니다. 그러나 전혀 그렇지도 않은가 봅니다?"

윤진이 오사도의 악의 없는 야유에는 아랑곳하지 않은 채 웃으면서 말을 받았다.

"야심은 없으나 누구한테 얕잡아 보이는 것은 싫은 거지."

"날씨가 완전히 어두워졌네요."

오사도가 갑자기 날씨 타령을 했다. 이어 윤진이 자신을 뚫어지게 바라보자 천천히 입을 열었다.

"방금 넷째마마께서는 골목길을 입에 올리셨습니다. 그러나 솔직히 말하면 넷째마마께서는 이미 골목길을 벗어나셨습니다. 주위가 너무 어두워 아직 골목길에 있는 것으로 착각하시는 것뿐입니다. 폐하께서는 소리 소문 없이 이미 제권帝權을 거둬들이셨습니다. 모든 것을 스스로 독단적으로 하시겠다고 결심을 하셨습니다. 황자들의 참찬권參贊權 역시 박탈하고 일할 권리만 남겨두셨습니다. 상서방도 폐하의 지의에 따라 움직이는 기관에 불과하니까 말입니다. 사실 이렇게 하지 않으면 조정은 안정을 되찾기 어려울 겁니다."

윤진이 그의 말에 동의를 했다.

"나도 거기까지는 생각했었지. 그러나 이상할 것도 없어. 강희 사십이 년 전에는 원래 그렇게 했으니까."

"그것과는 다소 다릅니다. 첫 번째 권력을 내놓으실 때는 태자를 단련시키기 위해서였습니다. 그러나 이번에 권력을 거둬들이는 것은 모든 황자들의 진정한 재주를 지켜보기 위해서라고 할 수 있습니다. 폐하께서는 더 이상 태자를 세우지 않으실 겁니다."

오사도가 자신 있는 목소리로 말했다. 윤진이 다시 한 번 흠칫 놀랐다. 한 줄기 밝은 빛이 뇌리를 스치는 듯 표정이 달라졌다. 그는 깊은 사색에 빠져들었다.

"태자를 세우지 않으면 적어도 세 가지 좋은 점이 있습니다. 첫째, 황권을 독점할 수 있기 때문에 정무에 걸림돌이 없습니다. 태자라는 존재는 무능해도 걱정, 너무 똑똑해도 걱정입니다."

오사도가 천천히 거닐면서 말했다. 윤진이 바로 맞장구를 쳤다.

"그렇지!"

"둘째, 황자들과 조신朝臣들의 결당結黨을 해체시키거나 미연에 방지할 수 있습니다. 누가 어떻게 될지 모르는 현실 앞에서 경거망동하기는 너무 부담스럽기 때문입니다."

"음!"

"셋째는……, 폐하의 곁에는 방포, 장정옥, 마제만 있으면 됩니다. 그러면 정무를 보는 데는 전혀 걱정이 없습니다. 폐하께서는 황자들로 하여금 거침없이 실력발휘를 하도록 풀어주실 겁니다. 그리고 높은 곳에 올라 그 모든 것을 지켜보면서 자신의 뒤를 이을 진정한 황제를 선택하실 겁니다."

오사도의 눈빛은 말을 하면 할수록 형형하게 빛났다. 목소리에 자신감이 넘치고 있었다.

윤진은 오사도의 말에 자신도 생각하고 있던 부분들이 많다는 사실을 느꼈다. 또 감히 장담하지 못했던 부분 역시 없지 않았다. 그러나 오사도의 청량제처럼 신선한 분석을 듣자 뭔가 가슴이 뻥 뚫리는 기분을 느꼈다.

그가 드디어 마음이 후련해졌는지 웃으면서 말했다.

"번번이 말하지만 역시 오 선생이네! 여덟째는 그런 것도 모르고 육경궁에 들어갈 짐을 꾸리느라 야단법석일 테지! 그리고 보니 다투는 것이 다투지 않는 것이고, 다투지 않는 것이 다투는 것이라는 불가佛家의 정의定義가 딱 들어맞는군!"

"바로 그겁니다! 걱정하지 마십시오. 천명天命은 넷째마마를 향해 미소를 보내고 있습니다. 어느 누구도 이 국면을 역전시킬 수는 없을 겁니다."

윤진이 오사도의 말에 자신감 넘치는 웃음을 머금었다. 그러다 갑자기 우울한 표정을 지었다. 윤상을 떠올린 것이다. 그러자 오사도가 바로 그런 윤진의 속내를 들춰보기라도 한 듯 말했다.

"죄 없는 열셋째마마께서 왜 연금을 당하셨겠습니까? 그것은 괜히 넷째마마를 위한답시고 되레 큰일을 저질러 대업을 그르칠까봐 염려하신 폐하의 배려입니다. 아들을 보호하려는 깊은 의미에서의 배려라고 보면 틀림없을 겁니다."

윤진은 오사도의 말에 순간 가슴 속에 눌려있던 가장 무거운 그림자가 사라지는 것 같은 기분을 느꼈다. 그러자 비로소 감탄하는 눈빛으로 오사도를 바라볼 수 있게 됐다. 그는 실로 오랜만에 햇살같이 밝은 웃음을 지어보였다.

43장
당쟁과 모정

　윤진은 오사도 덕분에 실로 오랜만에 꿀맛 같은 잠을 잘 수 있었다. 눈을 떴을 때는 이미 해가 중천에 떠 있었다. 윤진은 평소에 그처럼 늦잠을 자본 적이 별로 없던 터라 황급히 옷을 입으면서도 옆에서 시중을 드는 연씨를 나무랐다.

　"조금 일찍 깨우지 그랬어? 오늘 주전사鑄錢司에 들러야 한다고 말했는데도 이렇게 놔뒀어? 이곳 생활이 몇 년째인데 아직 내 생활방식도 몰라? 그래서야 곤란하지!"

　그러자 연씨가 애교 철철 넘치는 눈빛으로 윤진을 바라보면서 억울하다는 듯 말했다.

　"저를 너무 그렇게 윽박지르지 마십시오. 어제 잠자리에 드시면서 여태 모자랐던 잠을 한꺼번에 자야겠다고 하셨습니다. 그렇게 말씀하셨기 때문에 감히 깨우지 못했던 것입니다. 복진께서도 왕께서 요즘 들어 통 잠을 못 이루시는 것 같았는데 잘 됐다면서 편하게 해 주라고 당부를 하셨습니다. 조금 전에 호부에서 왕씨 성을 가진 당관이 다녀갔습니다. 급한 일이 아니면 주용성에게 보고하라고 보냈습니다."

윤진이 연씨의 말을 들으면서 양치를 하다가 물었다.

"내가 오늘 뭣 때문에 바쁘다고 했던가?"

"오늘은 덕비마마의 성탄이시라 아침 일찍 입궁하겠다고 하셨습니다. 오후쯤에야 귀가하실 것이라고 했습니다."

연씨가 계속 생글생글 웃으면서 말했다. 윤진은 그녀의 말을 듣고서야 비로소 오늘이 바로 11월 23일, 자신의 생모生母인 덕귀비德貴妃 오아烏雅씨의 생신이라는 것을 알게 됐다. 속으로 크게 자책하지 않을 수 없었다.

사실 그가 완전히 생모의 생일을 잊어버린 것은 아니었다. 가끔씩 생각은 하고 있었다. 그러나 최근 들어 머릿속이 복잡하다 보니 정작 생일날은 깜빡했던 것이다.

그가 대충 양치를 마친 다음 황급히 말했다.

"그럼, 수례壽禮는 올려 보냈는가? 귀비마마께서는 혜수惠繡(자수 작품)를 제일 좋아하셔. 자네 오빠에게 장만해 보내라고 귀뜸한 지가 언제인데 여태 안 보내는가? 아랫것들이 주인 명령 무서운 줄을 몰라. 갈수록 엉망이야!"

연씨가 윤진의 힐책에 얼굴이 빨개진 채 고개를 숙였다. 그때 복진이 주렴을 걷고 들어섰다. 윤진이 말했다.

"빨리 궁에 들어가 봐야 하니까 아침은 간단히 준비하라고 해!"

복진이 윤진의 말에 웃으면서 대답했다.

"너무 서두르실 것 없습니다. 수례는 이틀 전에 이미 올렸습니다.

어제 제가 연씨와 아들들을 데리고 다녀왔고요. 귀비마마께서 즐거워하시면서 찾아와 얼굴 보고 효도하는데 무슨 선물이 필요 있느냐고 하셨습니다. 넷째, 열넷째 마마께서 본분에 충실하시면 그것으로 족하다고 하셨습니다."

"예, 어머니! 명심하겠습니다!"

윤진이 마치 오아씨를 실제로 마주한 듯 대답했다. 이어 복진을 향해 다시 입을 열었다.

"자네들이 아들인 나보다 더 꼼꼼하게 챙겨주어서 고맙네. 그렇다고 해서 내가 빈손으로 갈 수는 없지 않은가? 연갱요가 보내온 감귤을 여섯 짝 준비하고 귀비마마께서 즐겨 드시는 술에 절인 대추도 열두 항아리 준비해 둬!"

연씨도 분위기에 휩싸여 기분이 들뜨는지 서둘러 말했다.

"마마께서는 귀비마마께서 혜수를 좋아하신다고 하셨습니다. 다행히 저에게 지금 《선기도》璇璣圖라는 작품이 하나 있습니다. 마마의 생신 때 선물로 드리려고 네 모퉁이에 특별히 만萬자를 새겨 넣었습니다. 당장 필요한 지금 먼저 귀비마마께 드리고 나중에 제 오빠 연갱요에게 하나 보내달라고 하면 되지 않겠습니까?"

윤진이 복진과 연씨의 정성에 기분이 좋아진 듯 그제야 환하게 웃음을 지었다.

"내 생일 같은 것이 뭐가 중요하겠나! 그래, 그러면 그걸 귀비마마께 드리자고!"

윤진이 말을 마친 다음 아침을 먹기 위해 탁자로 옮겨 앉았다. 콧노래라도 흘러나올 것처럼 기분이 좋은 듯했다. 복진이 그 기회를 놓치지 않고 조심스럽게 다가가 앉으면서 말했다.

"어제 문지기들이 지패놀이를 하다가 혼쭐이 났다면서요? 덕분에 고복도 오늘부터 일 나올 필요 없다고 하셨다더군요. 어떤 처벌을 내리실 것인지요? 제가 보기에는 평소에 열심히 하는데, 어쩌다 한 번 실수를 한 것 같습니다. 그걸 가지고 너무 심한 처벌을 내리는 것은 조금 그렇습니다. 몇 끼나 밥도 먹지 않은 채 골방에 갇혀 있는 것이 너무 안 돼 보입니다."

윤진이 잠시 생각하더니 대답했다.

"내가 너무 심했나? 당초에는 누렁이 루루보다도 못한 그것들을 그냥 확 농장으로 쫓아버리려고 했어. 그런데 자네 체면을 봐서라도 이번 한 번만은 용서해줘야겠지? 앞으로 나는 서재와 점간처^{粘竿處}만 빼고 이쪽 일에 관해서는 되도록 신경을 쓰지 않겠어. 그러니 자네가 알아서 집안단속을 잘하도록 하게. 집안의 말이 밖으로 흘러나가지 않게 하라고. 마찬가지로 바깥 소리도 집 안으로 들어오지 않게 해. 소인배한테는 강하게 단속하는 것이 집안의 평화를 지킬 수 있는 유일한 방법이라는 것만 명심하라고. 당분간은 자네가 신경을 많이 써 주게."

윤진이 말을 다 마쳤을 때였다. 복도에 매달려 있던 앵무새가 갑자기 종알대기 시작했다.

"손님 오셨다! 손님 오셨다!"

앵무새의 말이 끝나기 무섭게 밖에서 호탕한 웃음소리가 들려왔다. 이어 누군가가 입을 열었다.

"새 한 마리도 정말 기가 막힌 놈을 길렀네요. 내가 손님인 것을 어떻게 알았지?"

말소리의 주인공은 열넷째였다. 연씨가 금룡포를 입고 동주관^{東珠冠}을 쓴 그의 모습을 보고는 황급히 안방으로 숨어들었다. 얼마 후 손에 상비죽선을 든 그가 윤진과 복진을 향해 공수를 하면서 인사를 올렸다.

"넷째 형님, 형수! 그간 안녕하셨습니까? 넷째 형님은 아침이 무척이나 늦으시네요?"

"잘 왔어. 어서 앉아! 금방 먹을 수 있으니까 같이 들자고. 연씨, 자네도 그만 나와. 열넷째가 남도 아닌데 숨기는 왜 숨어? 그러지 말고 차를 가져와, 어서!"

윤진이 반색을 하면서 들고 있던 젓가락으로 의자를 가리켰다. 그리고는 바로 수저를 내려놓았다. 이어 밥그릇에 물을 붓고는 그릇을 깨끗하게 행궈 함께 들이마셨다.

열넷째는 윤진의 아침식사가 너무나도 간단할 뿐만 아니라 식사 끝내는 방식 역시 기가 막히게 깔끔하다는 사실에 놀라지 않을 수 없었다. 연씨가 건네주는 찻잔을 받아들고도 한참 동안이나 생각에 잠겨 있는 모습을 보인 것은 그래서였다.

복진이 그런 열넷째를 향해 말했다.

"삼촌, 왜 이리 얼굴 보기가 힘들어요? 형제간에도 자주 드나들어야 정이 드는 법이에요. 그렇지 않아도 방금 형님이 아침 먹고 삼촌한테 갈 거라고 하더군요. 함께 귀비마마 생신을 축하드리러 가자고 하겠다고 하셨어요."

오늘이 귀비마마의 생신이라는 말에 열넷째는 속으로 기절초풍할 듯 놀랐다. 윤진보다 더욱 까맣게 어머니의 생신을 잊고 있었던 것이다. 일을 어떻게 무마해야 할지 머릿속이 바빴다. 애써 담담한 척하면서 찻잔을 든 채 입에 가져가던 그가 무슨 묘안이 떠오른 듯 입을 열었다.

"솔직히 저도 그 일 때문에 형수님한테 조언을 구하려고 왔습니다. 귀비마마의 생신을 염두에 두고 지난 가을에 이미 《영주구로대혁도》

瀛州九老對奕圖라는 그림과 옥관음상玉冠音像을 부탁해 뒀거든요. 그런데 운남성에서 옥관음상을 운반해 오다 그만 사람 크기만 한 팔 부분이 훼손되고 말았습니다. 살짝 옥의 칠이 떨어지고 말았지 뭐예요? 그래서 다시 보내오라고 하기는 했어요. 그러나 아무래도 시간이 걸릴 것 같아요. 그러니 먼저 형수 댁에 있는 것을 가져다 드리는 것이 어떨까요. 새로운 옥관음상이 도착하는 대로 형수한테 보내드리면 되지 않겠습니까? 꼭 옥관음상을 선물하려고 했었는데……."

윤진이 열넷째의 말에 그게 뭐 대수냐는 듯 웃으면서 말했다.

"형제가 좋다는 게 뭐냐? 그런 걸 가지고 쭈뼛거릴 게 뭐 있다고! 수면壽麵(생일 때 먹는 국수)도 자네는 따로 준비할 것 없네. 내가 자네 몫까지 이백 근 챙겨놨어, 어때? 그러면 되겠지?"

열넷째가 뜻밖의 횡재에 좋아서 어쩔 줄을 몰라 했다.

"정말 이렇게까지 챙겨주실 줄은 몰랐습니다. 감사합니다, 넷째 형님. 그리고 형수님도요."

윤진은 열넷째와 어깨를 나란히 하고 옹화궁을 나섰다. 열넷째는 밖으로 나오자마자 바로 수행원에게 명령을 내렸다.

"집에 돌아가서《영주구로대혁도》병풍을 각별히 조심해서 장춘궁長春宮으로 들고 가. 그리고 귀비마마의 성탄을 축하하는 선물로 드려. 복진께는 내가 넷째마마하고 이미 장춘궁으로 출발했다고 전하고!"

"열넷째! 우리 집을 찾은 것은 단순히 귀비마마의 생신 때문만은 아닐 테지?"

윤진이 말 위에 가볍게 올라 탄 다음 뒤에서 따라오는 열넷째를 돌아보면서 물었다. 열넷째가 윤진의 말에 말 위에서 엉덩이를 들썩들썩 하면서 뭔가 심드렁한 표정을 지어보인 다음 대답했다.

"요즘 들어 기분이 좀 그렇더군요. 그래서 넷째 형님한테 오면 풀릴까 하고 겸사겸사해서 와 봤어요. 전에 넷째 형님이 일하시는 것을 보면서 저도 닥치면 저만큼이야 못하겠나 싶어서 대단히 건방진 생각을 했었죠. 그런데 직접 병부를 맡아 일을 해보니 남의 잔치에 감 나라 배 나라 할 게 못 되더라고요! 폐하께서 서정西征 길에 오르셨을 때 유림楡林 지역에 식량창고를 임시로 만들어 군량미 조달을 원활하게 한 적이 있잖아요. 지금도 그 속에는 사십만 석의 식량이 남아 있어요. 그런데 그 유림이 지금은 끊임없이 불어 닥치는 풍사風沙로 인해 사구沙丘 높이가 엄청 높아졌어요. 거의 성벽의 높이를 넘어설지도 모를 위험에까지 이르게 됐어요. 그런데도 모래바람은 여전히 기승을 부려요. 마땅한 대책도 없어요. 그러니 이대로 방치하면 어떻게 되겠어요? 병부에서는 일단 호부에서 책임을 져야 한다면서 밀어버렸어요. 또 호부에서는 공부로 떠밀었죠. 그랬더니 공부에서는 또 뭐라고 하는지 아세요? '유림 지역은 이제 백성들이 전부 피난가고 없다. 주둔병들만 있을 뿐이다'라고 말하는 거예요. 목마른 놈이 우물 파야 하지 않겠느냐는 식으로 병부에서 알아서 할 일이라면서 핏대를 세우고 있는 거죠! 아무리 고민해 봐도 뾰족한 수가 떠오르지 않아 형님을 찾아왔어요."

윤진이 별일 아니라고 생각한 듯 입을 열었다.

"그 일은 나도 마제한테서 들어서 알고 있어. 모래 피해가 그 정도이고 주민들도 없을 뿐만 아니라 우물조차 매몰돼 버렸다면 진짜 곤란하겠네. 그런 곳에서 어떻게 살겠나? 아예 식량창고도 옮기고 다 빠져나와 버리는 게 어때?"

열넷째가 윤진의 말에 고개를 가로저었다. 이어 천천히 입을 열었다.

"유림의 식량창고는 헐 수가 없어요. 대군大軍이 앞으로 다시 서정 길에 오르지 않는다는 보장이 없잖아요. 열셋째 형님한테 나쁜 일이 있기 전에 둘이서 목도木圖(나무에 새긴 지도)를 들여다보면서 식량창 고를 옮길 다른 장소는 없을까 수없이 고민해 봤죠. 그러나 위치와 거리로 봐서 그곳보다 더 적합한 곳이 없더라고요! 그곳에 식량창고 를 세우자는 제안도 주배공周培公 장군이 했다고 하더군요. 정말 과거 에는 조정을 빛낸 명장들이 많았어요. 그런데 그분들은 하나씩 떠나 가고 이제는 전투를 잘하는 장군들은 가뭄에 콩 나듯 해요. 정말 큰 일이 아닐 수 없어요."

열넷째가 연신 한숨을 내쉬었다. 그리고는 감개에 젖은 채 다시 말 을 이었다.

"황자들 중에서 그나마 군사에 대해 좀 안다는 사람은 열셋째 형 님밖에는 없었는데……. 이제는 저도 어떻게 해야 할지 모르겠어요. 배짱과 용기라면 넷째 형님을 따를 만한 사람이 어디 있겠어요. 평 소 열셋째 형님과의 친분을 생각해서라도 구명운동 한번 벌여보지 그래요?"

윤진이 전혀 예상하지 못한 열넷째의 말에 흠칫 놀랐다. 재빨리 열 넷째를 힐끗 쳐다보았다. 열넷째가 그런 반응쯤은 미리 예상했다는 듯 웃음 띤 어조로 말했다.

"왜 그런 눈빛으로 바라보세요? '팔황자당에 내분이 생겼나? 왜 갑 자기 열셋째 타령을 하고 그러지? 고양이가 쥐 생각하는 이유가 뭘 까?' 뭐 그런 생각을 하고 계세요? 정말 그렇다면 저는 억울해요! 저 는 솔직히 말해서 아무 당도 아니에요. 그냥 내 마음이 닿는 대로, 내 안의 목소리에 귀를 기울이면서 옳다고 생각하는 곳으로 향할 뿐 이에요."

"오……!"

윤진은 가슴을 갈라 심장을 꺼내 보이기라도 할 것처럼 진지하다 못해 처절한 표정을 짓는 열넷째를 뚱한 눈빛으로 쳐다봤다. 그러다 그만 피식 웃어버리고 말았다. 강희가 더 이상 태자를 세우지 않는 쪽으로 결정을 내렸다는 사실을 간파하고는 독립선언을 하고자 자신의 도움을 구하러 온 것은 아닐까 하는 생각이 든 것이다. 내친김에 슬쩍 떠보았다.

"나 혼자 힘으로 무슨 날고 기는 재주가 있다고 구명운동을 벌이겠어. 열넷째 자네하고 여덟째도 적극적으로 나서준다면 모를까!"

열넷째가 히죽 웃으면서 천천히 대답했다.

"형님도 참, 바랄 걸 바라야지 여덟째 형님한테 그걸 바라겠어요? 그건 호랑이와 한집에서 사이좋게 살겠다는 것과 마찬가지로 어리석은 짓이에요! 제가 먼저 나설 테니 폐하께서 관심을 보이시면 그때 넷째 형님도 합세하세요. 만에 하나 저도 열셋째 형님하고 같이 들어가는 날에는 선처를 호소해 주시면 고맙겠고요."

윤진이 미소를 지어보였다.

"걱정 붙들어 매게. 자네는 반 박자 늦었네. 내가 벌써 열셋째의 선처를 호소하는 밀주密奏를 올렸어. 나 혼자 말이야!"

윤진의 말에 열넷째의 얼굴에 순간 실망하는 기색이 마치 빛처럼 스쳐 지나갔다.

"그렇다면 그 일은 이제 우리 손을 떠났군요. 폐하의 결정에 맡기는 수밖에 없네요. 그렇다면 유림 식량창고에 관해서도 상주문을 올려야겠어요. 책망 아랍포탄과는 언제 붙어도 한 번은 붙을 거니까 각별히 조심해야 돼요. 솔직히 서정西征은 곧 군량미 대결이라고 봐도 과언이 아니잖아요. 먹을 게 많아 끝까지 버틸 수 있는 쪽이 이

긴다고요!"

윤진이 열넷째의 말에 더 이상 입을 열지 않았다. 대신 턱짓을 하면서 중얼거렸다.

"벌써 서화문에 다 왔군."

덕비 오아씨의 침궁은 체원전體元殿 뒤에 자리 잡은 장춘궁長春宮에 있었다. 그곳은 원래 원나라 말기부터 명나라 초에 활약했던 유명한 단술사丹術士(도교에서 신선이 먹는다고 하는 단약丹藥 제조 전문가)인 구처기邱處幾가 황제를 위해 연단煉丹(단약을 제조하는 것)하는 도관道觀이었다. 때문에 처음에는 구처기의 호를 따서 '장춘자'長春子라고 했다가 나중에 장춘궁이라고 개명했다.

그후 구처기가 백운관으로 거처를 옮기면서 그곳은 수백 년 동안 방치되다시피 했다. 나중에는 잡초가 무성하고 야생동물이 출몰하는 위험지역으로까지 치부됐다. 당연히 사람들은 근처에도 얼씬거리기를 꺼려했다.

그러나 이상하게 오아씨만은 그곳에 관심을 보였다. 그러던 중 그녀는 강희 27년에 귀비로 승격이 됐다. 그러자 즉각 그곳을 대대적으로 보수해 자신의 침궁으로 해줄 것을 강희에게 요구했다. 강희로서는 수락하지 않을 이유가 없었다.

윤진과 열넷째는 양심전 서쪽 길을 통해 장춘궁으로 들어갔다. 아니나 다를까, 축하 행렬이 꼬리에 꼬리를 물고 길게 늘어서 있었다. 궁중의 비빈들이 아직 거처로 돌아가지 않고 있어 더욱 시끌벅적한 것 같았다.

두 사람은 이럴 때 들어가면 일일이 인사 받느라 괜히 피곤해질 것이라는 생각을 했다. 결국 그런 번잡함이 싫어 먼발치에 숨어 있다 손님이 뜸해진 뒤에야 수차문垂茶門 앞에 와서 뵙기를 청하기로 하자고 했다.

얼마 후, 안에서 두 사람을 부르는 소리가 들려왔다.

"귀비마마께서 두 분 황자마마를 난각에 들라 하셨사옵니다."

윤진은 열넷째와 함께 난각으로 향하는 통로에 들어섰다. 궁 안은 갖가지 하례품들로 발 디딜 틈이 없었다. 대표적으로 생일 국수인 수면과 수고壽糕(생일 떡)는 말할 것도 없고 밀가루로 빚어 만든 수도壽桃(장수를 기원하는 복숭아), 여의, 병풍, 금미륵불상, 옥관음상, 자명종, 선덕화로宣德火爐를 비롯한 온갖 금은보화와 대가들의 서화 작품 등등이 우선 눈에 띄었다. 심지어는 주전자, 부채 장식 고리, 단향, 사향, 차 등의 물건도 있었다……. 이루 헤아릴 수 없이 많은 그 물건들에는 저마다 선물한 사람의 이름이 적혀 있었다.

두 사람은 잠시 고개를 갸웃거렸다. 54번째 생일이라면 5년마다 한 번씩 크게 경축하는 생일도 아니지 않은가. 그런데 왜 하례품은 50번째 생일 때보다 훨씬 값나가고 종류도 다양한 것인가? 두 사람은 그 이유를 궁금해하며 장춘궁의 정전으로 들어갔다. 이어 동난각 주렴 밖에 있는 화로 옆에 무릎을 꿇고 머리를 숙인 채 축하인사를 올렸다.

"아신兒臣, 귀비마마의 천추성수千秋聖壽를 삼가 축하드립니다!"

오아씨는 날이 밝기 시작하면서부터 손님을 맞은 탓에 다소 지친 듯했다. 주렴 뒤의 큰 온돌마루에 비스듬히 기대어 있는 모습이 아무래도 몹시 힘들어 보였다.

그러나 그녀는 패기 넘치는 두 아들이 들어서는 모습을 보고는 바로 일어나 자세를 고쳐 앉았다. 이어 인사가 끝나기를 기다렸다가 입을 열었다.

"그래, 어서 일어나 앉게. 그리고 이제는 이 주렴을 거둬 버리라고.

또 외부 손님인 줄 알고 치라고 했더니, 내 뱃속에서 빠져나온 것들이네."

오아씨의 명령이 떨어지자마자 몇몇 태감들이 재빨리 다가가 주렴을 거뒀다. 윤진은 그제야 비로소 간만에 어머니의 모습을 똑똑히 바라볼 수가 있었다. 뒤로 쪽을 진 새카맣고 반질반질한 머리, 쌍꺼풀 없는 매력적인 까만 두 눈은 여전히 아름다웠다. 또 검푸른 비단 장포를 받쳐 입은 모습은 과거처럼 단정하고 깔끔하기 이를 데 없어 보였다. 침상머리에 삼층으로 된 동주봉관東珠鳳冠이 놓여 있는 광경은 그녀의 그런 모습에 권위까지 더해주고 있었다.

평소 오아씨는 아랫입술을 물고 생각에 잠겨 있는 모습을 자주 보였다. 윤진과 열넷째 역시 종종 그런 모습만 봐 왔었다. 그런데 오늘은 조금 달랐다. 변함없이 젊어 보이는 어머니의 아랫입술이 왠지 평소보다 조금 두꺼워진 것 같다는 느낌을 받은 것이다.

윤진이 잠시 어머니를 정겹게 바라본 다음 입을 열었다.

"어머니, 오늘 너무 고우십니다. 길복吉服까지 입고 계시니 전혀 오십대로 보이지 않습니다. 뭐가 그리 바쁜지 어머니를 자주 찾아뵙지 못해 죄송합니다. 그래, 이제는 고질이 된 기관지염은 좀 어떠십니까?"

오아씨가 윤진의 질문에 푸근한 미소로 화답했다.

"괜찮아, 참을 만해. 지난번 자네가 보내준 오계백봉환烏鷄白鳳丸과 저 아이가 보낸…… 뭐라더라? 그 약이 참 좋았던 것 같네. 매일매일 잊지 않고 먹고 있는 걸!"

열넷째가 허리를 굽힌 채 웃으면서 말했다.

"그 약이 어머니께 잘 받는다면야 그까짓 것 얼마든지 더 제조해 보내겠습니다."

오아씨가 열넷째의 말에 기분이 좋은 것 같더니 더 이상 할 말이 없는지 갑자기 시무룩한 표정을 지으면서 침묵을 지켰다. 사실 그런 모습은 일반 백성들의 집이었다면 생일 같은 기쁜 날 노모가 아들들을 만났을 때의 반응이라고 볼 수 없는 모습이었다. 그러나 황가皇家의 가법은 어쩔 수 없었다. 아무리 모자간이라도 단독으로 마주 앉아 머리라도 쓰다듬어줄 수 있는 날은 일 년에 고작해야 단 한 번, 생일날 정도밖에 없었다. 오아씨 역시 낳기만 했을 뿐 평생토록 키운 정이 없는 아들들과 그다지 정이 없어 보였다.

그러나 그녀의 속마음까지 그렇지는 않았다. 오히려 둘에 대한 애정과 기대로 가득 차 있었다. 그녀가 볼 때 둘은 자기가 낳았다는 사실이 믿어지지 않을 정도로 성격이 반대였다. 하나가 차가운 인상을 풍기는 강인하고 지혜로운 사람이라면 다른 하나는 영악하고 약삭빠르지만 정도 많은 성격을 가지고 있었다. 그래도 일에 대해서 목숨을 걸고 해내는 성격은 둘이 닮기도 했다.

그녀는 확실하지는 않아도 두 아들 모두 육경궁의 태자 자리를 노리고 있다는 것을 눈치채고 있었다. 두 아들이 한데 뭉치기는커녕 서로 칼끝을 겨누는 반대세력이 돼 있다는 사실은 더 말할 것이 없었다. 그녀는 그 사실이 너무 불안했다.

물론 한편으로는 어미는 자식 덕분에 산다는 말을 믿으면서 서로 다른 길을 선택한 두 아들에게 은근한 기대를 하고 있기도 했다. 두 아들이 태자 경쟁 구도에 뛰어들면 어느 아들이 더 유망하든 상관없이 자신이 태후太后 자리에 오를 가능성은 더욱 많아진다는 계산을 진작부터 하고 있었던 것이다.

그녀는 자신의 두 아들이 각자의 무리에서 단연 으뜸간다고 자부해 마지 않았다. 그러나 변화무쌍한 정국에서 다른 황자에게 밀리지 말라는 법도 없었다.

　그녀는 그렇게 잠시 생각에 잠겨 있더니 슬며시 두 아들을 훔쳐봤다. 윤진은 여전히 흐트러짐 없는 자세로 태연하게 앉아 있었다. 반면 입가에 웃음을 잔뜩 머금은 열넷째는 시선을 어디에다 둬야 할지 모르겠는지 부산스럽게 사방을 둘러보고 있었다.

　그녀가 두 아들을 향해 뭐라 말하려던 찰나였다. 갑자기 그녀의 시선이 궁전 입구에 세워진 철제 팻말에 날아가 꽂혔다. 그곳에는 주먹만 한 글씨가 아주 짧게 쓰여 있었다.

> 태조황제 성훈: 후궁빈어궁감인後宮嬪御宮監人(빈어는 후궁, 궁감은 태감을 일컬음)들 가운데 망언妄言을 퍼뜨리고 정국에 간여하는 자는 가차 없이 목을 벤다.

　오아씨가 회초리같이 매서운 한줄기 차가운 바람을 맞은 듯 갑자기 눈에 띄게 흠칫 몸을 떨었다. 바로 그때 두 명의 태감이 음식상 하나를 들여보냈다. 그녀가 잠시 충격에서 헤어난 듯 천천히 입을 열었다.

　"벌써 진선進膳해야 할 때가 되었나?"

　"예, 귀비마마!"

　태감이 아부하듯 간사한 웃음을 지어보였다. 이어 상차림에 대한 설명을 곁들였다.

　"폐하께서 특별히 내리시는 상입니다. 폐하께서는 방포, 장정옥 두 어른과 환담을 나누시다가 넷째, 열넷째 황자마마들께서 귀비마마를 찾아뵙고 함께 계신다는 소식을 전해들으셨습니다. 대단히 기뻐하셨습니다. 오랜만에 모자가 만났으니 오래오래 회포를 푸시라면서 특별히 음식을 하사하셨습니다. 소합향주蘇合香酒는 귀비마마의 병과도 크게 관계가 없고 괜찮다고 하셨습니다."

오아씨가 자리에서 일어선 채로 태감의 말을 다 듣고 나더니 바로 입을 열었다.

"자네는 양심전으로 다시 가서 이덕전에게 나 대신 성은이 망극하다고 폐하께 전하라고 하게."

오아씨가 말을 마친 다음 다시 두 아들을 향해 말했다.

"오늘 이 어미하고 셋이서 술 한잔 할까?"

윤진과 열넷째는 오아씨의 제안을 받자마자 서로를 마주본 다음 재빨리 음식상 있는 곳으로 다가가 앉았다.

먼저 열넷째가 잔을 받쳐 들었다. 윤진이 그 잔에 찰랑찰랑 넘칠 정도로 가득 술을 따랐다. 그리고는 오아씨 발밑에 무릎을 꿇고 앉았다. 곧이어 열넷째가 조심스럽게 술잔을 건네줬다. 그러자 윤진이 머리 위까지 높이 술잔을 올리면서 말했다.

"아들들이라고 해봤자 나랏일 때문에 불철주야 바쁩니다. 그러다 보니 일 년 가야 어머니께 효도할 수 있는 날이 거의 없는 것 같습니다. 그래서 오늘이나마 폐하께서 하사하신 술로 어머니의 성탄을 축원합니다. 아들의 술 한 잔 받으십시오!"

오아씨가 마치 호박 즙처럼 빨간 액체가 찰랑거리는 술잔을 받아 들었다. 감격했는지 손이 가볍게 떨리고 있었다. 그녀가 잠시 두 아들을 정겹게 바라본 다음 웃으면서 말했다.

"솔직히 나는 자극적인 음식과 술 등을 멀리한 지 오래 됐어. 그러나 오늘은 특별한 날이고 폐하의 성의를 무시해서는 안 될 것 같아. 더구나 우리 모자간도 모처럼 만나 천륜을 누리고 있어. 한번 마셔 봐야 할 것 같아……."

오아씨가 말을 마치더니 바로 술잔을 들어 단번에 입 안에 털어 넣었다. 그러나 넘기기 힘이 드는지 손수건으로 입을 막고 간신히 꿀꺽 삼켰다. 그런 다음 황급히 야채 하나를 집어 씹었다. 이어 천천히 말했다.

"나는 이제 그만 마실래. 자네들은 마음 놓고 마시고 먹어. 자식 입에 밥 들어가는 걸 지켜보는 것만큼 기분 좋은 일도 없다고 하지 않나."

윤진과 열넷째는 당연히 이처럼 좋은 날에 주인공이 먼저 물러나는 것은 안 될 일이라고 억지를 부렸다. 결국 오아씨에게 두 잔을 더 마시게 했다. 급기야 아들들의 성화에 못 이겨 주는 대로 다 받아 마신 그녀의 얼굴은 어느새 발갛게 달아오르기 시작했다. 얼마 후 그녀가 한결 부드러운 눈빛으로 두 아들을 바라보더니 가벼운 한숨을 내쉬었다.

"황궁은 금존옥귀金尊玉貴라고 해서 어쩌고저쩌고 하는 규제가 엄청 많아. 나도 꼼짝을 못해. 그러나 나는 입궁하기 전 호륜패이呼倫貝爾에 있을 때만 해도 달랐어. 얼마나 기운이 넘치는 사람이었는지 몰라. 너희들 외할아버지 생신 때면 왕궁 밖에다 천막을 길게 쳐놓은 채 몽고 초원을 한바탕 후끈후끈 달구고는 했었지. 마음껏 마시고 놀고 무사들의 씨름 구경도 하면서……. 그때는 정말이지 얼마나 즐거웠다고!"

"환경이 바뀌면 사람도 바뀌어야지 어떻게 할 도리가 없잖아요. 어머니께서 외할아버지와 외삼촌을 그리워하시는 것 같으니, 곧 이 아들이 시간을 봐서 이곳으로 모셔오도록 하겠습니다. 사정이 나은 쪽이 움직이는 것이 좋지 않겠습니까?"

윤진이 향수에 젖어 있는 듯한 어머니를 위로했다. 이어 찻잔에 차를 따라 조용히 건넸다. 그러자 열넷째가 화제를 살짝 바꾸었다.

"이전 같았으면 열셋째 형님 그 재롱둥이가 어머니를 훨씬 즐겁게 해드렸을 텐데요……"

윤진은 열셋째가 화제로 오르자 바로 눈시울이 붉어지고 말았다. 오아씨 역시 윤상의 불행에 마음 아파할 것이라는 생각도 들었다. 그러나 오아씨는 의외로 담담했다. 한참 후 그녀가 입을 열었다.

"열셋째 황자는 참 안 됐어. 사실 폐하께서는 그 아이를 위하시는 마음이 각별해서. 그 아이는 장황자하고는 달라."

오아씨의 말에 윤진과 열넷째는 거의 동시에 '장황자와는 다른데 똑같이 벌을 내리는 이유는 뭘까?' 하는 생각을 했다. 때문에 어머니 오아씨가 그 주제를 계속 끌고 가면서 그에 얽힌 얘기를 해주기를 은근히 바랐다. 그러나 오아씨는 두 사람의 기대와는 달리 말머리를 완전히 엉뚱한 방향으로 돌려버렸다.

"장황자에게 사고가 나자 생모인 납란씨가 폐하에게 사정을 하러 갔었어. 그러나 폐하로부터 여인네들이 관여할 바가 아니라는 면박만 받았지. 납란씨는 그렇게 쫓겨 나와서 얼마나 울었는지 몰라. 정말 안 됐어. 황실에는 아들 가진 비빈들만 모두 열여섯이야. 어느 누구인들 자식이 무사하기를 바라지 않겠어? 내 오늘 술기운을 빌려 한마디 하고 싶구먼. 자네들은 달리 나한테 효도하느라 신경 쓸 것 없어. 그저 본분에 충실하고 헛된 욕심을 버려야 해. 또 무사히 살아주는 것이 바로 진정한 효도야. 진짜 이 말을 명심하라고. 납란씨를 좀 봐! 얼마나 명랑하고 쾌활하던 사람이었어? 그런데 요즘은 땅만 보고 길을 걸어. 누가 뭐라고 말만 걸어도 깜짝깜짝 놀라고는 해. 너무 가여워. 자식 낳은 게 무슨 죄라고……"

오아씨가 말을 마치고는 감정을 억제할 수 없는 듯 손수건을 꺼내 눈가의 눈물을 찍어냈다. 윤진은 그 모습에 가슴이 아팠다. 내색하지는 않아도 자식들 걱정이 크다는 것을 알 수 있었다. 급기야 윤진이 당황한 표정을 짓더니 요리를 이것저것 집어 오아씨의 접시에 놓아주고는 웃으면서 열넷째를 나무랐다.

"열넷째, 너는 오늘처럼 좋은 날에 괜히 열셋째 얘기를 꺼내고 그래? 왜 어머니를 울리냐고!"

오아씨가 윤진의 말에 손사래를 치면서 다시 입을 열었다.

"아니야. 형제간에 관심을 가져주는 것은 좋아. 그런데 명심할 것이 있어. 정국이 아무리 복잡하게 돌아가더라도 폐하께서 아직 성명聖明하시니까 절대로 잘난 척하지 말도록 해. 앞에 나서지도 마. 너희들 역시 대단히 똑똑한 아이들이니 무슨 뜻인지 잘 알고 있을 거야. 만약 그렇지 않으면 안 그래도 불편한 폐하의 심기를 괜히 건드리게 될 거야. 결과적으로 큰코다친다고. 그저 왕, 패륵으로서의 본연의 임무에만 충실하면 돼. 그래서 무사하고 화목하다면 그것이 바로 행복 아니겠어?"

"그런 걱정은 하지도 마십시오. 보시다시피 저희들은 별 탈 없이 화목하게 잘 지내고 있지 않습니까? 옛말에 형제가 마음을 합하면 그 예리함이 쇠도 쪼갤 수 있다고 했습니다. 저희 둘은 전혀 문제없습니다."

열넷째가 오아씨의 당부에 윤진을 향해 웃으면서 말했다. 윤진 역시 열넷째의 말재주에 피식 웃지 않을 수 없었다. 오아씨는 그제야 안심이 된다는 듯 밝은 표정으로 입을 열었다.

"둘 다 착해서 잘하리라고 믿어. 노파심에서 그냥 해본 소리이니 너무 신경쓰지 마. 그러면 너희들은 앞으로 형제간의 우애 변치 않고 화목하게 살겠다는 의미에서 이 어미가 보는 앞에서 동심주同心酒

한 잔 하도록 해라!"

열넷째가 먼저 흔쾌히 대답했다. 이어 술잔이 넘치도록 술을 부어 윤진에게 건네줬다. 윤진이 웃으면서 한 모금 마시고 다시 건네줬다. 열넷째는 기다렸다는 듯 잔을 비웠다. 그리고는 어머니를 향해 빈 잔을 거꾸로 들어 확인시켜주는 것도 잊지 않았다. 오아씨는 비로소 싱글벙글하고 만면에 웃음을 활짝 피웠다. 두 형제 역시 기분이 좋은지 음식을 먹으면서 시간가는 줄 몰랐다.

그때 열넷째가 웃으면서 조심스럽게 다시 입을 열었다.

"오늘같이 좋은 날에 제가 일부러 기분을 망치려고 하는 소리는 아닙니다. 그러나 아무리 생각해봐도 폐하께서 열셋째 형님이 큰형님하고 '다르다'고 하시면서 왜 감금을 하신 것인지 궁금하네요. 혹시 어머니는 아십니까? 궁금해서 견딜 수가 없네요."

"나도 잘 몰라. 열셋째가 감금된 다음날 내가 폐하를 찾아뵙고 웬만하면 용서해주십사 하고 말을 꺼냈었어. 그랬더니 폐하께서 '내가 뭘 어쨌다고 그래! 여자들은 모르는 게 좋아. 따지고 보면 이것도 다 그 아이를 위해서야!'라고 말씀하시더군. 말씀을 하시면서 화도 내셨어."

오아씨가 고개를 저으면서 탄식조로 말했다.

윤진과 열넷째는 들을수록 도무지 이해할 수가 없는 오아씨의 말에 잠시 할 말을 잊은 채 서로를 바라봤다. 그리고는 각자 생각에 잠겼다.

사실 감금이라는 것은 황실에서는 죽음을 내리는 것 다음으로 무거운 처벌이라고 할 수 있었다. 그런데 강희는 열셋째를 감금시켜 놓고도 공공연히 "뭘 어쨌다고 그래!"라고 하거나 "그 아이를 위해서야!"라는 말을 하면서 흥분했다고 하지 않는가! 둘은 강희의 속마음을 도저히 점칠 수가 없었다.

어느새 시간이 흘러 오후가 됐다. 갑자기 장춘궁 밖이 소란스러워졌다. 뒤늦게 오아씨의 생일인 것을 안 각 궁의 빈어嬪御들이 화려하게 차려입은 채 축하 선물을 챙겨들고 달려온 것이다.

그러나 그녀들은 윤진과 열넷째가 있는 바람에 궁 안으로는 들어갈 수가 없었다. 그저 삼삼오오 밖에 모여 수다를 떨고 기다리다보니 주변이 시끄러웠던 것이다.

둘은 그제야 시간이 많이 흘렀다는 것을 깨닫고는 오아씨에게 인사를 올리고 밖으로 나왔다. 둘은 복잡한 장춘궁을 벗어나 서화문을 빠져나왔다. 이어 약속이라도 한 듯 길게 숨을 들이마시면서 고개를 들어 하늘을 쳐다봤다.

밤잠을 설친 듯한 태양이 잿빛 구름 사이로 흐리멍덩한 얼굴을 반쯤 내밀고 있었다. 제법 차가운 가을바람이 그렇지 않아도 못내 슬퍼 보이는 낙엽들을 못살게 구는 듯했다. 기러기 떼가 처량한 울음소리를 내면서 어디론가 바삐 가고 있는 모습 역시 분위기를 가라앉히는 데 일조했다.

윤진이 10여 명의 하인들을 데리고 석사자石獅子 북쪽에 마중 나와 있는 주용성의 모습을 발견하고는 열넷째를 향해 입을 열었다.

"아우, 술이 좀 부족한 것 같지 않은가? 어때, 우리 집에 가서 한 잔 더 할까?"

"됐어요, 형님. 술은 주거니 받거니 하는 맛에 마시는 것 아닌가요? 그런데 형님은 마시지도 않는데 저 혼자만 마시면 무슨 재미가 있겠어요."

열넷째가 머릿속이 복잡한 듯 눈을 찌푸린 채 먼 곳을 바라보면서 대답했다. 이어 다시 덧붙였다.

"지금 가봤자 병부에도 별일 없을 거예요. 차라리 그럴 바에야 저하고 같이 밖에 나가 바람이나 쐬고 오는 것이 어때요?"

윤진이 말없이 주용성을 향해 손가락 두 개를 펴보였다. 주용성이 눈치 빠르게도 바로 말 두 필을 끌고 부랴부랴 달려왔다.

윤진은 열넷째와 함께 말을 탄 채 목적지도 없이 성의 북쪽을 빠져나갔다. 그리고는 옥황묘 근처를 한 바퀴 돈 다음 서쪽 호성하護城河를 따라 남쪽으로 방향을 틀었다.

둘은 달리는 내내 아무 말도 하지 않았다. 그렇게 얼마나 더 달렸을까, 둘의 눈에 영정하永定河가 나타났다. 강둑 너머에서 이따금씩 바람이 불어왔다. 강물을 끊임없이 주름지게 만드는 가을바람이었다. 둑 위에는 보는 사람의 눈을 시리게 만드는 흰 갈대꽃이 가득 피어 있었다.

둑 안에도 사람의 눈길을 끌 만한 볼거리는 있었다. 바로 명나라 때의 중신인 장각로張閣老(재상을 지낸 장총張璁)의 무덤이었다. 그 무덤 옆 오래된 송백나무 밑에는 마른 풀들이 웬만한 사람 키가 넘도록 자라있었다. 분위기가 을씨년스러웠다. 그래서일까, 여기저기 비스듬히 쓰러진 석인石人, 석마石馬, 석양石羊 등은 이미 반 이상이 흙에 파묻혀 뒹굴고 있었다.

두 사람이 말을 나무에 붙들어 매어놓고 둑에 올랐을 때 하늘에서 안개를 동반한 가는 비가 내리기 시작했다. 윤진이 실소하듯 웃으면서 말했다.

"어쩌다 우리가 여기까지 다 왔지? 겁도 없이 우비도 챙기지 않고 말이야!"

"가을바람에 가랑비를 맞으면서 여윈 말을 타고 떠나온 사람……, 멋지잖아요! 이럴 때 우비가 왜 필요해요? 장각로는 살아생전에 세 명의 황제를 섬긴 원훈元勳으로 실력행사를 하던 사람이잖아요. 그런데 죽고 나니 무덤 지켜줄 사람 하나 없이 처량하네요. 그렇지 않나요?"

열넷째가 감개무량해 하면서 말했다.

"그래? 자네는 오늘 뭔가 크게 깨달음의 경지에 이른 것 같군. 나하고 참선參禪 시합이라도 해보겠다는 것인가? 그러나 자네는 이 부분에서는 아직 멀었지. 세상의 모든 사물은 이 비바람과 우리가 타고 온 말, 우리 자체까지도 따지고 보면 공허한 거야. 인간세상은 희로애락욕수喜怒哀樂慾愁…… 이런 감정이 있어. 때문에 그것들에 눈이 멀어지지고 볶지. 또 울며불며 살아가고 있어. 그러나 죽고 나면 모든 것은 철저히 무無로 돌아가. 자네, 높은 곳에 올라 멀리 내다보니까 감회가 남다른 모양이군! 하기야 오른쪽은 황제의 성, 왼쪽은 유유히 흘러가는 영정하이니 그럴 수도 있지. 하지만 진정으로 깨닫고 보면 세상은 한줄기 연기일 뿐이야. 잡았나 싶으면 아무것도 남기지 않고 손바닥을 빠져나가는 한 줌의 바람 같은 거라고!"

윤진이 열넷째의 말에 갑자기 빙그레 웃으면서 마치 설법과 같은 말을 토해냈다. 열넷째가 형의 말에 조금 당황했는지 황급히 웃으면서 말리듯 입을 열었다.

"제가 한숨 한번 지어봤더니 형님은 마치 기다렸다는 듯 담론을 펴시네요. 불교에 대해서는 제가 까마득한 후배라는 것은 세상이 다 알고 있잖아요! 솔직히 저는 오늘 어머니한테서 좋은 말씀을 듣고 느낌이 새로워요. 형님은 모르실 거예요. 어제 여덟째 형님이 폐하께 문안을 간 김에 자신의 어려운 처지를 호소했나 봐요. '나와서 일하려니 야심을 못 버리고 깝죽댄다면서 비난할 것 같사옵니다. 또 집에만 있으면 뒤에서 엉뚱한 생각을 한다고 합니다. 이러지도 저러지도 못 하고 도저히 심란해서 못 살겠사옵니다. 한동안 병을 다스리며 집에서 휴양하게 해주시옵소서'라고 상주를 한 것이죠. 그러다가 본전도 못 건졌나 보더라고요. 이제 뭐가 더 궁금해서 그러느냐면서 폐하께서 크게 노하셨나 봐요. 사람답게 사는 것이 왜 이리 힘이 드는지……. 저만 하더라도 툭하면 팔황자당에다 갖다 붙이는데, 그건 아주 웃기는 발상이에요! 저는 누가 뭐래도 완벽한 혼자예요! 같은 뱃속에서 나온 넷째 형님하고 한솥밥을 먹는다면 몰라도 다른 황자들과는 절대 무리를 만들지 않을 거예요."

열넷째는 필요 이상으로 흥분했다. 윤진은 그런 열넷째를 보면서 오히려 윤상의 진가를 더욱 알게 되었다. 새삼스레 그가 그리웠다. 하지만 속내는 감추고 시무룩한 표정을 지은 채 열넷째에게 다가가서는 어깨를 다독여주었다.

"세상살이가 힘든 것을 이제 알았는가? 사람은 누구나 다 마찬가지로 고해苦海 속에서 허우적거리는데, 우리는 물이 조금 더 깊어서 그렇다고 생각해. 너와 나는 같은 어머니 배에서 태어난 형제야. 그러나 아무리 그렇다고 해도 나는 너를 잘 모르겠어. 내 자신이 아니니까. 하지만 나는 무능한 내 자신은 너무 잘 알아. 나는 지금도 고신孤臣이고 앞으로도 영원히 고신이 될 사람이야. 어떤 폐하를 섬기든 간에 이 원칙만은 변하지 않을 거야. 나를 인정머리 없다고 비난하는 사람은 있어도 야심가라는 사람은 없잖아. 장황자형님은 본분을 벗어난 허무맹랑한 야망에 불타 있었기 때문에 저렇게 된 거야! 하지만 자네나 나, 또 여덟째는 윤상의 처지에 비하면 행복한 비명을 지르고 있는 거야. 우리보다 어려운 사람을 생각하면서 마음 너그럽게 먹고 살자고."

열넷째는 윤진의 말이 끝나자마자 그 말을 가만히 되새김질했다.

자신을 의식한 거짓말 같기도 하고 진심에서 우러나온 말 같기도 했다. 도무지 갈피를 잡을 수가 없었다. 그래서 그는 얼마 후 어쩔 수 없다는 듯 한숨을 내쉬었다. 안개 자욱한 빗속을 바라보는 눈에는 근심걱정의 빛이 분명히 서려 있었다.

44장
야망에 불타는 여덟째 윤사

더 이상 황태자를 두지 않겠다는 강희의 생각은 결국 성공한 것이 분명했다. 무엇보다 자신들이 옹립했다는 공을 차지하기 위해 여덟째의 집으로 떼를 지어 몰려다니던 경사京師의 문무백관들의 발걸음이 급격하게 잦아들었다. 여덟째에 대한 거품이 걷히고 원상태를 회복하기 시작한 것이다.

관가 역시 과거의 평온을 되찾았다. 뿐만이 아니었다. 자신들에게 불똥이 튈까 지레 겁을 먹고는 병을 핑계로 집에 숨어 있던 육부 아문의 관리들도 하나씩 돌아오기 시작했다. 더욱 기가 막힌 것은 공동 명의로 여덟째를 천거하는 내용의 상주문을 준비했던 이들의 행보였다. 그들은 남몰래 한데 모여서는 상주문을 불태워버리고 말았다.

이에 반해 윤진의 기세는 날이 갈수록 등등해졌고 호부뿐만 아니라 내무부까지 관리하게 됐다. 이렇게 되자 몇 개월 동안 심드렁해 있다가 강희에게 한바탕 혼쭐이 난 윤사 역시 '병'이 완쾌됐다면서 종인부宗人府로 나와 일에만 전념하는 모습을 보였다. 또 열넷째는 병부에 파묻힌 채 무기창고를 둘러보거나 군비軍備를 점검하느라 눈코 뜰 새 없이 바쁘게 움직였다. 언제 어디에서 못에 발바닥을 찔릴까봐 행보를 삼가고 숨을 고르고 있던 각 성의 총독과 순무들 역시 점차 일상을 회복하는 것 같은 모습을 보였다.

이렇게 모든 것이 정상으로 돌아와 평온한 일상이 흘러가고 있었으나 윤잉과 윤상만은 예외였다. 한 명은 함안궁, 다른 한 명은 패륵부에 연금된 채 바깥세상과는 완전히 격리된 생활을 하고 있었다.

그러나 윤상은 윤잉과는 또 달랐다. 우선 창밖을 내다보면서 하염없이 하늘만 바라보는 것이 일과인 윤잉과는 달리 적극적으로 낚시와 독서를 즐겼다. 아란, 교 언니와 함께 바둑도 두고 글을 짓기도 하면서 시간가는 줄을 몰랐다. 태자의 폐위를 염두에 두고 피터지게 싸운 장황자를 비롯해 윤잉, 윤지, 윤진, 윤사, 윤당, 윤아, 윤상, 열넷째 윤제 등 아홉 황자는 결국 승자는 없고 패자만 있는 전쟁을 치렀다고 할 수 있었다.

그 와중에도 세월은 흘렀다. 어느덧 강희 57년이 되었다. 그전에도 그랬듯 여전히 중원에서는 큰 문제가 없었다. 그러나 서쪽 변경은 달랐다. 책망 아랍포탄과 서장西藏의 달라이 라마 사이의 정교政教 분쟁이 악화일로로 치닫는가 싶더니 급기야 피를 부르고 만 것이다.

사달은 딱 1년 전인 강희 56년에 일어났다. 책망 아랍포탄이 준갈이의 장군인 대책망大策妄을 보내 청해성을 대대적으로 침공한 것이다. 결과는 참혹했다. 대책망이 서장의 칸을 죽이고 라싸拉薩를 점령했다. 또한 달라이 라마를 감금했다. 조정으로서는 분쟁을 더 이상 방치할 수 없는 긴급한 상황에 처할 수밖에 없게 되었다.

강희는 흉흉한 소식을 접하고는 대로했다. 즉각 전이단傳爾丹을 진무振武장군으로, 기덕리祁德里를 협리協理장군으로 임명한 다음 아이태阿爾泰 산을 넘어 부녕안富寧安 부대와 합세하도록 했다. 준갈이의 침입을 막고자 하는 단호한 조치였다. 이어 서장에는 서안西安장군 액로특額魯特을 보내 반란을 평정하도록 했다. 또 사천 제독인 연갱요에게는 중원의 문호인 서안을 액로특 대신 방어하라는 명령을 내렸다.

이로 인해 강희의 65번째 생일은 간소하게 보내지 않으면 안 됐다. 강희 역시 생일날 저녁에 소설《삼국연의》에 나오는 유명한 장면만을 간추린 연극〈실공참失空斬〉을 구경하기는 했으나 아무런 흥미도 느끼지 못한 듯 조용히 자리를 뜨고 말았다.

단양절端陽節을 눈앞에 둔 어느 날이었다. 전방前方에서 600리 긴급서찰이 날아왔다. 두 갈래의 대군이 앞뒤로 오로목이烏魯穆爾 강을 건너가서는 준갈이의 반군을 격퇴시켰다는 내용이었다. 또 서찰에는 반군이 밤을 새워 서쪽으로 도주했다는 내용도 들어 있었다. 강희는 그제야 다소 긴장이 풀어졌는지 창춘원에서 조촐한 연회를 베풀었다. 방포와 장정옥, 마제 등도 불러 음식을 같이 하면서 담소를 나눴다.

바로 그 시간 무호無湖에서 군량미를 조달하던 열넷째는 호부와 만만찮은 갈등을 빚고 있었다. 군량미가 다 썩어 있는 것에 화가 잔뜩 나 있었던 것이다. 급기야 그는 일을 대충 마무리 지어놓고 윤진을 찾아가 상의를 하고 싶어서 문을 나서려던 중이었다.

그때 신임 병부시랑 악이태가 문서를 한아름 안은 채 땀범벅이 돼 들어서고 있었다. 열넷째가 그 모습을 보고는 다그쳐 물었다.

"무슨 일이 있는가?"

"열넷째마마께 아룁니다. 서녕西寧에서 군보軍報가 날아왔습니다."

악이태가 황급히 대답했다. 안색이 평소와 달리 이상하게 창백하게 보였다.

그는 30대 중반에 접어든 인물이었다. 중년이라 하기에는 아직 젊은 나이라고 할 수 있었다. 그럼에도 바람이 조금이라도 세게 불면 위태로울 것처럼 깡마른 체구였다. 또 길쭉한 흰 얼굴에 검은콩 같은 작고 반짝이는 눈을 하고 있어 상당히 약삭빠르면서도 깐깐할 것 같은 인상이었다. 푹푹 찌는 날씨임에도 관포를 흐트러짐 없이 차려입은 것만 봐도 알 수 있는 점이었다.

그가 열넷째의 물음에 답하면서 문서를 건네고는 무거운 말투로 말을 이었다.

"서부전선에서 우리 군사가 비참하게 패했다고 합니다. 즉각 폐하를 만나 뵙고 이 사실을 상주해야겠습니다."

"뭐라고?"

열넷째는 청천벽력 같은 소식에 깜짝 놀랐다. 이어 경황없이 문서를 펼쳐 대충 훑어보고는 기절할 것처럼 놀랐다.

악이태가 열넷째에게 건넨 문서는 직접 상주할 권한이 없는 서녕의 수비守備가 섬서 총독아문을 통해 보내온 것이었다. 내용은 기가 막혔다. 우선 지난번 준갈이가 꽁무니를 빼고 도망간 것은 유인책이었다는 것이다. 이어 전이단과 기덕리가 공을 세우는 데 집착한 나머지 냉정한 판단을 상실한 채 적의 올가미에 걸려들었다는 사실 역시 지적했다.

문서가 전하는 결과는 비참하기 이를 데 없었다. 무엇보다 객라오소喀喇烏蘇강에서 준갈이 대군에 포위당해 두 장군과 6만 대군이 전멸을 당했다고 했다. 생존한 병사들은 거의 없었다. 겨우 10여 명만이 살아남아 서녕으로 탈출했다고 적혀 있었다.

열넷째는 자기의 눈을 의심할 지경이었다. 잠시 동안 어찌할 바를 모른 채 멍하니 서 있었다. 그러나 곧 안정을 찾은 듯 문서를 움켜쥔 채 방 안을 거닐면서 천천히 입을 열었다.

"'이기고 지는 것은 병가상사'兵家常事라고 했어. 패배는 어디서나 늘 있을 수 있는 일이야. 뭘 그렇게 호들갑을 떨어! 우리 조정의 중추가 되는 사람들부터 진정하고 중심을 잡아야지!"

악이태는 열넷째의 반응이 전혀 뜻밖인 듯 눈을 크게 뜨고 열넷째를 똑바로 쳐다봤다. 이어 잠시 생각을 가다듬는 듯했다. 자신이 아직 신임인 탓에 열넷째의 성격을 잘 모르겠다는 표정이 얼굴에 어려 있었다. 그가 한참 후 천천히 입을 열었다.

"정말 지당하신 말씀입니다. 그러나 자그마치 육만 대군이 한꺼번에 전멸당한 사례는 우리 조정 역사상 전무후무한 사건이 아니겠습니까? 그러니 명색이 병부시랑인 제가 어찌 조급하지 않겠습니까?"

"자네 말대로 전무후무한 사건이니까 침착하게 대책을 마련해야 한단 말이네! 소 잃은 후에 외양간 고쳐도 늦지는 않을 거야. 안 고치는 것보다는 낫겠지. 음……, 이렇게 하자고. 자네가 폐하에게 직접 보고하되 일단 방포 어른을 먼저 찾아가도록 해. 되도록 충격을 최소화하는 방안을 충분히 논의한 후에 보고를 하라는 얘기지. 무슨 말인지 알겠어? 폐하께서 몇 개월 동안 내내 심기가 불편해 계시다 이제 조금 좋아지기 시작해서 그래……."

열넷째가 자리에 앉아 반들거리는 앞머리를 매만지면서 말했다. 악이태가 그의 제안에 바로 대답했다.

"이런 중대한 일은 열넷째마마께서 폐하께 직접 보고하시는 것이 좋을 듯합니다."

열넷째가 악이태의 말이 끝나기 무섭게 자리에서 일어났다. 그리고는 그의 어깨를 두드리면서 말했다.

"이미 엎질러진 물이야. 큰일이기는 하지만 조급해 한다고 죽은 사람이 되살아나는 법은 없어. 내 말은 자네가 가서 폐하께 사실을 전달하는 동안 내가 시간을 좀 벌겠다는 거야. 누가 들어도 그럴 듯한 대응책을 마련하겠다는 거지. 그렇지 않고 바로 보고를 하다가 폐하께서 홧김에 '열넷째, 이제 어떻게 할 거야?' 하고 물어 오시면 나로서는 답변이 궁해지지 않겠어? 그렇지 않은가?"

악이태가 입장을 바꿔 생각해보니 열넷째의 말에도 나름 일리가 있었다. 그래서 별다른 말없이 물러나 바로 말을 달려 창춘원으로 향했다.

열넷째는 악이태를 보내놓고 즉각 조양문에 있는 염친왕부로 달려갔다. 그가 막 염친왕부 입구에 도착했을 때였다. 총관태감인 하주아가 무관 한 사람을 배웅하는 모습이 보였다. 선학仙鶴 보자 차림의 복장에 산호 정자와 반짝이는 공작화령이 유난히 눈길을 끄는 다름 아닌 신임 섬서 총독인 연갱요였다. 술을 한잔 하고 나오는 듯 거무스레한 얼굴에는 붉은 빛이 감돌고 있었다.

그가 수레에서 내리는 열넷째를 발견하고는 황급히 다가와 인사를 올린 다음 웃으면서 입을 열었다.

"그새 안녕하셨습니까, 열넷째마마! 혹시 저의 주인을 만나보셨는지요?"

"이게 누구신가! 점점 잘 나가는 모양이군? 대장군의 위풍이 사면팔방에 번뜩이는 것 같아. 복 있는 사람은 역시 뭐가 달라도 다르구먼! 그래 북경에는 언제 왔는가? 넷째 형님은 이틀 전에 한번 만나 뵈었어. 지금이 황하의 물이 불어나는 시기라 제방이 몇 군데 무너졌다면서 굉장히 바쁘신 것 같았어. 현장에 다녀오신다고 했는데, 지금쯤 돌아오셨는지 모르겠네? 그런데 그걸 왜 나한테 묻는 거야? 자네 여동생한테 물어보는 것이 더 빠르지 않아?"

열넷째가 연갱요의 물음에는 아랑곳하지 않은 채 너스레를 떨었다. 연갱요 역시 헤헤 웃으면서 입을 열었다.

"넷째마마는 북경에 계시기는 한 것 같은데 찾을 길이 없습니다. 저는 사흘 전에 도착했습니다. 어제 폐하를 뵈었는데 오늘 다시 패찰을 건네 뵙기를 청하라 하시기에 가는 중입니다. 마침 내일은 열한째 황자마마의 생신이십니다. 또 며칠 후면 스물넷째 황자마마의 생신도 다가오고요. 그래서 온 김에 찾아다니면서 뵙기를 청해야겠습니다. 그렇지 않았다가 나중에 황자마마들께서 저희 주인을 만났을 때 버릇없는 부하를 뒀다고 한소리 하시면 어떻게 합니까?"

열넷째가 머리를 끄덕이면서 웃었다.

"그렇지 않아도 바쁜 사람이 이제 더 바쁘게 생겼네. 폐하께서 뵙기를 청하라고 하셨다면서? 빨리 가지 않고 뭘 해? 내 생각에 자네 오늘 고급 강의 좀 받을 것 같은데?"

열넷째는 말을 마치자마자 바로 월동문을 들어섰다. 이어 서화청을 지나 오른쪽 통로로 들어섰을 때였다. 서재에서 한바탕 왁자지껄한 소리가 들려왔다.

그는 고개를 갸웃거리면서 서재 쪽으로 가까이 다가갔다. 여덟째 윤사를 비롯해 윤당과 윤아는 말할 것도 없고 왕홍서, 아령아, 규서 등의 모습도 보였다. 또 허리춤에 왜도倭刀를 찬 악륜대는 윤아와 술잔을 든 채 벌주를 마시는 놀이인 주령酒令을 외치고 있었다.

놀이는 윤아가 계속 지고 있는 듯했다. 연신 벌주를 벌컥벌컥 들이붓고 있었다. 열넷째는 바로 그때 성큼 안으로 들어섰다. 이어 좌중을 향해 읍을 하면서 말했다.

"우리 대군이 서부 전선에서 대패해 전멸했다고 합니다. 그런데 이곳에서는 술과 가무가 질펀하네요. 완전히 딴 나라인 모양이에요?"

"어서 와, 어서 와!"

윤사가 열넷째의 비아냥에는 아랑곳하지 않은 채 연신 손짓을 했다. 도도한 흥을 주체하지 못하는 모습이었다. 평소에는 잘 보여주지 않는 모습이기도 했다. 곧이어 그가 벌겋게 술기운이 번진 얼굴에 웃음을 가득 머금은 채 말했다.

"규서, 뭘 해? 늦게 온 열넷째마마에게 벌주를 올려야지!"

윤사는 거나하게 취해 미소를 계속 지은 채 열넷째가 잔을 비우는 모습을 지켜봤다. 이어 천천히 입을 열었다.

"나는 전이단과 기덕리가 사고를 친 것을 벌써 알고 있었어."

순간 열넷째의 손에 들려 있던 빈 술잔이 파르르 떨렸다. 600리 긴급서찰로 보내온 급보가 여덟째의 소식통보다 늦게 도착하다니……! 그가 한참 후에 겨우 충격에서 헤어난 듯 더듬거리며 물었다.

"여덟째 형님……, 이미…… 알고 계셨다고요?"

여덟째가 열넷째의 속마음을 읽은 듯 히죽 웃으면서 대답했다.

"괜히 의심하고 그러지는 마. 팔황자당이 진짜 그런 신통력까지 갖추고 있으면 얼마나 좋겠어? 서녕 수비로 있는 요문각廖文閣이 아홉째의 문하잖아. 병부로 보내는 자문咨文은 전부 순무의 직인을 받아야 하는 반면 개인 편지는 그런 것이 필요하지 않아. 그러니 입소문이 더 빠를 수밖에 없지."

윤아도 이미 취기가 몽롱한지 웃으면서 여덟째와 열넷째의 대화에 슬쩍 끼어들었다.

"열넷째, 몰랐지? 오늘 술자리는 대군의 완패를 축하하기 위한 자리라는 것을 말이야! 우리는 너무 즐거워. 연아무개가 초를 치지 않았으면 흠잡을 데가 없었을 텐데 말이야!"

열넷째가 윤아의 말에 망연자실한 표정을 한 채 좌중을 둘러봤다. 이어 천천히 술잔을 내려놓으며 말했다.

"열째 형님이 술이 많이 취하셨나 봐요. 무슨 말씀을 하시는지 통 알아들을 수가 없네요!"

"전이단이 그렇게 됐으니 조정에서 나서겠어, 나서지 않겠어?"

"당연히 나서겠죠!"

"출병을 할 것이라는 말이지?"

"출병을 하지 않을 수가 없으니까요."

"그러면 장군은 누가 유력할 것 같아?"

"……"

사실 열넷째가 강희를 직접 만나지 않고 곧바로 윤사에게 찾아온 것은 다 이유가 있었다. 바로 출병 문제 때문이었다. 미리 윤사와의 물밑 접촉을 통해 서부 출정권을 따내려는 생각을 하고 있었던 것이다.

'내가 먼저 한 발 뒤로 빠지는 척하면서 윤사 형님을 밀어야지. 그러면 군사 분야에 대해서는 나서기 부담스러워하는 윤사 형님은 다시 나에게 공을 넘길 것이 분명해. 그러면 내가 못 이기는 척하고……'

열넷째는 염친왕부로 달려오는 내내 자신이 어떻게 하면 출병을 할 수 있을까 하는 그 생각만 하고 있었다. 그러나 미처 숨을 고르기도 전에 자신의 속내를 간파당하고 말았다.

생각지도 않게 윤아에게 선제공격을 당한 그가 잠시 뭔가를 생각하더니 정색을 했다.

"황자들이 병사를 거느리고 나간다고 해도 직접 총칼을 들고 적들과 맞붙지 않는다면 누가 가든지 마찬가지 아니겠어요? 하지만 병권이라는 것은 다른 것과 다르기는 하죠. 가능하면 다른 사람 수중에 넘어가지 않게 하는 것이 최선이 아닌가 해요. 제 생각에는 여덟째 형님이 선수를 치는 것이 좋겠어요. 셋째와 넷째 형님이 달려들기 전에!"

"착한 아우, 자네 마음은 내가 잘 알지."

윤사가 마음에도 없는 말을 하는 열넷째의 말에 한숨을 지었다. 그리고는 한참 말을 하지 못했다. 얼마 후 그가 스스로 술을 따라 마시면서 덧붙였다.

"하지만 이번에 출정할 장군이 가지는 의미는 전과는 많이 달라. 내 생각에는 이번에 병사들을 이끌고 출정하는 사람은 바로 폐하께서 속으로 점찍어 두고 계시는 대권 계승자가 되지 않을까 싶어!"

윤사의 말에 사람들의 얼굴은 순간적으로 창백해졌다. 마치 벼락이 내리칠 때 어둠 속에서 순간적으로 비치는 공포에 찬 얼굴들 같았다. 윤사가 한참 주위의 반응을 살피더니 드디어 열넷째에게 공을 던졌다.

"솔직히 이번에 출정할 장군감으로 열넷째 자네보다 더 적합한 사람이 있을까?"

"아니에요, 여덟째 형님!"

열넷째가 여덟째의 말에 놀란 나머지 입술을 파르르 떨었다. 그리고는 한 발 성큼 다가서면서 윤사의 손을 덥석 잡고는 떨리는 목소리로 말했다.

"연륜이나 경륜, 그리고 덕망으로 볼 때 저는 여덟째 형님의 발뒤꿈치에도 미치지 못해요. 어떻게 그런 말씀을 하세요? 가죽이 없으면 털이 어디에 붙겠어요? 여덟째 형님은 우리들의 우두머리이자 기둥이고 안식처예요. 이 위계질서는 절대 무너뜨릴 수가 없어요!"

진지함이 물씬 묻어나는 열넷째의 말은 호소력이 있었다. 좌중의 사람들은 바로 숙연해지고 말았다.

순간 여덟째의 의중을 너무나도 잘 아는 아령아는 속으로 평소와는 다른 생각이 들었다.

'열넷째마마에 대한 여덟째마마의 의심이 지나친 것은 아닐까?'

여덟째가 아령아의 생각을 아는지 모르는지 다시 진지한 어조로 입을 열었다.

"열넷째, 그것은 다 구름과 같이 흘러가버린 과거일 뿐이야. 과거 얘기는 더 이상 꺼내지 마."

윤사가 말을 마치고는 눈물이 번뜩이는 눈빛을 창밖으로 던지면서 한숨을 지었다. 이어 천천히 자신의 생각을 토로했다.

"길흉화복은 점치기 어렵다는 것이 《역경》의 요지야. 나 역시 《역경》에 대해서는 위편삼절韋編三絶을 했을 정도로 많이 읽었지. 그래서 자신 있게 말할 수 있어. 천명이 나를 향하는 것이 틀림없다면 자네들이 나를 밀어주는 것도 괜찮아. 그러나 요즘 들어서 나는 내 자신이 걸어온 길을 되돌아보았어. 그럴 때마다 욕심을 과하게 부리고 지혜롭지 못했다는 것을 깨달았어. 조화에 순응해야 한다는 진리를 스스로 망각해 버렸다고. 솔직히 아바마마에게서 멀어질 법도 하지. 그러나 나는 아바마마를 결코 원망하지 않아. '정도가 지나친 것은 미치지 못한 것과 같다'過猶不及고 했어. 그 점이 나에게는 치명적이었어. 후유…… 그만 하지! 천명은 한 번 놓치면 쫓아갈 수도 없어. 이제부터 나는 열넷째의 '가죽'에 붙은 '털'로 남겠어!"

열넷째의 얼굴은 빨갛게 상기되기 시작했다. 여덟째의 말에 적잖이 고무된 듯했다. 그는 그러나 애써 속내를 감추고는 연신 고개를 저으면서 말했다.

"그것이 여덟째 형님의 진심에서 우러난 말씀인 줄은 알겠습니다. 그러나 저로서는 절대 받아들일 수가 없어요. 나라를 이끌어가는 군주가 되려면 실력과 덕망으로 승부하는 거예요. 이런 말을 해도 되는지는 모르겠으나 솔직히 이 두 가지만 보더라도 저를 포함한 아홉째, 열째 형님 모두가 여덟째 형님과는 비교가 안 되죠. 똑똑한 바보인 넷째 형님은 더 말할 나위도 없고요. 형님은 천명을 말씀하셨는데요, 그것은 보이지도 만져지지도 않는 거예요. 또 폐하로부터 멀어졌다고 하셨는데, 제가 보기에는 꼭 그런 것은 아니에요. 성명하시고예지가 뛰어나신 폐하께서 여덟째 형님의 진가를 몰라주실 리가 없어요. 사랑하는 자식일수록 매를 든다고 하잖아요. 폐하께서는 지금 여덟째 형님이 마음을 굳게 단련하고 강한 의지를 키울 수 있도록 기회를 만들어주시는 거라고 봐요. 그렇지 않으면 왜 호되게 질책하시면서도 여덟째 형님을 친왕으로 봉하셨겠어요? 또 제가 여덟째 형님과 같은 당인 줄 뻔히 아실 텐데, 저에게 병부를 맡기신 것은 무엇 때문일까요? 게다가 병사兵事에는 일가견이 있는 열셋째까지 가둬버리고 말이에요? 저는 다른 것은 감히 단언할 수 없어요. 그러나 만에 하나 이번에 폐하께서 저에게 십만 대군을 주신다면 딱 한 가지만은 단언할 수 있어요. 그것은 여덟째 형님을 위해 앞으로 대가大駕를 보호할 수 있는 힘 있는 신하를 만들어주시려는 의도라는 거예요!"

여덟째와 열넷째 두 사람은 완전히 상반된 주장을 펴고 있었다. 그러나 둘의 주장이 설득력 있고 논리적이라는 점에서는 똑같았다. 심지어 가슴을 파고드는 진심마저 느껴졌다. 그래서 그런지 윤아가 환하게 웃으면서 둘의 대화에 끼어들었다.

"맛있는 것을 서로 밀어내면 어떻게 되는 줄 아세요? 제삼자가 확채간다고요. 다 같은 황자이고 폐하의 혈육인데, 둘 다 황제가 되기 싫다고 한다면 제가 할 겁니다."

엄숙하기까지 했던 분위기는 윤아로 인해 다소 부드러워졌다. 그 분위기에 고무된 듯 윤당도 웃으면서 말했다.

"열넷째가 속에 있는 솔직한 얘기를 한 것 같네요. 그러나 제가 보기에는 우리를 성원해줄 사람보다 뒤통수를 후려갈기려고 도끼 들고 살금살금 다가오는 자들이 더 많을 것 같네요. 셋째, 넷째 형님도 그렇고, 방금 연갱요 그 자식도 괜히 얼쩡거렸겠어요? 자신감을 가지는 것은 좋으나 방심은 절대 금물이에요!"

"저도 동감입니다."

왕홍서가 윤당의 말이 끝나자마자 입을 열었다. 이어 가볍게 기침을 한 다음 목소리를 가다듬으면서 덧붙였다.

"일단 셋째와 넷째마마는 이미 물 건너간 것 같습니다. 아무래도 유력한 차기 태자 후보자는 오늘 자리에 함께 한 네 분 황자마마들 중에 계신다고 볼 수 있습니다. 지혜로우신 폐하께서는 평소에 별다른 알력 없이 똘똘 뭉치는 모습을 대외적으로 많이 보여주는 것에 대해 가장 높은 점수를 주실 것 같습니다. 누가 되든 앞으로 군주와 신하가 한 덩어리가 돼 난관을 잘 헤쳐 나갈 것이라는 장점을 폐하께서는 분명히 파악하고 계실 거예요. 그리고 진짜 중요한 것은 열넷째마마에게 마음대로 주무를 수 있는 병권이 없다는 사실입니다. 마마께서 병부를 확고하게 장악하고 있기는 하지만 말입니다. 그 약점은 하루라도 빨리 보완하셔야 합니다. 때문에 이번 기회에 무슨 수를 써서라도 병력을 이끌고 출정을 하셔야 합니다. 그렇게만 된다면 여덟째마마나 열넷째마마 두 분 중에서 누가 태자로 지명되더라도 아무 문제가 없을 겁니다. 막강한 힘을 가지게 되는 두 분께서 쌍벽을 이뤄 천하를 호령하시게 될 겁니다."

왕홍서는 과연 한림원 출신답게 논리정연하게 말을 잘 하는 것 같았다. 좌중의 사람들은 저마다 고개를 끄덕일 수밖에 없었다.

얼마간 침묵이 흘렀을까, 열넷째가 갑자기 연갱요가 찾아온 이유를 궁금해했다. 그러자 윤당이 웃으면서 대답했다.

"서쪽이 불안해지니 덩달아 싱숭생숭해지는 거겠지. 한 술 얻어먹겠다고 숟가락 들고 달려드는 것 같지 않은가? 넷째 형님의 좁은 연못에서 더 이상 놀고 싶지 않다 이거 아니겠어?"

"그 친구 혹시 언감생심 서정대장군西征大將軍 자리를 넘보는 것 아니야? 그렇다면 정말 꿈도 야무진 거지! 열넷째 자네, 만에 하나 폐하께서 황자들을 대장군으로 인선하지 않으시면 악륜대를 추천하라고! 그 다음에 우리가 확 밀어주면 되잖아. 대장군은 반드시 우리 사람이어야 한다고!"

윤아가 윤당의 말을 듣고는 웃기지도 않는다는 듯 말했다. 말에 조롱기가 다분했다. 규서 역시 맞장구를 치고 나왔다.

"아직 넷째마마 측에서는 아무런 움직임도 없는 것 같습니다. 이럴 때 우리가 이부와 병부를 동원해 황자들 중에서 대장군이 선출돼야 한다는 당위성을 주장해야 합니다. 그런 내용의 상주문을 폐하께 올리는 것이 좋겠습니다."

"그러다 만에 하나 셋째 형님이 낙점된다면……, 우리는 열넷째를 부장副將으로라도 보내 견제할 수 있는 데까지 해봐야겠지."

윤당이 고개를 쳐든 채 천천히 말했다. 그에 이어 왕홍서도 다시 입을 열었다.

"가장 두려운 것은 넷째마마가 십만 대군을 거느리고 연갱요와 접선하는 것입니다. 어떻게든 그것만은 막아야 합니다."

윤사가 왕홍서의 말에 냉소를 터트렸다.

"그럴 리는 없지 않겠어? 우리에게는 정춘화라는 볼모가 이미 확보돼 있잖아. 무슨 걱정이야! 죽었다던 정춘화가 넷째 형님의 집에 숨어 있다는 사실을 폐하께서 아신다면 어떻게 될까?"

열넷째가 윤사의 말에 깜짝 놀라는 표정을 지었다. 아마도 윤사가 말한 사실을 전혀 모르고 있었던 듯했다. 얼마 후 그가 천천히 물었다.

"그게 사실인가요?"

"그럼! 그 천한 갈보 같은 년이 아직도 두 눈 뜨고 멀쩡하게 살아 있어. 그것도 넷째 형님과 열셋째로부터 깍듯한 예우를 받으면서 말이야. 이 사실만 보더라도 넷째 형님은 태자 자리를 끈질기게 노리는 양반이라고 할 수 있지! 유사시에는 윤잉 형님에게 치명타를 입혀가면서까지 동궁에 들어가려 하는 거야. 아주 안달이 났다고 해도 좋아. 사실 만에 하나 정춘화가 먹혀들지 않는다고 해도 괜찮아. 우리에게는 그년보다 더 약발이 센 고복이 있잖아. '환난지교'患難之交의 은혜를 베푼 문하가 하루아침에 돌변해서 자신을 향해 총부리를 겨누는 끔찍함을 넷째 형님에게 제대로 맛보게 해줘야 하지 않겠어?"

윤사가 메마른 우물처럼 깊고 그윽한 두 눈으로 먼 곳을 쳐다보면서 열넷째의 질문에 대답했다. 보기만 해도 등골이 오싹해지는 미소가 입가에 걸려 있었다.

그의 말이 막 끝났을 때였다. 갑자기 멀리서 무거운 수레가 굴러가는 것 같은 긴 여운의 우렛소리가 들려왔다. 동시에 휘하의 부하들에게 명령하는 집사의 목소리가 들려왔다.

"곧 비가 쏟아지려고 해! 서재의 창문을 잘 닫아!"

윤사는 그 소리에 자신도 모르게 창문을 활짝 열어젖혔다. 순간 비린내를 동반한 바람이 맹렬하게 불어 닥쳤다. 저 멀리 먹장구름으로 뒤덮인 하늘에서는 이따금 소리 없는 번개가 마른 나뭇가지처럼 나타났다 사라지고는 했다.

그때 하주아가 헐레벌떡 달려들어 오면서 아뢰었다.

"열넷째마마, 폐하께서 빨리 담녕거로 오라는 명령을 내리셨습니다. 말과 우비는 준비됐으니 서둘러 주십시오."

열넷째가 말없이 하주아를 따라 나가려다 갑자기 돌아섰다. 그리고는 윤사를 향해 한쪽 무릎을 꿇어 인사를 올렸다.

윤사는 황급히 다가가 그를 일으켜 세우려 했다. 그러나 그럴 필요까지는 없었다. 그가 바로 몸을 일으킨 것이다. 이어 주먹을 쥔 채 읍을 해 보이면서 밖으로 나갔다.

한참 후 윤사가 악륜대에게 다가가 입을 열었다.

"자네……."

"예, 여덟째마마!"

"내가 왜 불렀는지 아는가?"

"술친구나 해달라고 부르신 것 아닙니까?"

"아니야! 나는 자네를 열넷째에게 딸려 보내서 공을 세울 기회를 주고자 하네!"

윤사가 무척이나 화가 나 있는 하늘을 바라보면서 한 마디씩 힘주어 말했다. 그러나 악륜대는 윤사의 말에 고개를 저었다.

"저는 북경이 좋습니다. 아무 데도 가고 싶지 않습니다."

"이건 선택이 아니야. 필수야. 반드시 가야 할 뿐만 아니라 즐거운 마음으로 가서 멋지게 싸워야 해!"

윤사가 단호한 어조로 못을 박았다. 이어 길게 숨을 내쉬면서 다시 덧붙였다.

"자네가 누구 덕분에 오늘날 이렇게까지 됐는지 아는가? 바로 우리 만주족이 산해관을 넘어 쳐들어올 때 용맹하게 적과 맞서 싸우다 장렬하게 죽은 자네 조부 덕분이야. 또 폐하를 따라 서정에 올랐던 자네 아버지 덕분이기도 하지. 그때 자네 아버지는 폐하를 보호하기 위해 무려 일흔 곳에 칼을 맞고는 저 세상으로 갔지. 폐하께서 자네가 잘못을 저질렀을 때 선뜻 칼을 뽑지 못하셨던 이유도 바로 거기에 있어! 나는 내 유모의 남편 아포제雅布齊를 이미 서녕에 보냈어. 이번에 열넷째가 서정대장군이 되는 것은 불 보듯 당연한 일이야. 그러니 자네는 열넷째를 따라가야 장래가 보장된다고. 북경에 있었다가는 치사하게도 명이 긴 무단 영감과 유철성, 장오가 이런 것들 때문에 영영 빛을 보지 못할지도 몰라. 서녕에 가서 아포제와 대화를 나눠보면 뭔가 느낌이 올 거야!"

여덟째의 말이 끝나기 무섭게 꾸물꾸물하던 하늘이 드디어 요란한 소리를 내기 시작했다. 이어 양동이로 퍼붓는 듯한 비가 거세게 창문을 내리쳤다.

45장

폐태자의 밀서

악이태가 열넷째의 명을 받고 창춘원 입구에 도착했을 때는 막 사시巳時가 되는 시간이었다. 여유가 없었다. 그는 옷차림을 단정히 한 채 숨을 고른 다음 성큼성큼 창춘원으로 들어가려고 했다. 그러나 곧바로 태감에게 출입을 제지당하고 말았다.

태감은 악이태가 자신만만하게 내민 패찰을 외면한 채 웃음 띤 얼굴로 말했다.

"폐하께서는 방 어른, 장 중당, 마 중당 등과 함께 용선用膳중이십니다. 아무래도 기다리셔야겠습니다."

"안 돼! 한시가 급한 일이야. 당장 폐하께 알려드려야 한다고!"

악이태가 황급히 말했다. 하지만 태감은 그의 간절한 청에도 불구하고 계속 고개를 저었다.

"북경성 안이 발칵 뒤집히는 한이 있더라도 안 됩니다. 폐하께서 용선을 마칠 때까지 기다려야 합니다."

악이태는 수고비라도 좀 내놓으라는 뜻으로 받아들일 수밖에 없었다. 황급히 주머니를 만져봤다. 아뿔싸! 설상가상으로 전대마저 차고 오지 않은 것이 아닌가.

달리 방법이 없었다. 급기야 악이태가 기를 쓰면서 위협을 하듯 입을 열었다.

"뭘 모르고 이러나 본데, 나는 신임 병부시랑이라고! 일에 차질이 생기면 당신 같은 사람은 백번 죽었다 깨어나도 책임질 수 없어, 알아?"

태감은 악이태가 은전 한 푼도 주지 않자 더욱 심드렁해졌다. 상대가 펄쩍 뛰거나 말거나 자기와는 무관하다는 표정으로 태평스럽게 말했다.

"시랑이 아니라 상서라고 해도 곤란합니다. 내가 병부 사관이 아닌 다음에야 그쪽에서 나를 어떻게 하겠어요? 이곳은 친왕이 와도 규정을 지켜야 하는 곳입니다."

악이태가 태감과 무의미한 입씨름으로 시간을 허비하고 있을 때였다. 창춘원 안에서 넷째 윤진과 열일곱째 윤례가 차례로 걸어 나오고 있었다. 윤진이 태감과 악이태가 언성을 높이며 싸우는 소리를 들은 듯 뒷짐을 진 채 다가와서는 물었다.

"왜 이렇게 시끄러워?"

악이태가 윤진을 보고는 마치 구세주라도 만난 듯 반기며 가지고 온 군보까지 보여주면서 황급히 말했다.

"넷째마마, 저를 빨리 들여보내주라고 말씀 좀 해주십시오! 보시다시피 제가 여기에서 이렇게 시간을 허비하고 있을 때가 아니지 않습니까?"

"음······."

윤진이 군보를 한 장씩 넘기다 갑자기 깜짝 놀란 표정을 지었다. 이어 황급히 군보를 악이태에게 돌려주면서 말했다.

"이 사람아, 왜 이렇게 멍청해? 어서 들어가지 못해?"

태감은 친왕이 와도 마찬가지라고 우긴 사람답게 윤진이 악이태의 등을 떠밀자 황급히 앞을 가로막았다. 그리고는 사정하는 듯한 웃음을 지으면서 아뢰었다.

"넷째마마, 소인이 간 크게도 넷째마마의 체면을 깎아내리려고 하는 것이 아닙니다. 올해 봄에 상서방에서는 새로운 규정이 만들어졌습니다. 왕자든 대신이든 누구를 막론하고 폐하께서 주무시거나 용선중일 때는 절대 뵙기를 청할 수 없다는 규정입니다. 아무리 큰일이라도 꼭 지켜야 합니다······."

윤진은 태감이 말하는 내내 미소를 짓고 있었다. 그러다 태감의 말이 끝나자마자 물었다.

"자네, 새로 왔나?"

"예!"

"이름이 뭐지?"

"진구秦狗라고 부릅니다."

"보정부保定府에서 왔나?"

"예!"

"원래 성이 진씨인가 아니면 입궁해서 고친 성인가?"

"원래는 호胡씨였습니다, 넷째마마."

"그러면 자네는 왜 자네의 성이 갑자기 진씨로 바뀌었는지 궁금하지도 않은가?"

진구라고 자신의 이름을 밝힌 태감이 어리둥절한 표정을 지었다.

이어 윤진을 바라보더니 고개를 저었다.

"잘 모르겠습니……"

태감의 말이 채 끝나기도 전이었다. 찰싹! 하는 소리가 크게 울려 퍼졌다. 윤진의 커다란 손바닥이 진구의 왼쪽 뺨을 강타한 것이다. 태감은 너무나 순식간에 일어난 일인지라 비틀거리면서 저만치 밀려나 갔다. 그러나 상황이 예사롭지 않다는 것을 바로 알아차린 듯 몸의 중심을 잡느라 안간힘을 썼다.

윤진은 그러고도 분이 풀리지 않았는지 두 눈을 무섭게 부릅뜬 채 욕설을 퍼부었다.

"바로 진회秦檜(송나라 때 충신 악비岳飛를 죽게 만든 간신)라는 인간 때문에 진씨로 바뀐 거야! 환관들이 권력의 무풍지대를 형성하고자 하는 마음의 싹을 아예 처음부터 잘라버리기 위해 폐하께서 강희 오십이 년에 태감들을 전부 진秦, 조趙, 고高(趙高는 중국어 발음상 '야단났다'라는 뜻의 조고糟糕와 비슷함) 세 가지 성으로 통일하셨지! 항상 경각심을 늦추지 않게 말이야. 바로 진씨가 다시는 큰일을 저지르지 못하도록 경계하라는 뜻이었다고! 어때? 따귀 한 대 더 때려줄까? 네 까짓 것이 뭔데 나를 가르치려고 들어? 나는 엄연한 친왕이고 폐하의 시위야. 내무부 총관이 내가 부리는 아랫것이라고! 똑바로 알아, 이 자식아!"

태감은 윤진이 기세등등하게 나오자 벌겋게 부어오른 뺨을 감싸 쥔 채 곧바로 털썩 무릎을 꿇었다. 그리고는 죽어라 머리를 조아리면서 용서를 빌었다.

"넷째마마, 제가 잠깐 정신을 잃었습니다. 눈깔도 멀었었나 봅니다. 부디 한 번만 용서해주십시오. 앞으로 더욱 열심히 하겠습니다!"

"알았으면 됐어."

윤진이 윤례를 향해 히죽 웃어보였다. 그때 몇몇 태감들이 다가왔다. 윤진은 바로 명령을 내렸다.

"자네들은 악이태 어른을 모시고 가서 빨리 폐하를 뵙도록 조치해!"

윤진은 말을 마치자마자 여전히 무릎을 꿇은 채 덜덜 떨고 있는 진구를 향해 50냥짜리 은표를 던져줬다. 진구의 두 눈이 휘둥그레졌다. 윤례 역시 어리둥절한 눈치였다.

그러나 윤진은 별일 아니라는 듯 말없이 윤례와 함께 창춘원을 나섰다. 이어 주변에 다른 사람이 없는 것을 확인하고는 낮은 목소리로 은근하게 물었다.

"윤례, 왕섬 스승님과 둘이서 날 보자고 한 것은 무슨 급한 일이라도 있어서인가?"

"넷째 형님! 왕 스승님께서 얼마 전 이광지하고 얘기를 한 적이 있었습니다. 그때 우연히 이광지가 방포가 과거시험을 볼 때 잠깐 지도해 준 적이 있는 스승이라는 사실을 알게 됐다고 하네요! 그래서 왕 스승님께서는 형님을 만나 직접 전할 말이 있는 것 같아요. 그리고 저는……."

윤례가 어설픈 어조로 말했다. 뭔가 더 할 말이 있는 듯 입가를 실룩거리기도 했다. 그러나 바로 입을 다물고는 발끝만 내려다보고 있었다. 눈동자가 어느새 붉어지고 있었다.

윤진은 윤례가 하려고 했던 말이 무엇인지 대략 알 것 같았다. 윤례의 생모 장가^{章佳}씨가 지난달 초파일 행사를 지낸 다음 갑자기 쇠를 삼키고 자살을 했던 것이다.

당연히 윤진은 그와 관련해서 내무부에 은밀히 조사를 해보도록 지시를 내렸다. 그 결과 놀라운 사실을 알게 되었다. 당시 열째 윤아는 술이 취해 궁으로 달려간 적이 있었다. 그러다 우연히 목욕중인 장가씨를 발견했다. 그리고 이어진 윤아의 행동은 진짜 너무나도 충격적이었다. 궁녀들이 보는 앞에서 장가씨를 껴안고 강제로 성추행을 한 것이었다.

윤진은 조사 결과에 충격을 금치 못했다. 하지만 건강이 좋지 않은 강희에게 그 사실을 알릴 수는 없었다. 자칫하다가는 건강에 치명타를 줄 수 있었다. 게다가 윤례의 체면도 생각하지 않을 수 없었다. 결국 윤진은 그 사실을 알고 있는 사람들의 입을 철저히 단속했다. 영원한 비밀로 묻어두기로 결정한 것이다.

그러나 지금의 윤례의 태도로 미뤄 볼 때 이미 생모의 죽음 뒤에 숨겨진 비밀을 알게 된 것 같았다. 윤진이 잠시 생각에 잠겨 있더니 한숨을 길게 내쉬면서 말했다.

"윤례, 말하지 않아도 대충 알겠어. 너하고 왕 스승님께서 나에게 하려는 말이 무엇인지……! 그러나 세상일들 중에 어떤 것은 모르는 것이 아는 것보다 나을 때가 있어. 또 흐릿한 것이 분명한 것보다 나을 때도 있고……. 이제부터 형이 너에게 신경을 많이 써주마. 열셋째를 대하듯 너를 대해주고 아껴주도록 노력할게."

윤례가 눈물을 가득 머금은 두 눈으로 윤진을 바라보면서 고개를 끄덕였다. 이어 눈물이 흐를세라 황급히 눈을 껌벅였다. 윤진이 그런 윤례와 하늘을 번갈아 쳐다 본 다음 화제를 돌렸다.

"날이 잔뜩 흐리구나! 구름이 심상치 않아. 집에 서둘러서 처리해야 할 서류가 있어서 가봐야겠어. 저녁에는 대내 순시도 돌아야 하고. 가서 왕 스승님께 전해. 이틀 내에 시간을 내서 찾아갈 거라고 말이야. 하늘이 무너져도 솟아날 구멍이 있으니까 걱정하지 말고 기다리라고 전해줘!"

윤진이 안쓰러운 눈빛으로 마음이 놓이지 않는지 윤례에게 몇 가지 더 당부하려고 할 때였다. 멀리서 연갱요가 말을 타고 달려오는 모습이 보였다. 윤례가 목소리를 낮춰 말했다.

"저 자식 저거, 넷째 형님 밑에 있는 작자 아니에요?"

윤진이 말없이 고개를 끄덕였다. 윤례가 기다렸다는 듯 툴툴대면서 다시 덧붙였다.

"북경에 도착한 지 한참 됐어요. 이번에 보니 아주 팔방미인이 따로 없던데요? 여기저기 찾아다니면서 얼굴도장 찍느라 정신이 없는 것 같더라고요. 넷째 형님이 주의를 좀 주셔야 할 것 같아요."

윤진이 알았다는 듯 무겁게 고개를 끄덕였다. 윤례는 더 이상 말이 필요 없다고 생각한 듯 바로 말에 올랐다.

"잠깐만!"

윤진이 갑자기 윤례를 불러 세웠다. 어느새 말에서 내려 다가오는 연갱요를 힐끗 쳐다보고 있었다. 이어 윤례에게 조용히 물었다.

"왕 스승님께서는 아직 청범사^{淸梵寺} 동쪽에 있는 그 허름한 사합원에 살고 계신가?"

윤례가 새삼스런 윤진의 질문에 의아하다는 표정을 지었다. 그리고는 연갱요를 힐끗 쳐다보고는 천천히 대답했다.

"십 년 전 여덟째 형님이 동화문^{東華門} 밖에 거처를 마련해준 적이 있었죠. 그런데 그때도 한사코 뿌리쳤잖아요. 왕 스승님께서 궁에 들어가 강학을 하는 틈을 타 여덟째 형님이 책과 물건들을 전부 옮겨 놨는데도 그날로 바로 나와버렸잖아요. 그 뒤 폐하께서도 괴수사가^{槐樹斜街}에 뜰이 세 개나 딸려 있는 조용하고 아늑한 집을 한 채 하사하셨죠. 왕 스승님은 그것마저 마다할 수는 없었던 것 같아요. 어쩔 수 없이 집안의 사당으로 개조해 놓고는 살기는 지금 그 사합원에서 쭉 살고 있으니 말이에요. 아무튼 세상에 둘도 없는 괴짜라니까요. 형님도 웬만하면 그냥 두고 보시는 것이 나을 거예요."

"왕씨 집안은 백 년 동안이나 명맥을 이어온 시서詩書의 명문가라고 해도 과언이 아니지."

윤진이 이미 오래 전부터 다가와 옆에 시립한 연갱요에게는 눈길도 주지 않은 채 한숨을 지으면서 말했다. 이어 다시 감회 어린 어조로 덧붙였다.

"전 왕조인 명나라 때부터 지금까지 무려 일곱 명의 과거 합격자와 세 명의 재상을 배출해 낸 대단한 명문가야. 그런데도 여전히 청렴하고 올곧게 살아가고 있어. 그런 것을 보면 아무튼 우리 모두가 본받아야 할 모범적인 집안이야! 왕 스승님은 남의 물건을 곁에 두고는 잠도 못 자는 사람이니 물질적으로는 도와줄 수도 없어. 최근에 들으니 그 양반이 부리는 하인이 둘 뿐이고, 그나마 나이가 많아 시원치 않다고 하는 것 같더라고. 그래서 내가 생각을 해봤지. 내무부에서 한 번에 열 명씩 돌아가면서 사람을 보내 시중을 들게 하는 것은 어떨까 하고 말이야. 자네가 왕 스승님을 만나거든 넷째마마가 간청하다시피 그런 의사를 물어왔다고 전해줘. 왕 스승님 건강이 나빠지면 폐하께서 우리를 가만 놔두지 않으실 거야."

윤진이 한참 장황하게 말을 하고는 씩 하고 웃었다. 그러자 연갱요가 모처럼 틈새를 발견했다고 생각한 듯 서둘러 한쪽 무릎을 꿇은 채 인사를 올렸다.

"신 연갱요가 넷째마마께 문안을 올립니다!"

연갱요는 자신이 인사를 올려도 윤진의 표정이 잔뜩 굳어 있자 슬슬 불안해지는 모양이었다. 그의 표정을 힐끗 쳐다보고는 계속 무릎을 꿇은 채 머리를 조아렸다.

"누구신가 했더니, 대단하신 연 군문 아니신가! 그래 어쩐 일로?"

윤진이 먼 산을 쳐다보면서 담담하게 입을 열었다. 그리고는 신경 쓰고 싶지 않다는 어조로 빈정거렸다.

"그래 북경에는 언제 왔는가? 폐하를 뵈러 온 것 같은데, 어서 일어나시지. 내가 무슨 자격으로 그대의 이런 대례를 함부로 받을 수 있겠나? 어휴, 부담스러워!"

윤진과 연갱요 사이에는 어느새 팽팽한 긴장감이 형성되고 있었다. 윤례가 그 상황을 감지했는지 황급히 입을 열었다.

"그러면 주복主僕 두 분께서는 얘기를 마저 나누세요. 저는 이만 먼저 가볼게요."

윤례는 윤진의 말도 기다리지 않고 바로 발길을 옮겼다. 연갱요는 그런 윤례를 잠시 쳐다보다 윤진에게 다시 황급히 머리를 조아렸다. 북경에 오자마자 우선 옹친왕부를 찾아가 문안을 올리지 않았기 때문에 윤진이 화를 낸다고 생각하는 것 같았다.

그가 천천히 입을 열었다.

"사흘 전에 북경에 도착하자마자 왕부를 찾아갔었습니다. 그러나 마마께서는 안 계셨습니다. 그후에도 여러 번 찾아갔었습니다. 그러나 웬일인지 그때마다 뵐 수가 없었습니다. 전부 사실입니다. 저는 감히 제 주인게 거짓말을 할 수가 없습니다……."

"내가 언제 자네에게 거짓말을 한다고 했나? 이제는 자네도 개부건아開府建牙할 수 있는 위치에 있어. 술 한잔 마시러 오라고 부르는 데도 많지 않겠어? 정신없이 바쁘다는 사실을 내가 왜 모르겠어? 솔직히 자네가 내 밥 축내지 않는 것도 내 복이야. 몇 날 며칠씩 사람과 말들이 계속 씹어대고 먹으면 나같이 가난한 사람은 무지하게 부담스럽거든! 어서 폐하께 뵙기를 요청하라고. 빨리 궁으로 들어가야 하지 않아? 이 사람이 지금 여기서 왜 이러는 거야!"

윤진이 연갱요의 변명에 차가운 음성으로 대꾸했다. 이어 멀리 손짓을 하면서 지시했다.

"고복, 말 대기시켜!"

연갱요는 뭔가 할 말이 더 있는 듯했다. 하지만 윤진은 눈길도 주지 않은 채 횡하니 가버렸다.

연갱요는 일어나지도 못한 채 계속 어찌할 바를 모르는 듯했다. 창춘원의 문지기 태감들과 옹친왕부의 하인들도 지켜보고 있었으니 체면도 말이 아니었다. 붉으락푸르락 한 표정을 지을 줄 모르고 있었다.

그는 태감들이 킥킥거리는 소리를 들으며 한참을 머뭇거리다 겨우 몸을 일으켰다. 그리고는 고개를 떨어뜨린 채 창춘원 안으로 들어가면서 계속 툴툴거렸다.

"정말 재수 옴 붙었네!"

심란해진 윤진이 찜찜한 기분을 떨치지 못하고 왕부로 돌아왔을 때였다. 갑자기 하늘이 컴컴해지기 시작했다. 그러자 하녀와 어멈들이 빨래를 걷느라 분주하게 움직였다.

주용성도 부리나케 나와서는 세자들이 공부할 때 자리를 함께 하는 서재의 하인들과 묵우를 불러다 밖에서 햇볕을 쬐게 했던 책을 서재로 옮기도록 했다. 그러다 윤진을 발견하고는 황급히 다가와 아뢰었다.

"연갱요 어른이 오전에 다녀갔습니다. 가져온 선물은 서재 복도에 있습니다. 보여드릴까요? 그런데 어떤 과일은 곧 상할 것 같아 복진의 허락을 받고 집안사람들에게 나눠줬습니다."

"말을 좀 간단하게 요약해서 하는 습관을 길러라. 못된 것만 배우려 들지 말고. 오 선생은 집에 있나?"

윤진이 짜증스럽게 주용성의 말허리를 자르면서 말했다. 주용성이 엉겁결에 윤진의 책망을 듣자 어정쩡한 표정으로 대답했다.

"성음 스님이 들어가신 지 한참 됐습니다. 그런데 나오시지 않는 것을 보니 오 선생께서 안에 계시는 것 같습니다."

윤진은 알겠다는 듯 머리를 끄덕여 보이고는 바로 화원으로 향했다. 하늘 저 멀리 무겁게 드리운 구름이 정원의 고요를 더해주고 있었다. 윤진은 그 속을 조심스럽게 걸어갔다. 비가 자주 내린 탓에 푸른 이끼가 미끄러웠던 것이다.

얼마 후 풍만정 서재에서 여운이 길고 감칠맛 나는 거문고 소리가 들려왔다. 곧이어 오사도가 똑바로 앉은 채 열심히 거문고를 타는 모습도 보였다. 책상 위에서는 새파란 향연香煙이 가느다랗게 타오르고 있었다.

한참 후 오사도가 나란히 앉은 채 귀를 기울이고 있던 성음과 문각을 바라보더니 조용히 시를 읊조렸다.

그 옛날에 제경帝京에 와 봤더니

푸른 등나무에 깃든 교룡蛟龍이 늙어죽으려 하고 있었지.

추풍에 휘둘리는 온 천지 낙엽의 애절한 몸짓,

기댈 곳 잃은 하소연인 듯했네.

이번에 다시 와 보니 꽃향기 그윽하고,

등나무 가지가 길게도 뻗었네.

흘러내리는 천지天池의 물줄기,

용의 힘찬 기지개이던가.

지나간 흔적이 매몰되지 않는 건,

청등 같은 옛 지기知己가 있기 때문이리라.

덤불 쓰고 앉아 문전에 광영光榮을 들이려고,

해마다 한식에는 석양을 향해 간절히 비네!

우우우! 큰 바람이 일기 시작하는데,

나룻배는 언제 돌아오려나.

물 위에 떨어진 복숭아꽃은

왜 이리도 더디 흐른다는 말인가!

윤진이 창 밖에서 시를 다 듣고 난 다음 한숨을 내쉬면서 말했다.

"경사京師(수도)에 큰 바람이 일기 시작하고 있어. 그런데 어떤 사람은 한가하게 청등이나 읊조리고⋯⋯, 팔자 한번 정말 좋구면!"

윤진이 웃으면서 안으로 성큼 발걸음을 옮겼다. 그러자 주용성이 기다렸다는 듯 그에게 다가왔다.

윤진이 물었다.

"무슨 일이 있는가?"

주용성이 언제 봐도 어딘가 잠이 덜 깬 사람처럼 흐리멍덩한 표정을 한 채 눈을 깜빡이면서 대답했다.

"왕부의 가무家務 중에 보고를 올리고 지시받을 사항이 있습니다. 언제 시간이 있으신지요?"

"내가 지금 오 선생을 찾아온 것을 보고도 그러는가? 저녁에 자금성 순찰을 마치고 보자고."

윤진이 간단하게 대답했다. 주용성이 바로 알겠다는 듯 고개를 숙이고는 물러갔다.

그 사이 오사도는 거문고를 내려놓고 그에게 다가갔다. 그리고는 서쪽 창문을 밀어 열어젖혔다. 그러자 비를 한껏 머금은 시원한 바람이

방 안 가득 몰려들었다. 벽에 붙어있던 서화들이 바르르 떨었다. 오사도가 창밖을 바라보면서 감회에 젖은 어조로 말했다.

"산속에 비가 내리려고 하니 누각에 바람이 그득하구나! 바람이 무섭게 몰아닥치는 모양이 곧 큰비를 몰고 올 것이 분명해. 어찌 직접 씨 뿌려 키운 풀과 꽃이 수난을 당할까 두렵지 않겠는가!"

문각이 오사도의 말에는 아랑곳하지 않고 윤진을 향해 입을 열었다.

"넷째마마, 조정에 무슨 일이 있으신 겁니까?"

윤진은 마음이 아무리 괴로워도 오사도와 측근들만 보면 금세 마음이 편해지고는 했다. 악이태가 전해온 군사 급보에 대해서도 편한 마음으로 대충 줄거리를 들려줄 수 있었다. 한참 후 그가 다시 말했다.

"이런 상황이야. 그래서 여러분들의 의견이 듣고 싶어 달려왔어. 셋째 형님을 장군으로 추천해 병사를 이끌고 서정 길에 오르게 하는 것이 좋겠는가? 아니면 내가 직접 폐하를 찾아뵙고 출병을 자청하는 것이 낫겠는가? 그걸 물어보려고 왔네. 여기 있어봤자 되는 일도 없고, 이참에 나가서 바람이나 쐬고 오는 것도 나쁘지는 않을 것 같아."

성음이 윤진의 말을 듣고 진지한 표정을 살피더니 더욱 신중한 자세로 물었다.

"병부의 일을 주관하는 열넷째마마를 만나 뵈신 겁니까?"

윤진이 고개를 저었다.

"아직 못 만났어."

오사도가 창밖을 내다보다 자리로 돌아가 앉더니 의미심장한 어조로 입을 열었다.

"밖에서 무슨 일이 있으면 사람들은 본능적으로 집에 돌아오기 마련입니다. 넷째마마께서도 소식을 접하자 바로 들어오셨습니다. 열넷째마마도 집으로 가기는 했으나 염친왕부로 달려갔을 것입니다. 길가의 사람들도 비가 쏟아지면 부랴부랴 집으로 향하게 돼 있습니다."

그의 말은 사람들의 시선을 한데 모으는 알쏭달쏭한 것이었다. 그러자 그가 다시 한 번 고개를 들어 창밖을 바라봤다. 한 줄기 번개가 번쩍 하더니 그의 얼굴을 비췄다. 젊었을 때는 대단히 준수한 청년이었을 법한 그의 얼굴 윤곽이 뚜렷하게 드러났다.

윤진이 그런 그를 바라보면서 입을 열려고 할 때였다. 그가 다시 말을 이었다.

"열넷째마마는 이미 자신이 대장군이 될 것을 십중팔구 자신하고 있을 겁니다. 여덟째마마는 그동안 자신에게 병권이 없는 것을 옥에 티라고 못내 아쉬워했습니다. 그러던 중 열넷째마마가 십만 명의 웅병雄兵을 거느리고 풍운을 몰고 다닌다고 생각해보십시오. 그것은 대단한 힘이 아닐 수 없습니다. 이렇게 해서 그분들의 계획대로 안팎에서 제대로 호응이 이뤄지는 날에는 대단히 복잡하게 됩니다. 대권 계승에 관한 폐하의 유조諭詔도 얼마든지 무기력하게 만들어버릴 수 있습니다. 넷째마마, 제 말에 일리가 있는 것 같지 않습니까?"

윤진은 오사도의 말에 바로 모골이 송연해졌다. 오사도의 말을 듣는 바로 그 순간 이번 서정 길에 나설 병력을 이끌 대장군의 위치가 새삼 중요하게 느껴졌던 것이다. 잠시 후 그가 말했다.

"군권은 절대 다른 사람의 수중에 넘어가서는 안 돼! 더군다나 여덟째에게는 절대 안 돼! 정 상황이 여의치 않으면 나라도 나서서 연갱요나 악종기를 적극 추천하겠어!"

오사도가 윤진의 말에 갑자기 고개를 젖히더니 너털웃음을 터트리면서 물었다.

"대권을 비롯한 권력에는 야망이 별로 없으신 넷째마마께서 웬일로 이번에는 그렇게 조급해 하십니까?"

윤진은 오사도의 악의 없는 야유에 순간 자신의 실수를 깨닫지 않을 수 없었다. 스르르 자리에 눌러앉은 것도 그 때문이었다. 그가 곧 숨을 길게 내쉬면서 말했다.

"대권에 욕심이 없는 것은 사실이지. 하지만 그렇다고 해서 쥐새끼들이 집 담벼락을 파헤치려 드는데도 가만히 있을 수는 없지 않은가?"

"제 생각은 이렇습니다. 다른 사람은 몰라도 연갱요와 악종기는 절대 안됩니다. 만약 폐하께서 넷째마마에게 대장군감을 물으신다면 추호의 망설임도 없이 열넷째 황자가 적임자라고 강력하게 말씀드리십시오."

오사도가 천천히 입을 열었다. 윤진의 생각과는 완전히 반대되는 엉뚱한 말이었다. 좌중의 사람들은 의외라는 듯 생판 모르는 사람 쳐다보듯 오사도를 응시했다.

오사도는 그럼에도 전혀 미동도 하지 않았다. 얼마 후 그가 오랜 침묵 끝에 비로소 살얼음이 낀 듯한 차가운 어조로 입을 열었다.

"열넷째마마는 바로 폐하께서 속으로 점찍어 두고 계시는 대장군감입니다. 병부를 맡은 지도 몇 년이 흘렀을 뿐만 아니라 그동안 쌓은 경력은 다른 황자들 중에 대체할 사람이 없는 것이 사실입니다. 넷째마마께서는 권력 앞에서 시종일관 담담하고 의연하게 대처해 오셨습니다. 그런데 갑자기 다른 사람을 추천하면 폐하께서 의혹을 품지 않겠습니까?"

오사도가 잠시 숨을 돌린 다음 덧붙였다.

"여덟째마마를 필두로 아홉째, 열째, 열넷째 마마 등이 자주 머리를 맞대는 사이라는 것을 모르는 사람은 세상천지에 없을 겁니다. 하지만 그 속에도 이변은 일어날 수 있습니다. 여덟째, 아홉째, 열째 마마는 견고하게 뭉쳤으나 열넷째마마는 다릅니다. 섬 안의 섬이고, 당黨 안의 당입니다. 여덟째마마가 한사코 열넷째마마를 대장군으로 내보내려고 하는 것에는 다 이유가 있습니다. 바로 열넷째마마가 북경에서 딴 살림을 차리지는 않을까 하는 두려움 때문이라고 보아야 합니다. 그러므로 넷째마마께서 열넷째마마의 출정을 막는다는 것은 어느 쪽으로든 득이 될 것이 없습니다.”

오사도가 잠시 숨을 골랐다. 그리고는 손가락 세 개를 펴든 채 다시 입을 열었다.

“열넷째마마로서는 나름대로의 속셈이 있습니다. 아마도 춘추전국시대 때 진晉나라의 공자인 중이重耳를 본받고자 하는 생각이 있는 듯합니다. 나라의 결정적인 명맥인 군사를 틀어쥐고 있다가 폐하가 승하하실 경우에 따른 혼란이 일어나는 대로 들고 일어나겠다는 생각인 것이죠. 한마디로 속전속결로 자립을 선언할 생각을 하고 있을 것이 분명합니다. 그런데 넷째마마께서 그 걸림돌이 되고자 한다면 열넷째마마께서 어떻게 생각하겠습니까? 열넷째마마는 얼마 전부터 넷째마마를 가까이 하려는 노력을 보이기도 했습니다. 그것도 사실은 넷째마마가 적어도 걸림돌 역할은 하지 말았으면 하는 제안 정도로 볼 수 있습니다. 화해의 손짓을 보내기까지 한 데는 그런 이유가 있다고 봅니다.”

문각과 성음은 오사도의 확신에 찬 분석에 깜짝 놀랐다. 자신들은 서정 길에 나설 대장군의 자리가 그렇게도 심오한 의미를 내포하고 있는 줄은 전혀 상상하지 못했으니 그럴 만도 했다. 윤진 역시 크게 다르지 않았다. 속으로 ‘역시 오사도!’라는 찬탄을 터트리고 있었다.

동시에 자신의 가슴 속 깊은 곳에 숨어 있는 말을 더 이상 할 수가 없는 것이 아쉬운지 자신도 모르게 가만히 한숨을 내쉬었다.

오사도가 다시 덧붙였다.

"폐하께서는 이미 백관들을 통해 여덟째마마의 대단한 위상을 검증받은 바 있습니다. 또 병권을 틀어쥔 열넷째마마도 만만치 않다는 생각을 하고 계십니다. 때문에 북경에 있으면 누가 될지는 모르나 새로운 군주에게 엄청난 위압감을 줄 것을 염려하지 않을 수 없을 겁니다. 기어코 열넷째마마를 밖으로 내돌리려 하는 것은 다 그런 이유가 있습니다. 폐하의 영명함은 실로 따를 사람이 없습니다."

성음이 오사도의 말에 웃음을 머금은 채 입을 열었다.

"듣고 보니 정말 그렇네요! 제 생각에는 방포 어른이 폐하의 고문 역할을 충실하게 잘해낸 덕분이 아닌가 합니다."

오사도가 성음의 말에 빙그레 웃어보였다.

"용인술이 뛰어난 것도 군주로서 무시할 수 없는 재주라고 할 수 있죠. 따지고 보면 별 볼 일 없었던 유방劉邦도 장량張良, 소하蕭何, 한신韓信 세 명의 걸출한 인물을 영입함으로써 천하를 얻는 데 성공하지 않았습니까? 더구나 폐하는 한 고조漢高祖에 비하면 백배는 더 뛰어나신 분이 아닙니까!"

윤진은 오사도의 말을 듣자 서정과 관련한 온갖 의문이 다 풀리는 것 같은 기분을 느꼈다. 그러나 여전히 뭔가 걱정스럽다는 표정을 지은 채 입을 열었다.

"방포가 상서방에 들어오고 조정의 일이 획기적으로 달라진 것은 없어. 그러나 정리정돈은 잘 돼 가는 것 같아. 이럴 때 열셋째만 곁에 있으면 정말 좋은데. 갇혀 있는 사람을 추천할 수도 없고 말이야."

"열셋째마마의 외할아버지가 바로 객이객 몽고의 대칸이라는 사실을 잊지 마십시오, 넷째마마."

오사도가 갑자기 다소 흥분한 어조로 말했다. 그리고는 자신이 흥분할 수밖에 없었던 이유를 설명했다.

"폐하께서 열셋째마마를 이렇게 오랫동안 연금시킨 이유는 많습니다. 그중 하나가 바로 병권을 영구히 박탈하기 위해서가 아닐까 싶습니다. 열셋째마마와 끈끈하게 연결되는 몽고 쪽의 철기병들은 사실 그 세력이 막강합니다. 열셋째마마가 출정하게 된다면 북경에 있는 넷째마마와 호응하지 말라는 법도 없습니다. 그런데 폐하께서 보시기에는 그것이야말로 진정으로 우려하는 부분이 아닐 수 없습니다. 반면 열넷째마마는 다릅니다. 그런 걱정을 할 필요 없이 마음 놓고 내보낼 수 있습니다. 열넷째마마의 부하 병사들 대부분이 북경에 가족과 재산을 둔 기인旗人들로 구성돼 있기 때문이죠. 일이 끝나고 현지에 주둔하고 있다가도 새로운 군주가 등극한 후에는 손짓하는 대로 달려올 수밖에 없지 않겠습니까? 어느 누구인들 가족과 재산이 있는 곳을 향해 돌아가려는 병사들을 막을 수가 있겠습니까?"

오사도의 말이 끝났다. 좌중의 사람들 중 먼저 입을 열려고 하는 사람은 아무도 없었다. 서재에는 돌연 적막감이 감돌았다. 그 와중에도 광풍과 우렛소리는 창문을 부서져라 흔들며 불어대고 있었다. 바깥세상은 온통 흙탕물투성이가 되어 있을 것이 분명했다.

윤진은 풍만정에서 오사도 등과 신시申時 끝 무렵까지 한참 동안 얘기를 더 나눴다. 그랬는데도 비는 도무지 그칠 기미를 보이지 않았다. 그는 할 수 없이 우비를 입은 채 주용성을 앞세우고는 만복당으로 건너갔다. 저녁에는 대내를 순시해야 한다는 생각이 떠올랐던 것이다.

그가 이문二門 입구에서 대기 중이던 고복을 향해 물었다.

"무슨 일이 있었나?"

고복이 윤진의 물음에 황급히 웃음을 지어내면서 아뢰었다.

"연갱요 장군이 와 있습니다. 무슨 일 때문에 넷째마마를 화나게 했는지 모르겠다면서 아까부터 와서 내내 서재에서 기다리고 있습니다. 지금 만나주시겠습니까?"

윤진이 잠시 생각을 하더니 입을 열었다.

"나는 지금 무척 바쁘니까 알아서 하라고 해. 정 갈 곳이 없으면 앉아서 내가 일 끝나고 올 때까지 기다리라고 하든지."

고복이 다시 다급히 물었다.

"이 날씨에 넷째마마께서는 또 어디로 출타하시려 하십니까? 제가 따라갈까요?"

"그럴 것 없어. 점간처의 장정들이면 충분해."

윤진이 만복당 안으로 들어가면서 덧붙여 지시했다.

"성음 스님 한 사람만 더 불러오게."

윤진이 저녁을 다 먹고 상을 물렸을 때는 이미 유시酉時가 되고 있었다. 빗줄기는 가늘어진 것 같았으나 하늘은 여전히 흐려 있었다. 윤진은 홍시, 홍주, 홍력 형제를 불러 저녁공부 내용을 정해준 다음 유리 등잔을 든 10여 명의 점간처 무사들을 앞세운 채 순시에 나섰다. 성음은 말을 타고 수레 뒤를 따르면서 호위를 했다.

윤진은 먼저 서화문으로 들어가서 삼대전三大殿을 둘러본 다음 오문을 통해 밖으로 나왔다. 이어 수레꾼들에게 동화문으로 가자는 명령을 내렸다.

그러자 성음이 말했다.

"자금성에는 야경을 서는 태감들도 많습니다. 또 건청문 시위들도 있습니다. 설마 도둑이 있기야 하겠습니까?"

윤진이 바로 대답했다.

"도둑 때문이 아니네. 평소에는 우선 등불을 조심시키기 위해 그러는 거야. 또 태감들이 모여 업무에는 뒷전인 채 도박이나 하지 않을까 하고 둘러보는 것이지. 번개와 우레가 잦은 이런 날은 번갯불에 궁전 한 모퉁이라도 피해를 입은 곳이 없는지 꼼꼼히 살펴볼 필요가 있어. 게다가 자금성 내에는 구천 개도 넘는 방이 있잖아. 밤중에 이천 명도 더 되는 것들이 모여 있는 건데 무슨 일을 저지를지 어떻게 알겠어? 그들이 다 군자일 수는 없잖아. 내무부, 내무부 하는데 '내무'를 관리한다고 해서 내무부가 된 것이지 괜히 그렇게 이름붙인 것은 아니잖아?"

윤진 일행은 얼마 후 동화문에 도착했다. 비는 거의 그쳐가는 중이었다. 가끔씩 나뭇잎에 맺혀 있던 빗방울이 바람에 휘날리면서 후드득후드득 떨어질 뿐이었다. 그리고 황궁의 묵은 먼지를 깨끗이 쓸고 간 빗물이 금수하金水河로 흘러들면서 큰 소리를 내고 있었다. 마치 수도꼭지를 틀어놓은 듯 콸콸 흘러내렸다.

윤진은 우비를 입고 첨벙첨벙 흙탕물을 밟으면서 동화문으로 들어갔다. 덕릉태가 당직을 서고 있는 모습이 보였다. 윤진이 반색을 하면서 말했다.

"오늘 당직이 자네인 줄 알았더라면 여기까지는 오지 않아도 되었을 텐데!"

"넷째마마! 날씨가 하도 궂어 오늘은 나오시지 않을 줄 알았습니다. 저도 방금 왔습니다. 와서 보니 어선방御膳房 태감들이 돈 따먹기 내기를 하느라고 정신이 없더군요. 홧김에 다 빼앗아버렸습니다. 지금쯤은 아마 기쁘지 않을 겁니다."

덕릉태는 윤진을 알아보고는 깜짝 놀라면서 소리치듯 말했다. 원래 그는 한어를 잘 하지 못했다. 그러나 나름 노력했는지 그새 많이 유창해져 있었다. 물론 말 속에 실수가 없지는 않았다. 때문에 윤진은 "기쁘지 않다"라는 말을 "속이 좀 탈 것이다"라는 말로 알아서 풀이할 수밖에 없었다.

그가 덕릉태를 다시 한 번 쳐다보고는 피식 웃으면서 말했다.

"나는 자네만은 믿네. 시위들이 모두 자네와 유철성, 장오가 같다면 나는 두 발 뻗고 잘 거야. 그래 별다른 일은 없지?"

덕릉태가 윤진의 물음에 고개를 저으면서 대답했다.

"둘째 마마께서 열발熱發이 심하셔서 하 태의가 부름을 받고 갔다가 지금 나왔습니다. 제가 몸수색을 해보라고 시켜 애들이 데리고 갔습니다."

윤진은 덕릉태의 대답에 뭔가 석연치 않은 느낌에 사로잡혔다. 그럴 수밖에 없었다. 어제 내무부 신형사에서 보내온 소식에 의하면 장황자가 병이 났다고 했는데, 오늘은 둘째가 '열발'이 심하다지 않는가!

아무려나 윤진이 '열발'이 아니라 '발열發熱'이라고 덕릉태의 말을 바로잡아 주려고 할 때였다. 호랑이도 제 말 하면 온다고, 하 태의가 두 명의 태감과 함께 모습을 보였다.

태의 하맹부賀孟頫는 윤진을 보자 유난스럽게 흠칫 놀랐다. 이어 황급히 격식을 차린 다음 윤진에게 인사를 올렸다. 그러자 하 태의의 몸을 수색했던 태감이 백지 한 장을 덕릉태에게 건네면서 아뢰었다.

"처방전을 쓸 때 필요하다는 이 종이 한 장 말고는 아무것도 없었습니다."

덕릉태 역시 태감의 말에 별일 아니라는 듯 말했다.

"그래? 하 태의, 너무 서운해 할 것은 없소. 집이 서화문에 있는 사람이 동화문으로 나온 데다 안색이 하도 창백하기에 그만……. 업무상 이렇게 할 수밖에 없었소."

덕릉태가 말을 마친 다음 백지를 윤진에게 넘겼다.

"왜 다들 병이 나고 그러는 거야? 몸이 아픈 거야? 아니면 마음이 아픈 거야?"

윤진이 혼잣말처럼 중얼거리면서 종잇장을 앞뒤로 눈여겨 살펴봤다. 확실히 평범한 백지가 틀림없었다. 그는 별 의심 없이 종이를 구겨버린 다음 휙 하고 던져버렸다. 이어 웃으면서 말했다.

"날씨가 하도 변덕을 부리니 강철 같은 몸을 가지고 있지 않는 이상 여기저기 아픈 데도 있기야 하겠지!"

하 태의는 윤진의 조롱 섞인 말을 듣자 속으로 불안하기 그지없었다. 뭔가 대답을 기다리는 듯한 윤진의 눈빛도 애써 피했다. 그가 그렇게 조마조마해 있을 때 갑자기 한 태감이 다급하게 외쳤다.

"글씨다, 글씨! 세상에! 백지에 글씨가 보입니다!"

순간 눈치 빠른 덕릉태가 독수리처럼 쏜살같이 달려가더니 바로 하 태의의 두 팔을 꺾었다. 하 태의가 달려가 발로 종이를 짓이기기라도 할지 모른다고 생각한 모양이었다.

그러나 종이는 이미 소리를 지른 태감의 손에 안전하게 들려 있었다. 그는 물에 젖은 종이를 조심스레 가져와서는 윤진에게 건넸다.

윤진의 시야에 또렷하게 작은 글씨가 들어왔다.

왕섬 스승님과 주천보, 진가유에게 능보 형이 책임지고 전해주십시오: 이곳에서 손발이 묶인 지도 어언 7년이라는 세월이 흘렀군요. 자유를 잃고 살아온 지난 7년은 피눈물로 얼룩진 나날이었습니다. 지척에서도 만날 수 없는 현실이 개탄스러울 뿐입니다. 우연히 서부 지역으로 출병한다는 소식을 접했습니다. 윤잉으로선 개과천선해 폐하의 신하, 아버지의 아들로 돌아가 양신良臣, 효자孝子로 거듭날 수 있는 절호의 기회라 생각하고 여러분의 도움을 간구하는 바입니다!

애신각라 윤잉이 올리는 밀서

편지의 글씨는 조금 조잡스럽기는 했다. 그러나 윤진은 대단히 눈에 익은 그 필체가 틀림없는 윤잉의 친필이라는 사실을 바로 확인할 수 있었다. 그가 희고 가지런한 이를 드러내면서 웃음 띤 얼굴로 말했다.

"역시 책 많이 읽은 사람이 재주도 좋구먼. 도대체 뭘 가지고 쓴 거야! 하 태의, 설마 자네가 방법을 가르쳐 준 것은 아니겠지?"

"넷째마마! 둘째마마께서 직접 명반明礬(명반석을 가공하여 가루로 만든 약재)으로 쓰신 겁니다……. 소인은 설령 간이 천 개가 있다 하더라도 감히 이런 짓은 못 합니다……. 전에 소인이 춘약을 조제해줬던 사실을 꼬투리로 잡아 둘째마마께서 협박을 하시는 바람에……, 울며 겨자 먹기로 명에 따를 수밖에 없었습니다. 제발 한 번만 살려 주십시오……. 저는 죽어도 괜찮으나 팔순 노모가……."

하 태의가 한나절 굶은 닭이 모이를 쪼아 먹듯 처절하게 머리를 조아리면서 말했다. 얼굴은 완전히 사색이 돼 있었다. 급기야 그는 어깨를 심하게 들썩이면서 말을 잇지 못했다. 귀신이 나올 것만 같은 울음을 터트리는데, 그것은 등골이 오싹해질 만큼 처절한 소리였다.

윤진이 그 모습을 지켜보다 담담하게 입을 열었다.

"역시 누구는 진짜 구제불능이군. 그렇게 오랜 세월을 썩히고도 한스럽지도 않나. 아직 정신을 못 차리는 것을 보니……, 정말! 자기 인생 끝난 것만으로도 모자라 아랫사람까지 이렇게 옭아매다니! 폐하께서는 나라의 중요한 일과 관련된 일은 종이 하나라도 밖으로 빼내면 가차 없이 목을 벤다고 누누이 엄지嚴旨를 내리셨어! 하늘이 도와

내 손에 걸려들었으니 망정이지 그렇지 않았다면 나까지 잘못될 뻔했잖아! 그러니 내가 어떻게 자네를 구해줄 수 있겠나?"

하맹부는 그 말에 절망한 듯 울음소리도 못 내는 것 같았다. 이제는 죽음만이 자신을 기다리고 있다고 생각하는 것이 틀림없었다.

그러나 윤진의 생각은 달랐다. 하 태의를 법대로 처리했을 때의 후폭풍을 우려하고 있었던 것이다. 실제로 태자당이 앙심을 품을 경우 편지를 꼬투리로 해서 자신을 역모의 주동자로 내몰지 말라는 법이 없었다. 더불어 완전히 죽은 목숨인 윤잉을 두 번 죽이는 잔인한 사람이라는 비난을 받을 수도 있었다.

윤진은 잠깐 동안 원칙과 현실을 저울질해 봤다. 정말 고민스러웠다. 그러나 곧 후자를 선택하는 결정을 내렸다. 그가 얼마 후 완전히 생각을 정리한 듯한 표정을 지으면서 한숨을 내쉬었다.

"사실 둘째 형님도 너무 오랜 시간 바깥구경을 못했어. 그러다 보니 잠깐 엉뚱한 생각이 들 법도 할 거야. 입장을 바꿔 생각하면 이해 못할 것도 아니지. 그러나 이런 치졸한 방법을 썼다는 것이 정말 가슴이 아프군. 그 비상한 머리를 충효에 써먹었더라면 얼마나 좋았을까!"

윤진이 마치 독백 같은 말을 마치고는 고개를 돌려 부하들을 바라봤다. 이어 천천히 말했다.

"이번 일만 아니었다면 하 태의는 참 성실하고 정직한 사람으로 우리들에게 오래도록 기억됐을 거야. 의술이 뛰어난 태의인 것은 말할 것도 없고. 그래서 자비慈悲와 선禪을 주장하는 불가佛家에 귀의한 나의 입장에서는 가능한 한 용서해주고 싶어. 원숭이도 나무에서 떨어질 때가 있다고 하잖아. 자네들도 내 생각에 공감한다면 정말 좋겠네. 그러나 그렇지 않을 경우에는 나는 쾌히 자네들 의견에 따르겠네."

윤진이 말을 마친 다음 천천히 덕릉태를 바라봤다. 덕릉태가 조금 전과는 완전히 태도가 바뀐 윤진의 말에 주저 없이 대답했다.

"넷째마마의 의견에 따르겠습니다."

다른 태감 한 명도 덕룽태의 말에 용기를 얻었는지 슬쩍 끼어들어 맞장구를 쳤다.

"사람 목숨 하나 구하는 것이 칠층 금탑을 쌓는 것보다 더 낫다고 했습니다. 어느 누가 사람목숨 앗아간 죄를 지은 채 평생 악귀들에게 쫓겨 다니기를 원하겠습니까?"

윤진이 머리를 끄덕이면서 결심을 밝혔다.

"그러면 됐어. 이 일은 하 태의가 먼저 가서 자수를 하는 게 좋겠어. 그러면 결자해지하는 쪽으로 그냥 끝나버리게 돼 있어. 폐하께서는 하 태의에게 상을 내리실 것이 분명해. 그러면 하 태의 자네는 그 돈으로 오늘 저녁 이 현장에 있었던 사람들에게 한 턱을 내게. 그것으로 액땜을 하면 되겠지, 어때?"

좌중의 사람들은 말은 하지 않았으나 속으로는 너 나 할 것 없이 모두들 놀라고 있었다. 원리원칙에 목을 매는 윤진에게서 과거에는 없었던 관용의 태도가 튀어나온 것이 너무나도 의외였던 것이다. 당연히 하나같이 그의 제안을 흔쾌히 따르기로 의견을 모았다.

46장

군주의 자격

　윤진이 자금성 순시를 마친 다음 정안문 북쪽에 있는 자신의 집으로 돌아온 것은 해시亥時가 막 되었을 때였다. 그가 고복에게 내일 아침 해야 할 일에 대해 지시를 끝내고 막 안채로 들어가려고 할 때였다. 문간방에서 갑자기 열일곱째 윤례가 나와 읍을 하면서 말했다.

　"넷째 형님, 수고 많으십니다!"

　"오, 자네군! 내일 왕섬 스승님을 모시고 오라고 했잖아. 그런데 왜 여태 여기에서 청승을 떨고 있었나?"

　윤진이 웃으면서 물었다. 윤례 역시 웃음을 머금은 채 대답했다.

　"왕 스승님께서 기어코 오늘 저녁에 오자고 하시더라고요. 그러니 어떻게 하겠어요."

　윤례의 말이 끝나기 무섭게 왕섬이 특유의 기침소리를 내면서 문간방에서 나왔다. 윤진이 깜짝 놀라며 황급히 인사를 했다.

"스승님, 이런 날씨에 어쩐 일이세요. 문간방에 누구 있나? 철딱서니 없는 것들 같으니라고! 스승님을 이런 곳에서 기다리시게 하면 어떻게 해!"

왕섬은 백발이 성성했다. 척 보기에도 얼마 전보다 훨씬 더 수척해 보였다. 그러나 기력은 괜찮은 듯했다. 그는 늘 해진 하얀 천 두루마기를 입고는 했다. 그리고는 허리를 구부정하게 하고 뒷짐을 지는 버릇이 있었다. 누가 봐도 시골 서당의 훈장 모습이었다.

왕섬이 아랫것들을 혼내는 윤진을 보고는 황급히 말렸다.

"제가 고집해서 그랬던 겁니다. 그 사람들 잘못이 아닙니다. 그러니 너무 뭐라고 그러지 마십시오. 조용한 곳에서 넷째마마께 드리고 싶은 말씀이 있어서 늦은 시간까지 기다리고 있었습니다."

윤진이 왕섬의 말에 고개를 끄덕이고는 그와 윤례를 데리고 서쪽 별채로 들어갔다. 이어 왕섬과 마주하고 앉은 다음 직접 차를 따라 주었다. 또 담뱃불도 붙여줬다. 그는 두 사람이 찾아온 의도가 몹시 궁금했으나 먼저 묻지는 않았다.

"넷째마마!"

윤진이 침묵을 지키자 왕섬이 먼저 곰방대를 한 모금 빨고는 한숨을 쉬었다. 그리고는 찾아온 목적에 대해 얘기하기 시작했다.

"원래는 천천히 내일쯤 찾아뵈려고 했었습니다. 그런데 오늘 오후 늦게 서부의 전황戰況이 불리하다는 얘기를 내정內庭에서 들었습니다. 폐하께서 열넷째마마에게 대군을 줘서 출병케 한다는 소식도 들었고요. 저는 순간 넷째마마께서 이를 어떻게 생각하실지 궁금해서 참을 수가 없었습니다. 그래서 이렇게 늦은 밤에도 불구하고 쫓아오고 말았습니다."

윤진은 사실 왕섬의 방문이 몹시 부담스러웠다. 윤잉의 비밀 편지를 찾아낸 사실을 추궁하러 온 것은 아닐까 하고 은근히 걱정한 탓이었다. 그러나 왕섬은 아직 그것까지는 모르고 있는 것 같았다. 윤진이 그제야 안도의 숨을 내쉬면서 웃음 띤 얼굴로 말했다.

"스승님께서도 아시다시피 장황자, 셋째, 열셋째, 열넷째 등은 모두 폐하를 따라 서정 길에 올랐거나 군사 훈련에 적극 참여했던 황자들이잖아요. 제가 보기에는 이번에 열넷째가 출병하는 것은 당연지사인 것 같네요. 저 같은 경우에는 잡다한 민정이나 챙기라면 모를까 군사 방면에는 완전 문외한이 아닙니까. 아예 엄두도 내지 못하고 있습니다."

윤례가 윤진의 말에 살짝 아쉬움을 표하면서 대화에 끼어들었다.

"그러면 넷째 형님은 열셋째 형님이 갔으면 하는 아쉬움조차 없으시다는 말씀이세요? 요즘 들어 병사들을 이끌고 밖에 나가고 싶어 하는 황자들이 이상하게 참 많은 것 같던데요?"

그러자 윤진이 즉각 놀라는 기색을 한 채 말했다.

"윤례, 너 그게 무슨 말이냐? 열셋째가 손발이 꽁꽁 묶여 있는 줄을 알면서도 그런 말을 해?"

윤례는 평소의 그답지 않게 논쟁에서 물러서려고 하지 않았다. 오히려 냉소를 흘리면서 더욱 적극적으로 자신의 의견을 강력하게 피력했다.

"모든 것은 쟁취하는 것 아닌가요? 넷째 형님은 모르시나 보군요. 처지를 말하자면 열셋째 형님보다도 더 험악한 큰형님까지도 물밑 작전을 폈다고요. 서정에 나서고 싶다는 의사를 몰래 전한 사실을 모르신다는 겁니까?"

윤진은 윤례의 말에 순간적으로 폐태자 윤잉을 떠올렸다. 이어 웃으면서 뭐라고 대꾸를 하려고 할 때였다. 왕섬이 갑자기 길게 한숨을 내쉬면서 입을 열었다.

"제 생각은 이렇습니다. 서정 길은 솔직히 험난하기 이를 데 없습니다. 그럼에도 황자들이 너도 나도 나서겠다고 하는 것은 동기가 그다지 순수하지 않은 것 같습니다. 물론 진정으로 나라와 백성을 지키고 개인적으로 공훈을 이룩하겠다는 생각을 하는 분들도 있기는 할 겁니다. 이 부분은 넷째마마께서 결코 간과하셔서는 안 될 것으로 생각합니다."

왕섬의 말은 그가 아니면 해줄 수 없는 충고였다. 진심이 엿보이는 간언이기도 했다. 윤진은 왕섬이 너무 고마워 자신도 모르게 고개를 숙였다. 그리고는 뭐라고 대답을 하고 싶었으나 마땅히 할 말이 없어 입을 열지 못했다.

그때 왕섬의 탄식 어린 말이 이어졌다.

"솔직히 저는 태자마마께서 두 번씩이나 저렇게 비운을 맞은 것에 대해 무척 비관했습니다. 극약을 몇 번이나 삼키곤 했습니다. 이를 미리 간파하신 폐하께서 사람을 시켜 세밀하게 감시하시는 바람에 번번이 실패했지만 말입니다. 정말 살고 싶은 마음이 눈곱만큼도 없었습니다. 저의 선조께서는 일찍이 명나라 무종武宗을 보호하기 위해 파란만장한 삶을 살았습니다. 그리고 천신만고 끝에 성공을 거두었습니다. 그런데 저는 평생을 둘째마마에게 바쳤는데, 이게 뭡니까? 정말 서글프기 그지없었습니다. 잠자리에 들 때마다 내 정성, 내 능력이 부족해서 일을 그르친 것 같아서 통탄을 금치 못했습니다. 폐하께 정말 죄송합니다. 선조들을 대할 면목도 없습니다……."

왕섬이 말을 하다 말고 그예 눈물을 보이고 말았다. 그러자 마치 홍수에 봇물 터지듯 참고 참았던 눈물이 끊임없이 흘러나오기 시작했다. 연신 옷소매로 닦아도 채 못 닦을 정도였다.

그 모습에 윤진은 자신도 모르게 눈시울을 붉히면서 황급히 위로의 말을 건넸다.

"둘째 형님이 못나서 그렇지 결코 스승님의 잘못은 아닙니다. 너무 자책하시지 마세요. 저도 신하된 입장에서 혼신을 다해 밀어보고 일으켜 세워보기도 하지 않았습니까? 그러나 본인이 나아갈 궁리를 하지 않고 주저앉기만 하는데. 우리가 어떻게 합니까? 설사 제갈공명이 살아서 돌아온다 한들 무슨 뾰족한 수가 있었겠습니까?"

"이제는 옹고집인 저도 좀 똑똑해지기로 했습니다."

왕섬이 콧물을 닦으면서 다시 입을 열었다. 이어 전혀 예상 밖의 말을 토해냈다.

"제게 남은 여생이 얼마나 될지는 모르겠습니다. 그러나 이제부터라도 명철하고 대의가 있는 그런 황자를 보필하고 싶습니다. 냉철하게 봤을 때 지금 황자들은 아쉬울 것 없는 현실에 대부분 만족하고 있습니다. 사치스러운 생활에 흠뻑 도취돼 있기도 합니다. 그뿐만이 아닙니다. 자기는 잘하지도 못하면서 무턱대고 남을 비방하려 드는 못난 황자들도 더러 있습니다. 제가 볼 때 진정으로 이 나라의 동량지재棟梁之材가 될 수 있는 황자, 그래서 종묘사직을 위한 일에 진지하게 발 벗고 나설 수 있는 사람은 아마도 넷째마마 한 사람뿐이 아닐까 싶습니다. 저는 이제 흙에 반쯤 묻힌 사람입니다. 새로운 군주가 탄생하는 것을 못 보고 죽을지도 모릅니다. 그러나 저는 살아있는 날까지는 넷째마마를 보필하고 싶습니다. 그래서 넷째마마께서 대권을 잡기를 간절히 바랍니다."

윤진은 전혀 예상치 못한 왕섬의 말에 마치 불에 덴 듯 흠칫 놀랐다. 그리고는 안색이 새파랗게 질린 채 떨리는 목소리로 말했다.

"스승님, 그건……, 그런 말씀은 그리 쉽게 하시는 것이 아닙니다."

왕섬은 그러나 내친김이라는 듯 손을 내저으면서 말을 이었다.

"저는 심지마저 타들어가기 시작하는 등잔불입니다. 아무것도 두려울 것이 없는 사람입니다. 이렇게 오밤중에 찾아온 것은 결코 넷째 마마께 뭘 얻기 위해서가 아닙니다. 열넷째마마가 서정 길에 오르면 여덟째마마는 날개를 단 호랑이가 됩니다. 그러니 각별히 조심해야 합니다. 그 말씀을 드리고 싶어서 찾아 왔습니다."

윤진이 왕섬의 진심 어린 충언에 감동을 받은 듯 고개를 끄덕이며 말했다.

"스승님의 진심을 제가 어찌 모르겠습니까? 연로하신 스승님께서 저에게 바라는 것이 있다면 제가 잘 되기를 바라는 마음뿐이겠지요. 하지만 걱정하지 마십시오. 비록 썩 비상한 머리는 아니나 다른 사람이 과연 나에게 어떤 존재인지 분별할 능력 정도는 있습니다."

왕섬은 얘기가 잘 전달되었다고 판단했는지 갑자기 자세를 고쳐 앉았다. 이어 단호하게 말했다.

"그렇다면 빨리 정춘화 그 여자를 없애버리십시오."

윤진은 왕섬의 제안에 다시 한 번 크게 놀랐다. 심장이 뚝 떨어져 내리는 것 같았다. 그는 눈을 크게 뜨고 그 자리에 굳은 채 할 말을 잃었다.

그러자 윤례가 부채를 부치면서 나섰다.

"그리 놀랄 일이 아닙니다. 이 일은 우리뿐만 아니라 여덟째 형님 쪽에서도 손금 들여다보듯 알고 있을 겁니다. 그쪽에서 이 사건을 터트리지 않고 있는 것은 형제간에 지켜주고 싶은 혈육의 정 때문이 아닙니다. 넷째 형님에게 결정적인 순간에 치명타를 입히기 위해서 아껴두고 있는 겁니다."

"정씨가 살아있는 것은……, 어떻게 알았죠?"

"열셋째마마께서 알려주셨습니다."

왕섬이 윤진의 질문에 무덤덤하게 대답했다. 이어 한결 평온해진 모습으로 한숨을 내쉬고는 말을 이었다.

"열셋째마마께 변고가 일어난 다음 날 제가 면회를 갔었습니다. 그때 마마께서는 모든 것을 다 털어놓으셨습니다. 물론 그 사실은 제 가슴 속에서 칠 년 동안이나 잠자고 있었죠. 열셋째마마께서는 부처님처럼 자비로우신 넷째마마께서는 결코 그 가엾은 그 여인을 해치지 않을 거라고 확신하고 있었습니다. 저 역시 그 일이 태자마마가 저지른 죄악 중의 하나로, 그저 그렇고 그런 궁중의 비화 중 하나라고 생각했습니다. 다반사로 일어날 수 있는 일이라고 생각한 것이죠. 그래서 잊고 있었습니다. 그러나 요즘 세상 험악한 꼴을 보면 얘기가 달라집니다. 분명히 언젠가는 그 일이 넷째마마의 치명적인 급소가 될 것이라는 예감을 떨쳐버릴 수가 없습니다."

윤진은 정 귀인의 얘기가 너무나 급작스럽게 튀어나온 화제인 탓에 더 이상 말을 하지 못했다. 그저 아랫입술을 잘근잘근 씹기만 했다. 미처 대답할 어떠한 준비도 하지 못한 상태였으니 그럴 수밖에 없었다.

그의 침묵이 길어지자 왕섬이 갑자기 흥분을 하기 시작했다.

"주자朱子는 '부녀자가 굶어죽는 것은 작은 일이다. 그러나 정조를 잃는 것은 큰일이다'라고 했습니다. 그녀는 진작 죽었어야 했습니다. 한낱 여자로 인해 종묘사직이 조금이라도 흔들려서는 안 됩니다. 절대 용납할 수 없습니다. 넷째마마께서는 이 문제에 있어서만큼은 절대로 마음이 약해지지 말아야 합니다."

"그래도……, 에잇! 그 여자에게는 죄가 없어요!"

윤진이 아무래도 안 되겠다는 듯 짜증 섞인 목소리로 항변했다. 하지만 왕섬은 쉽사리 물러서지 않았다. 자리에서 일어서면서 냉정하게 말했다.

"그녀의 죄는 하늘에 사무친다고 해도 과하지 않습니다. 과실 역시 땅보다 큽니다. 넷째마마께서 차마 나서지 못하겠다면 제가 가서 수를 쓰겠습니다. 쑥스럽고 면목이 없어서라도 알아서 가도록 하겠습니다. 물리적인 힘을 쓸 필요도 없습니다."

"왕 스승님!"

윤진도 자리에서 일어나지 않을 수 없었다. 그리고는 안타까운 어조로 사정하듯 말했다.

"오늘은 그만 돌아가세요. 저에게 조금 더 생각해볼 시간을 주십시오. 그러나 저는 억울한 원혼을 만들어가면서까지 천하를 얻고 싶지는 않습니다. 정씨는 정이 많고 의리가 있는 여자예요. 지금 그녀가 삶을 지탱하고 이어가게 만드는 힘은 다른 것이 아닙니다. 둘째 형님의 재기라고 할 수 있어요. 그녀는 둘째 형님의 복위가 불가능해졌다는 사실을 알게 된다면 우리가 살아있으라고 간청한다고 해도 아마 뿌리치고 떠날 거예요."

윤진은 말을 마치고는 윤례와 왕섬을 대문 밖까지 배웅하기 위해 발걸음을 옮겼다. 심상치 않은 화제를 가지고 논란을 벌이느라 기운이 빠졌으나 표정은 이상하게도 담담해 보였다.

그러나 돌아서서 집으로 걸어오는 그의 가슴 속은 전혀 그렇지 않았다. 시간이 지날수록 세차게 뛰고 있었다. 그럴 만도 했다. 정씨가 자신의 집에 있다는 사실은 복진마저도 지금껏 모르는 철통같은 기밀이었다. 그런데 지금은 오히려 모르는 사람이 누구인지를 꼽아야 할 정도가 되어버리지 않았는가!

"도대체 언제 어떻게 밖으로 흘러나갔다는 말인가?"

윤진이 번개처럼 뇌리를 스치는 "집안도둑이 무섭다"라는 말을 곱씹으면서 조용히 뇌까렸다. 그리고는 매섭게 실눈을 뜬 채 잠시 뭔가를 생각했다. 이어 아랫입술을 힘껏 깨문 채 북쪽 서재로 향했다.

서재 입구에는 연갱요가 대기하고 있었다. 그러나 그는 시선 한 번 주지 않은 채 곧바로 자신의 자리를 향해 걸어가 앉았다. 곧 주용성과 묵향, 묵우 등의 반독伴讀(세자가 공부할 때 시중을 들면서 같이 공부하는 하인)들이 우유를 가져왔다. 이어 한편에 시립을 했다.

"더운 물을 좀 가져와. 발 좀 담가야겠어. 종아리 안마도 좀 해줘."

윤진이 눈을 지그시 감으면서 명령을 내렸다. 그러자 묵향과 묵우가 바로 달려가서는 놋대야에 더운 물을 떠 왔다.

그때 입구에 선 채 어쩔 줄을 몰라 움찔거리던 연갱요가 쭈뼛거리면서 들어왔다.

연갱요가 "시원하다!"라는 말을 연이어 내뱉으면서 자신을 철저히 외면하는 윤진에게 조심스럽게 다가갔다. 그리고는 무릎을 꿇었다. 이어 조심스럽게 윤진을 불렀다.

"넷째마마……."

연갱요의 말이 떨어진 지 한참 후에 윤진이 우유 잔을 든 채 홀짝이면서 마침내 입을 열었다.

"여덟째는 만나봤겠지? 아홉째한테도 인사를 올렸겠고?"

연갱요는 윤진이 드디어 자신을 향해 알은체를 했다는 것만으로 가슴을 쓸어내렸다. 그리고는 고개를 숙이고 변명 아닌 변명을 했다.

"넷째마마께 아룁니다. 다섯째마마와 열한째마마, 스물넷째마마도 찾아뵈었습니다. 그러나 여덟째마마를 먼저 뵐 생각은 전혀 없었습니다. 길에서 우연히 열째마마를 만나 어쩔 수 없이 끌려가다시피 했습니다. 그밖에는 없습니다. 신은 이번에 수행원들을 많이 데리고 왔습니다. 때문에 왕부에 들어가 머무르면 넷째마마께 불편을 드리지 않을까 걱정을 하지 않을 수 없었습니다. 그래서 왕부에 여장을 풀지 못했습니다. 솔직히 다른 마마를 만났을 때도 공식적으로 인사를 드리러 간 것입니다. 맹세코 주인을 욕되게 하는 언행을 한 적은 없었습니다."

연갱요가 침을 꿀꺽 삼키면서 애써 웃음을 지은 채 말했다. 하지만 윤진은 계속 냉소를 흘렸다.

"내가 언제 자네가 나를 욕되게 했다고 말했나? 나는 아무 말도 안 했는데, 왜 함부로 넘겨짚고 그래? 자네가 만나고 다닌 황자들은 모두 나의 혈육들이야. 열넷째는 같은 뱃속에서 열 달을 살았으니 더 말할 나위도 없고. 내가 일일이 챙기지 못하는 것을 영악한 자네가 알아서 했다는데, 내가 기분 나쁠 일이 뭐가 있겠어? 문제는 자네 마음이 비뚤어졌다는 거야! 마음이 바르지 않으면 눈이 허공에서 돌아. 뭘 믿고 나를 그리 만만하게 보는 거야?"

연갱요는 자신이 다른 황자들을 먼저 만나고 다닌 것 때문에 윤진이 화가 난 것이라고 생각했다. 이럴 때는 자신의 잘못을 순순히 인정하고 사죄를 하는 게 낫겠다는 판단을 내렸다.

"정말 지당하신 말씀입니다. 주인께서는 신이 누구를 먼저 만나고 나중에 만나고를 따지시는 것이 아닌 것 같습니다. 신이 시시각각 주인을 염두에 두고 행동을 하지 않았다는 사실에 서운한 감정을 느끼신 것 같군요."

윤진이 말없이 대야에서 발을 꺼냈다. 이어 서동書童들로 하여금 발을 닦도록 했다. 그리고는 편안한 실내화를 신은 채 두어 발자국 걸으면서 입을 열었다.

"그 옛날 어떤 사람이 십팔 층 지옥을 여행했다고 하는군. 그런데 염라대왕 앞에 있는 기둥에 이런 글씨가 쓰여 있었대. '목적이 있어 행하는 선은 선할지라도 칭송받을 수 없다. 반면 무의식적으로 저지른 악은 악할지라도 벌을 내리지 않는다!' 참 좋은 말이야. 자네가 섬기는 주인이 바로 이런 말을 좋아한다는 것 아닌가? 나는 자네의 주인이고, 자네는 내가 부리는 아랫것이야. 지금 나는 서동에게 발을 맡기고 따끈한 우유를 마시고 있으나 자네는 내 눈치만 살피면서 추호의 흐트러짐도 없이 내 앞에 무릎 꿇고 있지 않은가! 세상은 이렇게 불공평해. 그러나 이 모든 것은 하늘의 조화야. 인간이 어떻게 할 수 없는 운명인 거야. 자네가 진심으로 이 이치를 깨닫고 본분을 지킬 줄 아는 사람이라면 설사 실수를 저질렀더라도 나는 기꺼이 자네의 방패가 되어줄 것이네. 하지만 주인을 향한 최선을 다하는 마음이 밑바탕에 깔려 있지 않다면 자네가 행한 선과 악은 내 나름대로의 잣대로 재단할 수밖에 없어. 자네에게는 불행을 자초할 기미가 보이기 때문에 내가 이렇게 일침을 놓는 거야. 술직차 북경에 왔으면 폐하 다음에는 나를 찾아오는 것이 도리지. 내가 없으면 세자들이나 복진을 찾아봤어도 되잖아? 세자가 셋이나 있지 않은가!"

"넷째마마, 진짜로 마음은 있었으나 넷째마마께서 워낙 바쁘셔서……."

마침내 윤진이 이를 갈면서 소리쳤다.

"그 입 닥치지 못해! 내가 오늘은 바쁘지 않았다는 말인가? 오늘은 하루 종일 기다렸다가 결국은 만났잖아? 얕은 수작 부리지 마. 나한테는 먹히지 않아. 어느 구름이 비가 내릴 구름인가 하고 쫓아다니느라 시간 허비할 필요가 없어. 자네 머리 위에 있는 이 구름이 바로 비를 품고 우박을 품고 있다고!"

급기야 연갱요는 천둥 같은 윤진의 말에 허물어지듯 무릎을 꿇었다. 이어 떨리는 목소리로 입을 열었다.

"주인을 향한 신의 충성은 맹세코 하늘을 우러러 한 치의 부끄러움도 없습니다! 신은 밤낮으로 주인께서 백척간두에서 진일보 하시기를 기원해마지 않습니다. 신의 마음은 하늘이 압니다! 어제 이광지가 황자들 중에 여덟째마마가 으뜸이라고 하기에 신이 대뜸 받아쳤습니다. '여덟째마마는 관리들의 신망을 얻었는지 모르나 넷째마마는 백성들의 신망을 한 몸에 지녔다. 그 강인함과 명석함은 다른 황자들에 비할 바가 못 된다'라고 했습니다. 열넷째마마께서 군사를 이끌고 서녕西寧, 양주涼州 쪽으로 출병하시면 신은 얼마 떨어지지 않은 섬서성에서 중원의 문호를 지키고 있을 것입니다. 시간이 흐르면 넷째마마께서는 신의 진의를 제대로 파악할 수 있을 거라 믿습니다."

"그런 말은 차라리 하지 않는 것이 더 나을 뻔했어. 자네 스스로 눈을 후비고 혀를 잘라내야 할 정도로 잘못된 말이야!"

윤진의 눈썹이 무섭게 엉겨 붙었다. 어조에서도 화가 많이 났다는 느낌이 물씬 묻어났다. 그가 다시 천천히 훈계하듯 말했다.

"나는 자네에게 충과 효를 제대로 알아야 한다고 했어. 결코 충성을 빌미로 못된 짓을 하라고 종용한 적이 없다고! 눈 똑바로 뜨고 나를 봐. 나는 결코 자네가 생각하는 그런 치졸한 인간이 아니야! 당당한 사내대장부이고, 사직의 기둥이야! 대탁이 복건성에서 편지를 보내왔어. 대만으로 보내달라고 하더군. 가서 만일에 대비해 내가 물러날 곳을 만들어놓겠다고 했어. 그런데 자네는 편지에서 뭐라고 그랬어? '오늘날 주인에게 충성하는 것이 바로 훗날 황제께 충성하는 것이다'라고 하지 않았나? 그래 놓고도 다른 사람을 있는 대로 쫓아다녀? 다른 것은 제쳐 두고라도 폐하께서 여전히 건재하셔. 그럼에도 감히 '훗날'을 논했단 말이야! 그 자체만으로도 자네는 멸문지화滅門
之禍의 우愚를 범한 것이라고 해도 좋다고!"

연갱요는 순간 온몸이 오싹해지고 식은땀이 쫙 배어 나오는 기분을 느꼈다. 며칠 전 은연중에 떠올렸던 생각이 얼마나 황당무계하고 위험천만한 짓이었는지를 깨닫는 순간이라고 해도 좋았다. 윤진과는 뿌리에서부터 단단히 엉켜 있어 결코 떨어질 수 없다는 사실을 새삼 되새겼을 뿐만 아니라 그의 손에 자신의 가문을 송두리째 날려버릴 엄청난 무기가 있다는 사실도 깨달았다.

그는 알고 보면 속마음은 한없이 여린 윤진이 최악의 경우까지 자신을 몰고 가지는 않을 거라는 확신을 했다. 하지만 연신 머리를 조아리면서 용서를 구했다.

"명심하겠습니다! 신은 허튼 생각 같은 것은 감히 떠올리지도 않을 것입니다."

"일어나게! 사람과 새는 높은 가지를 찾아가게 마련이라고 했어. 그것이 인지상정이지. 정국이 워낙 혼란스럽기 때문에 자네가 잠깐 착각할 법도 하지. 내가 이렇게 자네를 훈계하는 것은 다 자네를 위해서야. 그런데 왜 우는 소리를 하는 거야? 자네는 내가 외부에 내보낸 부하들 중에서 관직이 제일 높은 사람이야. 그만큼 매사에 다른 사람들의 사표師表가 돼야 할 의무가 있다고. 조정과 나라를 위한 진실한 신하가 돼 줘야 해. 자네가 잘하면 내 얼굴에는 절로 꽃이 피는 거야. 그러면 내가 어련히 알아서 자네가 감지덕지하도록 대접해 주지 않겠나?"

윤진이 어느새 평소의 모습으로 돌아와 부드러운 어조로 말했다. 구구절절 옳은 말이었다. 또 진심에서 우러나온 가르침 같았다. 연갱요가 드디어 어깨까지 들썩이면서 울먹이기 시작했다.

그러기를 얼마나 했을까, 연갱요가 마침내 눈물을 깨끗이 닦았다. 그리고는 너무 오래 꿇어앉은 탓에 저려오는 무릎을 조심스럽게 움직이면서 일어났다. 이어 흐느끼는 어조로 말했다.

"넷째마마의 넓고 깊으신 마음을 이제야 제대로 알 것 같습니다. 지켜봐 주십시오. 최선을 다해 조정의 충신忠臣, 넷째마마의 충복忠僕으로 이름을 떨치겠습니다!"

"그래야지! 성현이 아닌 이상 흠이 없는 사람이 어디 있겠나!"

윤진이 드디어 미소를 머금었다. 그리고는 주용성에게로 얼굴을 돌리면서 명령을 내렸다.

"주용성, 연 형님한테 보이차 한 잔 갖다 드려!"

주용성은 생김새와는 달리 워낙에 영악하고 약삭빨랐다. 마치 원숭이 같다고 해도 과언이 아니었다. 그럼에도 윤진이 연갱요를 떡 주무르듯 하자 완전히 넋이 나가버리고 말았다.

'이위가 보낸 편지 내용으로 볼 때 연갱요 저 사람은 사천 일대에서는 유명한 폭군이자 안하무인의 대명사라고 해도 과언이 아니야. 고슴도치처럼 가시를 곤두 세워 주위를 두려움에 떨게 한다고 했어. 누가 봐도 작은 왕국의 국왕 행세를 한다고 할 수 있지. 그런데도 넷째마마께서는 저런 연갱요를 아주 가지고 노시는군.'

주용성은 속으로 윤진에 대한 찬탄을 금치 못했다. 그러나 머뭇거리지는 않았다. 황급히 달려가 차를 가져오는 순발력을 보였다. 그때 윤진이 연갱요에게 다시 물었다.

"자네 방금 이광지를 잠깐 언급했었지. 그래 이번에 다녀보니, 북경에서는 주로 어떤 소문이 돌고 있던가?"

"넷째마마! 내무부 황사성皇史宬(황실의 문서를 담당하는 곳)의 만가휘萬家輝가 그러더군요. 방포 어른이 지금 폐하의 유조遺詔 초안을 작성하기 시작했다고 합니다!"

윤진의 연갱요의 말에 평소 침착한 그답지 않게 깜짝 놀랐다. 그러나 잠시였다. 이내 평온을 되찾고는 담담하게 입을 열었다.

"방포 어른은 오래도록 폐하의 최측근으로 있었어. 모르기는 해도 아마 폐하께서 원하시는 사료史料를 찾아보기 위해 황사성을 몇 번 드나들었겠지. 그걸 본 호사가들이 쓸 데 없는 소문을 만들어낸 것이 틀림없어. 정말 가소롭기 짝이 없군."

연갱요 역시 동감이라는 듯 말을 받았다.

"신도 같은 생각입니다. 그러나 만가휘가 너무나도 그럴싸하게 말해서 갈피를 잡지 못하겠습니다. 폐하께서 방 어른에게 폐하를 대신해서 전기傳記 형식으로 책을 써서 유조를 대체하라고 분명히 명령을 내렸다는 겁니다."

윤진은 순간 전에 강희에게서 들었던 말을 어렴풋이 떠올렸다. 자신은 역대 황제들과는 달리 임종을 앞두고서야 계승자를 택할 것이라는 말을. 또 남기고 싶은 말은 정신이 맑을 때 한 가지씩 기록해놓을 것이라고 했던 말도 기억이 났다.

결국 연갱요의 말이 사실이라는 쪽으로 생각이 기울 수밖에 없었다. 또 순간적으로 이광지가 방포의 스승이었다는 사실도 떠올랐다. 마음이 복잡해지는 것은 너무나도 당연했다. 그러나 전혀 내색하지 않은 채 대수롭지 않은 듯 말했다.

"유조니 어쩌니 하는 것에 나는 관심이 없네. 앞으로 그런 일은 한쪽 귀로 듣고 한쪽 귀로 내보내야 할 거야. 절대로 마구 퍼뜨리고 다녀서는 안 되겠어. 자네는 앞으로 내가 알아두는 것이 좋겠다 싶은 사항만 전하면 돼. 그건 그렇고 폐하께서 자네를 북경으로 부르셨는데 무슨 특별한 지의라도 계셨는가?"

"별다른 것은 없었습니다. 신이 북경에 도착했을 당시만 해도 전이단이 참패를 당했다는 군보는 접하지 못한 시점이었습니다. 그래서 폐하께서는 신에게 서북의 군사 문제에는 신경을 쓰지 말고 중원에서 섬서성으로 조달하는 군량미 확보에 대해서만 최선을 다하라고 명령을 하셨습니다. 남는 것은 문제가 되지 않겠지만 모자라서는 절대 안 된다는 말씀도 하셨고요. 전이단이 군량미에 어려움을 겪는 날에는 신에게 책임을 묻겠다고 하셨을 뿐 다른 지의는 확실히 내리시지 않았습니다."

연갱요가 고개를 저으면서 대답했다. 그러자 윤진이 기지개를 켜듯 몸을 쭉 뻗은 자세로 말했다.

"알았네. 시간도 많이 흘렀으니 그만 가보게. 전이단이 전멸을 당했으니 모든 전략은 다시 짜야 할지도 몰라. 내 생각에는 조정에서 대장군을 내보내 대대적인 서정을 강행할 것 같아. 가만히 앉아서 약한 모습을 보여주고 있을 조정이 절대 아니야. 그러나 워낙 대부대가 움직여야 할 테니 만만찮겠지. 고북구古北口, 희봉구喜峰口, 봉천 등에 주둔중인 팔기병八旗兵과 사천성, 하남성의 녹영병綠營兵을 동원하려면 조정으로서는 몇 개월 동안은 정신없이 서둘러야 할 거야. 반면 자네는 돌아가 봐야 일단은 별일이 없을 테니. 그럴 바에는 여기 더 머물러 있다가 가지 그래. 어느 황자가 될지는 모르나 대군을 이끌고 갈 때 따라가는 것도 괜찮을 것 같아. 대군이 출병한다는 것은 나라의 체면과 위엄이 걸려 있는 대단한 중대사가 아닐 수 없어. 앞으로 자네의 군무도 훨씬 바빠지게 생겼네. 그래서 내가 이부의 허락을 받아 이위를 자네 밑으로 들여보내기로 하는 결정을 내렸네. 자네가 우선 이위에게 그런 내용을 적은 서찰을 보내게. 단 주인의 뜻이라는 말은 하지 말았으면 해. 자네가 이위가 필요해서 도움을 청하는 것으로 하라고. 이위를 끌어안는 자세를 보이라는 얘기지. 그게 자네 얼굴도 세워주고 곁에서 보기에도 훨씬 좋을 것 같아. 그만 가보게!"

얘기를 다 끝내고 연갱요가 물러났을 때는 꽤 밤이 깊었을 때였다. 자명종이 무려 열한 번이나 울렸다. 윤진이 몹시 피곤한 듯 연신 하품을 하면서도 잊지 않고 주용성을 불러서 물었다.

"낮에 나에게 할 말이 있다고 했지? 무슨 얘기인지 지금 간추려서 말해보게."

주용성이 윤진의 말에 마침내 기회가 온 것에 안도하며 아뢰었다.

"혹시 고복이 밖에 집 한 채를 샀다는 사실을 아십니까? 여자를 들여놓은 것으로 알고 있습니다."

"나는 또 무슨 일이라고! 고복이 나에게 찾아와 실토한 지 오래 됐어. 그것 때문에 그랬어?"

윤진이 대수롭지 않다는 얼굴로 대답했다. 그리고는 의자에 벌렁 드러눕다시피 하면서 눈을 지그시 감았다.

"문제는 그 여자가 여덟째마마하고 깊은 관련이 있다는 겁니다."

주용성의 말에 윤진의 눈이 번쩍 뜨였다. 그가 벌떡 일어나 앉으며 다그쳐 물었다.

"확실한가? 자네는 그걸 어떻게 알았지?"

주용성이 실눈을 뜬 채 대답했다.

"강아지가 떠난 다음 제가 서재로 들어오는 날이었습니다. 넷째마마께서는 저에게 서재에서 필묵 시중도 잘 들어야 할 뿐더러 주인의 이목이 돼줘야 한다고 지시하셨습니다."

"그랬지."

"제 생각에 필묵 시중드는 것은 아무나 시켜도 할 수 있는 일인 것 같았습니다."

"그런데?"

"그래서 저는 잠깐 고민 끝에 넷째마마께서 진정 저에게 원하시는 것은 뒷부분이라는 사실을 깨닫게 됐습니다. '이목'이라는 것이 무엇입니까? 주인이 미처 보지 못하는 것을 대신해서 보고 듣고 해야 하는 것 아닙니까? 또 주인이 혼란스러워 눈치채지 못하는 것을 대신 파악하는 것이 아닙니까?"

"그래, 맞아!"

주용성이 차분하게 말을 이었다.

"고복이 처음에 그 계집을 만나고 다닐 때 솔직하게 넷째마마께 아뢰지 않았어도 저는 이상하지 않았습니다. 말씀드리기가 민망해서 그렇다고 생각했습니다. 그런데 갈수록 두 사람의 행동거지가 수상쩍었습니다. 한 번은 길을 가는데 술집 문 앞에서 그 계집이 건너편 잡화점의 황씨 성을 가진 여자하고 손짓발짓 해가면서 신나게 얘기를 하고 있더라고요. 그런데 우리를 보자마자 이 여편네가 호랑이라도 만난 것처럼 기겁을 하면서 도망가는 것이 아니겠습니까? 그래서 수상쩍어 뒷조사를 해봤죠. 놀라지 마십시오. 황씨 성을 가진 여자는 전당포 주인 유인증의 마누라더라고요!"

윤진은 두 손을 깍지 낀 다음 베개 삼아 그 위에 머리를 얹어놓고 천장을 바라봤다. 주용성의 말에 그다지 신경을 쓰지 않는 듯한 태도였다. 하지만 속내까지 그렇지는 않았다. 온몸의 신경이 곤두서면서 눈빛이 점점 형형히 빛나고 있었다. 그가 주용성이 잠깐 말을 멈추자 바로 다음 말을 다그쳤다.

"계속 말해. 듣고 있어!"

"유인증이 누구입니까? 저는 눈에 쌍심지를 켤 수밖에 없었습니다. 곧 점간처의 장정 한 명을 시켜 고복이 밖에 마련한 집을 감시하게 했습니다. 보름쯤 지켜본 결과 그 황씨가 닷새에 한 번씩 왔다간다는 사실을 알게 됐습니다. 그때마다 백운관에 들러 향을 사르고는 집으로 돌아가고는 한다는 겁니다. 순간 저는 전에 열셋째마마께서 백운관이 도사를 사칭하는 자들의 도둑 소굴이라고 하셨던 말씀을 떠올렸습니다. 여덟째 일당의 둥지임이 확실하다는 말씀도요. 언제인가는 한 방에 날려버릴 것이라고 하셨지 않습니까? 마마께서도 당연히 기억하시겠죠? 넷째마마, 이쯤 되면 이상하지 않으십니까? 이 밖에도 온갖 잡동사니 같은 여자들이 고복의 외부 집으로 떼 지어 드나들고 있었습니다. 알아보니 여덟째마마가 키우는 가흥루 극단의 계집들이었습니다. 이것들이 여덟째마마와 직접적인 관련이 있는지는 아직 모르겠습니다. 물증을 잡지는 못한 상태입니다. 또한 여덟째마마가 그들 중 대부분을 다른 황자들에게 인심을 써서 이미 보내버린 상태이기 때문에 일일이 조사하기가 쉽지 않았습니다."

윤진은 어느새 잠이 싹 달아나버린 모양이었다. 귀를 바싹 기울인 채 다시 물었다.

"그런데 그 사실을 왜 이제야 보고하는 거야?"

주용성이 즉각 대답했다.

"고복과 넷째마마 사이는 웬만한 사이가 아니지 않습니까? 생사를 같이 한 환난지교患難之交인 줄로 압니다. 그런데 어떻게 명명백백한 증거도 없이 허튼소리를 아뢸 수가 있겠습니까? 진짜 허튼소리가 될 수도 있는데요……."

윤진이 잠시 생각하더니 다시 입을 열었다.

"자네 말대로라면 지금은 확실한 증거가 있다는 얘기로 들리는데?"

"어느 정도 확실한지는 모르겠습니다만……."

주용성이 말을 하다 말고 갑자기 묵우를 향해 턱짓으로 시늉을 했다. 묵우가 기다렸다는 듯 소매 속에서 은표 한 장을 꺼내 윤진에게 건네줬다. 즉석에서 현찰로 교환이 가능한 30냥짜리 은표였다. 윤진이 말없이 의혹에 찬 눈빛을 묵우에게 던졌다.

묵우가 황급히 입을 열었다.

"어제 고복이 소인이 없이 사는 것이 맘에 걸린다면서 준 것입니다. 얼떨결에 받았더니 이상한 질문을 하더군요. 북원北院에 정씨라는 여자가 하나 있다고 하는데 어찌된 일이냐고요. 또 '그 여자 월례月例(매달 사용하는 비용)는 복진과 같다고 하더군. 그러나 나는 관직에 있다는 그 여자의 남자가 드나드는 것을 본 적이 없어. 넷째마마에게 그런 친인척이 있다는 소리도 못 들었고. 도대체 누구지?' 하면서 관심 있게 물었습니다. 그래서 제가 아무것도 모른다고 했더니 저에게 송아지는 모르는 것이 없을 테니 잘 꼬드겨 물어보라고 했습니다."

윤진이 순간 튕기듯 자리에서 일어났다. 그의 눈에서는 강렬한 빛이 뿜어져 나오듯 눈빛이 이글거렸다. 그리고 천천히 나직한 목소리로 물었다.

"그래서 알아봐 줬는가?"

주용성이 묵우 대신 대답했다.

"이 겁쟁이가 돈을 받아 들고 부들부들 떨면서 저를 찾아와 자초지종을 얘기하더군요. 그래서 제가 고복이 다시 물으면 정 마님은 봉천 장군인 정천우鄭天祐의 부인이라고 하라고 했습니다. 또 정천우는 넷째마마의 문하로서 과포다科布多 전투에서 전사한 지 이미 오래 됐다고 말하라고 귀띔해 주기도 했습니다."

묵우 역시 생각을 더듬으면서 주용성의 말에 살을 붙였다.

"어제 오후 늦게 고복이 또 저를 은밀히 찾아왔더라고요. 알아봤냐고 하기에 주 총관이 일러준 대로 대답했습니다. 그랬더니 신경질을 바락바락 내면서 그걸 묻는 것이 아니라고 했습니다. 정 마님이 아직 북원에 있는지를 묻는 거라고 했습니다. 이쯤 되면 저와 주 총관으로서는 더 이상 어떻게 대응할 수가 없습니다. 그래서 고민 끝에 넷째 마마께 아뢰기로 했던 겁니다……."

묵우가 말을 마치자마자 윤진이 천천히 책상 앞으로 다가가 붓을 들었다. 이어 잠시 생각하는 것 같더니 이내 뭔가를 적어서 주용성에게 건네주었다.

"고복이 삼십 냥을 줬다고 했지. 내가 백 배 더 줄게. 자네 셋이서 나눠 가지게! 현찰로 바꾸되 묵우의 집을 수리하는 데 보태라고 주인이 상을 내린 거라고만 말해!"

"감사합니다, 넷째마마!"

주용성이 깊숙하게 고개를 숙였다. 윤진은 그런 그를 잠깐 내려다보더니 찻잔을 든 채 방 안을 천천히 거닐면서 다시 입을 열었다.

"하지만 자네들 말만 듣고는 나로서는 아직 가타부타 뭐라고 말할 수가 없네. 혹시 자네들은 내가 고복을 어디에서 어떻게 만났는지 아는가? 고복은 산동성에서 살 길을 찾아 기나긴 피난길에 오른 이재민들 중의 한 사람이었지. 내가 봉천의 능으로 제를 지내기 위해 갔을 때였지, 아마? 고복을 발견했을 때가……. 그때 고복의 아버지는 이미 굶어죽은 뒤였어. 그래서 관을 사서 아버지를 묻어야 하는데 돈이 없어서 여동생을 팔러 인시人市에 나왔다가 나를 만났던 거야. 전에는 병든 어머니를 살리기 위해 남의 집에 머슴으로 들어가 어린 시절을 기구하게 보냈다고 하더군. 어린 나이에 효심이 지극하다는 사실을 높이 사서 내가 데리고 왔지. 그 뒤로는 계속 나를 따라 다녔어. 우리는 황하가 범람했을 때는 사활을 건 탈출을 같이 하기도 했어. 그때부터 우리는 신분과 모든 것을 초월해 환난지교의 관계가 됐지."

고복에 대한 윤진의 회상은 다시 길게 이어졌다.

"나는 그 만큼 효자라면 적어도 자기 주인은 팔아먹지 않을 것이라는 나름대로의 확신이 있었어. 크게 키우고도 싶었지. 배움이 부족해 글을 모르고 뾰족한 재주도 없어서 다른 사람들처럼 외관外官으로 내보내주지는 못했지만 말이야. 그래도 나는 결코 집에 있는 다른 아랫것들과 똑같이 대하지는 않았어. 고복이 매달 받는 월례는 홍력이보다도 다섯 냥이나 더 많아. 설이나 명절 때마다 제일 먼저 챙겨주는 것도 잊지 않았지. 심지어 농장 한 귀퉁이를 떼어주기도 했어. 그곳에서만 해마다 적어도 백은 만 냥 정도는 나와. 내가 고복에게 베푼 은혜는 진짜 파격적이라고 할 수 있어. 그런데 송아지, 자네라면 이런 주인을 배반할 수가 있겠어? 그래서 자네들을 믿지 못하는 게 아니라 '설마!' 하는 마음이 아직 조금 남아 있는 거야."

주용성을 비롯한 세 사람은 윤진의 말을 들으면서 서서히 그 자리에 굳어진 채 서 있을 수밖에 없었다. 감히 입을 열 생각조차 하지 못했다. 윤진이 그런 그들을 응시한 채 다시 말을 이었다.

"그러면 왜 우리에게 이런 큰 상을 내릴까, 뭐 이런 궁금증이 생기지 않아? 나는 자네들의 나를 향한 그 충성심이 갸륵해서 이러는 거야. 주인을 진심으로 위하는 마음에서 이목이 된다는 것이 얼마나 소중한 것인 줄 아는가? 내가 알 만한 사람은 다 아는 자린고비이기는 하나 자네들 같은 사람들한테 베푸는 것은 하나도 아깝지가 않아. 고복보다 젊고 똑똑한 친구들이니 책을 많이 읽어두게. 그래서 나중에 연갱요처럼 잘 나가면 좋잖아? 앞으로도 뚜렷한 주관을 갖고 잘해주기를 바라. 은원恩怨이 분명하고 상벌 역시 분명한 이 넷째마마를 자네들의 창창한 앞날을 만드는 데 잘 써먹기 바란다고!"

윤진이 장황한 격려의 말을 마친 다음 바로 후속 지시를 내렸다.

"오늘 저녁은 서재에서 잘 테니, 자네들이 시중을 들게. 내일 아침엔 폐하께서 부르실지도 모르니 일찍 깨우도록 하게."

주용성을 비롯한 세 사람은 알겠노라며 연신 대답을 했다. 이어 바로 침대를 정리하고 은병에 더운 물을 가득 채워 놓았다. 향도 사르고 촛불은 하나만 남겨두고 꺼버렸다. 그리고는 조용히 물러갔다.

"용성……, 들어와 찻물 좀 따라줘. 목이 마르군."

윤진이 잠이 든 지 얼마 되지도 않았는데 갑자기 잠에서 깨더니 주용성을 불렀다. 주용성은 밖에서 옷을 입은 채 대충 눈을 붙이고 있다가 황급히 달려가 찻물을 따라주면서 여쭈었다.

"내내 몸을 뒤척이고 계시던데요. 방이 너무 더운 것은 아닙니까?"

"왠지 짜증이 나고 그러네. 꿈자리도 사납고."

윤진이 차 한 모금을 마시더니 침대에 걸터앉았다. 붉은 촛불 아래에 있어서 그런지 얼굴 표정을 정확히 읽을 수는 없었다. 그러나 생각이 복잡한 듯 자조적인 웃음을 지은 채 말했다.

"지인至人(덕이 높은 진인眞人)은 꿈을 꾸지 않는다는데, 나는 아무래도 지인하고는 거리가 먼가 봐."

주용성이 윤진의 말에 대답했다.

"공자께서도 꿈에 주공周公을 만났다고 하던데요, 뭘! 지인이 꿈이 없다는 것은 꿈같은 것을 믿지 않는다는 얘기라고 생각합니다. 전혀 꿈을 꾸지 않는다는 뜻은 아닐 겁니다."

윤진은 빙그레 웃음을 지어보였다.

"자네는 시간이 흐를수록 진가가 드러나는 친구인 것 같군. 내 스승인 고팔대顧八大, 웅사리熊賜履 두 분도 그런 멋진 말은 해주시지 않았지! 자네, 무릎 꿇고 내 말을 듣게!"

주용성은 그제야 윤진이 자신과 밀담을 나누기 위해 목마른 것을 핑계로 불러들였다는 것을 알게 됐다. 곧바로 무릎을 꿇었다.

"귀 기울여 경청하겠습니다."

"사실 자네들이 오늘 저녁에 들려준 말을 나는 다 믿네. 하지만 서재에는 그때 자네들 말고도 열 몇 명이나 더 있었어. 그 친구들이 엿듣지 않는다고 장담할 수 없잖아. 그래서 일부러 그렇게 말했던 거야. 황자들은 겉으로는 호형호제하고 다니나 사실은 물과 불처럼 상극인 경우가 많아. 자네도 잘 알고 있으리라 믿네."

윤진의 눈빛이 평소보다 날카롭게 빛났다. 주용성은 윤진이 입에 올린 말의 진의를 알고도 남았다. 즉시 깊숙이 머리를 조아렸다. 윤진이 한숨을 지으면서 말을 이었다.

"원래 일군일신一君一臣, 일주일노一主一奴의 차이는 가벼운 구름 한 층 차이인 거야. 승자는 왕이 되고, 패자는 도둑이 되는 것이지. 사슴을 쫓는 경쟁에서 핏줄 같은 건 없어. 장황자가 둘째황자, 셋째가 장황자, 여덟째가 열셋째를 해코지하는 것을 보면 간담이 서늘해질 때가 많아. 그러니 내가 어찌 순간순간을 방심하고 살 수 있겠어? 조정의 일만 해도 그래. 머리 아픈 나에게 자네 같은 측근들이 있다는 것은 정말 고마운 일이야!"

주용성은 윤진의 말에 크게 감동을 받았다. 황자로서 아랫것 중에서도 한참 아랫것인 자신에게 황가의 치부와 본인의 감정을 남김없이 드러내준다는 사실에 가슴이 뭉클해진 것이다. 그는 갑자기 가슴 속에 울컥하고 따스한 물결이 감도는 기분을 느꼈다. 목구멍은 언제 막혔는지 아무 말도 나올 것 같지 않았다.

윤진은 그의 대답을 기다리는 것이 아니었기에 차를 마시면서 다시 입을 열었다.

"자네는 겉으로는 느리고 어수룩해 보여. 그러나 속은 누구보다 영글어 있는 것 같아. 그것은 다른 사람들이 쉽게 따라 잡을 수 없는 자네만의 장점이야. 고복에 대한 감시의 끈을 절대 놓치지 말게!"

"예!"

"고복뿐만이 아니야. 왕부에 있는 모든 사람들을 유심히 살피라고!"

"예!"

"모든 사람! 문각과 성음도 예외는 아니라는 뜻이야!"

윤진이 자신의 말을 곱씹은 채 덧붙였다.

"……예!"

"이위에게 우선 서찰을 보내게. 연갱요의 일거수일투족을 철저히 감시하라고 말이야! 어디에서 누구를 만나 무슨 얘기를 하는지 잘 살펴보라고 하게. 또 누구하고 술을 마시고 어떤 행동을 보였다는 것까지 포함해 사흘에 한 번씩 상세하게 보고를 올리라고 하게. 모든 수완을 동원해서라도 서찰을 안전하게 왕부까지 보내야 해. 그러면 자네가 직접 뜯어보고 나에게 보고하도록!"

윤진의 마지막 명령은 예사롭지 않았다. 감동의 물결에 심장이 두근거리던 주용성의 가슴이 그것을 감지 못할 정도는 아니었다. 어느새 이름 모를 공포의 감정도 싸늘하게 싹트기 시작하고 있었다. 그럼에도 그는 연신 머리를 조아리면서 대답하는 것을 잊지 않았다.

"예! 명심하겠습니다!"

"내 말대로 잘 따라주면 자네는 공덕이 무량할 거야."

윤진이 가볍게 미소를 지으면서 입가를 치켜 올렸다. 그리고 그 미소는 이내 서서히 소름끼치도록 차갑게 굳어져가기 시작했다.

"내가 원하는 대로만 따라준다면 하늘이 자네의 공로를 알아줄 것이네. 그만 가보게!"

47장

서정西征에 나서는 열넷째 황자

　윤잉은 어떻게든 살아남기 위해 그야말로 최후의 발악에 가까운 처절한 몸짓을 쉬지 않았다. 그러나 그의 그런 노력은 오히려 자신의 발목을 붙잡고 깊은 물속으로 끌어당기는 결과가 되었다. 강희는 윤잉의 수법에 실망한 데서 그치지 않고 그야말로 불같이 노했다. 즉각 함안궁咸安宮에서 상사원上駟院으로 보내 영원히 감금하도록 하라는 명령을 내렸다.

　강희는 그럼에도 화가 가라앉지 않는지 윤잉이 두 번씩이나 폐위당하는 일에 한몫 톡톡히 거들었다고 생각한 경액, 탁합제, 능보, 주천보, 진가유 등에게 자살하라는 최후통첩을 보냈다. 이로써 바깥바람에 조금씩 불꽃이 피어오르는 듯하던 윤잉의 복위는 영원히 불가능해지게 됐다. 마치 버려진 석탄재에 찬물을 한 동이 끼얹는 듯했다. 윤잉은 점점 역사 속으로 가라앉아 잊혀지는 존재가 될 수밖에 없었다.

반면 잠깐 소동을 빚은 조정은 이내 일상을 되찾아가고 있었다. 백관들의 이목도 자연스럽게 10만 대군을 거느리고 서정 길에 오를 대장군이 누가 될 것인지에 집중됐다.

열넷째는 그러나 사람들이 궁금해할 시간도 주지 않았다. 음력 6월 6일이 지나자마자 바로 10여 명의 막료들을 거느리고 패륵부를 떠나 병부로 보란 듯 들어간 것이다. 그리고는 모든 외부 손님과 관리들의 배알을 철저히 물리친 채 어떻게 병력을 운용할 것인지에 대한 작전을 짜기 시작했다. 병마를 서부로 파견하는 배치를 하는데도 눈코 뜰 새 없이 바빴다.

며칠 후 드디어 고북구, 희봉구, 낭자관娘子關, 사천성의 녹영병, 강남 대영大營의 군사들로 이뤄진 10만 정예병은 서정 길에 올랐다. 군사들은 혹독한 더위에도 불구하고 사기충천한 기세가 하늘을 찔렀다. 부대는 정경井徑, 함곡函谷, 풍릉도風陵渡 노하구老河口, 오정烏程, 귀덕歸德 등 완전히 사면팔방에서 출발해 섬서성을 거쳐 가욕관嘉峪關을 빠져 나갔다. 이어 서안의 함양咸陽에 여장을 풀고 명령을 기다렸다. 모든 군령은 정기廷寄 조서 형식으로 조정에서 내려지는 것 같았으나 사실은 열넷째가 모든 것을 좌지우지하는 실권자라는 것을 모르는 사람은 하나도 없었다.

이위 역시 정신없이 바빴다. 그럴 수밖에 없었다. 그는 8월 16일, 갑자기 문관에서 무관으로 3등급이나 승진시킨다는 이부의 위찰委札(위임장을 일컬음)을 받았던 것이다. 이어 연갱요의 총독 행원에서 일을 하라는 명령을 받들어야 했다. 이미 지부의 지위에 있었던 그는 당연히 꿈에 부풀었다. 3등급이나 높이 뛰게 되었으니 참장參將이 될지도 모른다는 기대를 하고 있었던 것이다.

하지만 그는 미처 흥분할 여유도 없었다. 모든 것을 고기탁에게 맡기고는 당장 북경으로 출발을 해야 하는 탓이었다. 즉시 자신은 말을 타고 취아와 아이는 수레에 태운 채 보무도 당당하게 북경으로 향했다. 그는 향후 자신과 가족의 거취에 대한 나름의 복안도 다 생각하고 있었다. 이참에 아예 가족을 옹친왕부에 남겨놓고 자신은 아무런 걱정 없이 일에만 매달리고자 한 것이다. 하기야 "복진이 취아를 보고 싶어한다"는 윤진의 편지를 받았으니 핑계도 충분하다고 할 수 있었다.

이위는 북경으로 가는 내내 흥분에서 헤어나지 못했다. 아무리 생각해도 관운이 대통했다는 생각이 들었으니 충분히 그럴 수 있었다. 때문에 자신을 물심양면으로 도와준 사람들을 찾아 인사를 해야겠다는 생각은 하고 있었으나 윤진의 기분까지 이해하지는 못하고 있었다.

그는 북경으로 가는 내내 자신에게 듣기 좋은 소문도 많이 들었다. 열넷째 황자가 '대장군왕'大將軍王으로 봉해지는 것은 떼 논 당상이고, 조만간 대장군의 인새印璽와 천자검天子劍을 강희로부터 수여받아 서안 행원으로 출발할 것이라는 것이 대표적이었다. 또 강희가 직접 송별연을 베풀어 환송을 해준다는 말도 들려왔다. 그는 그 역사적인 장면을 목격하는 기회를 행여 놓치기라도 할세라 더욱 행렬에 박차를 가했다.

그가 밤에 잠깐 자고 새벽부터 길을 떠나는 강행군 끝에 북경에 도착했을 때는 음력 9월 8일의 늦은 저녁 무렵이었다. 북경은 출정하는 병사들을 환송하기 위한 단장을 이미 다 끝내놓고 있었다. 길에는 새롭게 황토를 깐 모양이었다. 대사를 앞두고 늘 그랬듯이 집집마다 향안香案에 술을 부어 따르면서 모든 일이 순조롭기를 기원하기도 했다. 내일이면 왕봉루王鳳樓에서 열병식을 한 후 대장군이 출정하는 것이 사실인 듯했다.

이위는 자신을 수행한 장정들에게 일단 객잔客棧에 잠자리를 마련해줬다. 그런 다음 취아 모자와 함께 옹화궁으로 향했다. 멀리서도 대문에 내걸린 등불이 훤하게 빛나는 모습이 보였다. 그는 곧 넷째마마를 만난다는 생각을 하자 감격에 목이 메었다. 물론 한편으로는 조금 두려운 감정도 없지는 않았다.

그는 얼마 후 수레를 타고 대문 앞까지 가지 않고 그 전에 미리 내리기로 했다. 그래서 취아에게 말했다.

"드디어 도착했군! 내려서 조금 걷자고. 넷째마마는 예의범절에 있어서는 사소한 것에도 무척 신경을 쓰시거든."

이위가 어느새 깊은 잠이 든 아들을 안은 취아와 함께 발걸음을 빨리 해 옹친왕부의 대문 가까이 왔을 때였다. 문지기에게 미처 자신의 신분을 밝히기도 전에 대문 안에서 노란 덮개를 덮은 수레 하나가 나오고 있었다. 그 뒤로 고복과 묵우 등 하인들에게 둘러싸인 윤진이 모습을 드러냈다.

"뵙고 싶어 죽을 뻔했습니다, 넷째마마! 그간 복 많이 받으시고 무사하셨습니까?"

이위가 크게 흥분한 어조로 문안을 올리고는 한 발 성큼 다가서면서 무릎을 꿇었다. 취아 역시 아이를 안은 채 무릎을 꿇고 머리를 깊숙이 조아렸다.

"아니! 이위가 아닌가! 지금 오는 길인가? 그런데 왜 걸어오는가? 어마어마한 대관大官이 돈 몇 푼 아끼려고 그랬는가? 자네는 갈수록 좀팽이가 돼가나 봐?"

윤진이 이위 일가를 발견하고는 수레를 멈추더니 반가움에 함박웃음을 터트렸다. 취아가 애교스럽게 이위를 흘겨보면서 말했다.

"수레를 타고 오기는 했습니다. 그러나 주인에게 예의를 지켜야 한다면서 저기서부터 내려서 걷자고 하지 뭡니까? 이제는 전족도 풀었겠다, 과거처럼 거지행색도 아니겠다, 당당하지 못할 것이 뭐가 있는지 모르겠습니다."

윤진은 취아의 말이 끝나기도 전에 이위 가족에게 다가갔다. 이어 취아를 아래위로 훑어보면서 자상하게 웃음을 지었다. 곧 입에서 반가움이 가득한 다정한 말이 흘러나왔다.

"그런 마음을 가지고 있다는 것이 나는 기분이 좋아. 그런데 자네는 그 옛날의 노랑머리 계집아이가 맞는가? 아이 엄마가 되고도 갈수록 예뻐지는군! 듣자하니 자네가 남편이 첩실을 들이는 것을 도시락 싸들고 다니며 반대한다면서? 이 아이는 몇 살인가? 이름은 뭐지?"

사실 윤진으로서는 아랫것의 자질구레한 집안 사정까지 일일이 챙길 여유가 없었다. 그럴 필요도 없었다. 그러나 이위 가족을 만나자 이것저것 궁금해하면서 깊은 관심을 보였다.

이위는 그런 주인의 마음 씀씀이에 다시 한 번 감동하지 않을 수 없었다. 한편으로는 쑥스러워서 얼굴까지 붉어졌다. 취아가 그런 남편의 태도에는 아랑곳하지 않은 채 웃으면서 말했다.

"마마께서 그걸 어떻게 아셨습니까? 저는 그런 꼴은 못 봅니다. 저 없이는 못 산다고 할 때가 언제였습니까? 그 말이 아직도 귀에 생생한데, 벌써 첩 소리가 나오다니요? 또 얼마나 붙어 있었다고 그런 소리를 하나요? 정말 제 허락 없이 여자를 데려오는 날에는 우물에 거꾸로 빠져 죽어버릴 겁니다!"

윤진은 취아의 말에 오랜만에 크게 웃지 않을 수 없었다. 연 며칠 동안 복잡한 머릿속 때문에 무기력해진 것 같았던 기분도 조금씩 좋아지고 있었다. 수행원들 역시 재미있다고 생각하는지 입을 막고 킥킥거렸다.

그러자 취아가 몸 둘 바를 몰라 하는 이위를 힐끗 쳐다보면서 윤진에게 다가가 귀여운 어조로 말했다.

"저희 아들은 벌써 세 살입니다. 자나 깨나 넷째마마의 은혜를 가슴깊이 아로새기자는 뜻에서 이름을 이충사야李忠四爺라고 지을까 합니다."

"뭐? 이충사야?"

윤진이 취아의 말에 뒤로 몸을 젖히면서 껄껄 한참을 웃었다. 그리고는 시원스러운 어조로 다시 입을 열었다.

"뜻은 그런대로 괜찮은 것 같으나 너무 촌스러워. 충이나 효나 다 어질 '현'賢이 바탕이 돼야 하지 않겠어? 내가 보기에는 이현李賢이라고 부르는 것이 좋겠어. 자, 여기서 긴 얘기를 나눌 수는 없지. 이위 자네는 풍만정에 가서 술상 봐오라고 해서 오 선생, 송아지하고 오랜만에 회포를 풀면서 나를 기다리고 있게. 취아는 복진에게 가 있고. 나는 우선 호부로 급히 가봐야겠어. 열넷째를 따라 출정할 병사들의 가족에게 포상금을 내려야 하는데, 아직 준비가 덜 돼서 말이야!"

윤진이 말을 마치고는 수레에 올라탔다. 이위는 윤진의 수레가 멀어질 때까지 바라보고 있다가 풍만정으로 발길을 돌렸다. 과연 주용성은 오사도와 함께 그곳에 자리를 잡고 있었다. 둘은 사람을 보내 성음, 문각을 데리고 오게 한 다음 주방에다 술상을 차려달라고 부탁했다. 그리고는 곧 격의 없이 웃고 떠들면서 즐거운 시간을 보냈다.

"자네 덕분에 오랜만에 넷째마마의 호탕한 웃음소리를 들을 수 있어 기분이 날아갈 것 같군. 우리는 오월부터 지금까지 한 번도 넷째마마의 맑은 얼굴을 본 적이 없어. 불철주야 이 악물고 정무에만 임하다 보니 알게 모르게 쌓인 것도 많으실 거야. 내가 보기에는 주인께서는 일부러 일에만 매달려 있는 것 같아. 자신을 혹사함으로써 무겁게 짓누르고 있는 울분을 조금씩 해소하려 하시는 것 같아. 화산이 돼 폭발하기 전에 말이야"

좌중의 대화가 무르익어가자 성음이 한숨을 지으면서 신중하게 말했다. 그리고는 문각과 잔을 부딪쳐 건배를 했다.

오사도는 주량이 약해서 아예 처음부터 술 대신 차를 마셨다. 그리고는 한참 동안 생각에 잠겨 있었다. 얼마 후 사람들이 술잔을 비우는 사이 차를 연거푸 몇 잔 들이마신 오사도가 천천히 입을 열었다.

"넷째마마의 고민이라는 것은 불 보듯 뻔한 것이 아니겠어? 열넷째마마가 대군을 이끌고 출병하는 데 필요한 군량미와 군비를 비롯해서 갖은 골치 아픈 뒤치다꺼리는 넷째마마가 전부 감당하지 않으면 안 되게 됐잖아. 넷째마마도 사람인데 어찌 불쾌하지 않겠어? 누구는 개선장군이 돼 벼슬과 명예를 한 손에 거머쥔 채 공훈을 세울 수 있는 기회를 잡게 된 반면 본인은 못하면 욕만 먹고, 지쳐 쓰러지도록 지원해 줘도 당연한 것으로 비쳐지는 일이나 하고 있게 됐잖아. 그러니 왜 불편한 마음이 생기지 않겠어?"

주용성이 오사도의 말이 끝나자마자 입을 열었다.

"그런데 오 선생께서는 어찌 해서 넷째마마에게 이럴 때일수록 맡은 바 일을 더 열심히 하라고 권유하시는 거예요? 해봤자 빛도 못볼 것을요?"

오사도가 주용성의 질문에 아랫입술을 질끈 깨문 채 냉소를 머금으면서 대답했다.

"자네, 이제 보니 겉으로만 똑똑해 보이는 헛똑똑이로군! 폐하께서는 세 차례에 걸친 친정을 통해 생생한 경험담을 많이 남기셨어. 자네는 그 가운데 한 가지도 제대로 기억하는 것이 없는 것 같구먼! 준갈이와의 전쟁은 전방전前方戰이 아니라 후방전後方戰이었어! 책망 아랍포탄이 그 많은 군사들을 데리고도 왜 패전했겠어? 군량미를 운송하는 도로가 막혀버리게 되니, 사람과 말이 먹을 것이 떨어지게 됐잖아. 그러다 굶어서 비실비실하다가 얻어맞아 죽은 거지 뭐. 이번에 전이단의 육만 대군 역시 마찬가지였어. 사실 전사戰死했다기보다는 아사餓死했다는 표현이 더 잘 어울려! 적들의 유인작전에 넘어가 너무 깊숙이 쫓아 들어가다 보니 양도糧道가 중간에 끊긴 것이지!"

성음이 갑자기 목을 길게 빼든 채 궁금하다는 어조로 물었다.

"그러면 오 선생 자네 말은……?"

"그래도 짚이는 데가 없는가? 넷째마마께서는 열넷째마마가 전방에서 밥을 하든 죽을 쑤든 신경 쓸 것 없이 본인의 맡은 바 뒷바라지만 열심히 해주면 돼. 그러면 대세는 우리 쪽으로 기울게 돼 있는 거야. 폐하께서는 넷째마마를 유심히 지켜보고 계실 것이라고! 폐하 같은 영명한 주인에게는 오로지 행하는 진실만 보일 뿐이야. 반면 교언영색巧言令色은 멸망을 자초하는 미련한 짓일 뿐이야!"

오사도가 자신도 모르게 성음이 마시다 반쯤 남은 술을 입안에 털어 넣으면서 말했다. 그러자 문각이 공감한다는 표정으로 맞장구를 쳤다.

"그렇게 좋은 말은 진작 넷째마마에게 들려줬어야지. 그래야 조금이라도 마음의 부담을 덜 수 있지 않았을까?"

오사도가 여전히 냉정한 어조로 대답했다.

"큰일을 하는 사람이 그 정도 마음고생도 하지 않고서 일을 이루겠는가?"

잠시 후 문각이 고개를 끄덕이면서 입을 열었다.

"내가 보기에는 넷째마마께서는 방금 오 선생 자네가 얘기한 부분을 이미 확실하게 알고 계신 것 같아. 아니면 어떻게 그렇게 밤낮없이 그 일에만 매달릴 수 있겠는가? 넷째마마께서는 대권에 초연한 듯 보이나 사실은 무서운 기염을 토하면서 치고 올라오는 열넷째라는 존재에 대해 부담을 느끼고 계셔. 그렇기 때문에 저렇게 마음이 편치 않은 거지."

"그렇지. 지금의 정세는 바야흐로 삼족정립三足鼎立의 국면으로 접어들었다고 해야 해. 우선 여덟째마마는 백관들의 열화와 같은 성원을 등에 업은 채 폐하께 시위를 하고 있어. 또 열넷째와 넷째마마는 길이 두 갈래로 뻗어 있으나 선택한 방법은 동일해. 섣부른 판단인지는 모르겠으나 폐하께서는 이미 후계자를 정하셨어. 그 주인공은 다름 아닌 넷째마마야."

오사도가 자신감 넘치는 어조로 말했다. 그리고는 잠깐 숨을 몰아쉬었다가 다시 덧붙였다.

"어째서 그렇게 자신 있게 단언할 수가 있냐고? 지난번 열일곱째마마한테 들은 얘기가 있어. 언젠가 이광지가 폐하 앞에서 드러내놓고 여덟째마마를 칭송했다는 거야. 그러자 폐하께서 무척이나 불쾌해 하시면서 '자네는 일선에서 물러난 사람답게 황자들의 일에 점잖게 대처해야겠어. 걱정하지 말게. 짐은 반드시 단단하기가 쇳덩이 같고 의지 강하기가 그 누구와도 비견할 수 없는 그런 인물을 자네들의 새로운 주인으로 남겨두고 갈 테니!'라고 하셨다는 거야. 그것으로 미뤄 볼 때 폐하께서는 넷째마마를 점찍고 계신 것이 틀림없어. 그 많은 황손들 중에서 폐하께서 창춘원으로 데려가 공부시키겠다고 하신 황손은 홍력 세자뿐이잖아? 또 건강상태가 어제 다르고 오늘 다르다고 느끼시는 폐하께서 지휘봉을 넘겨줄 사람을 만 리 밖으로 내보내실 리가 없어. 이런 일련의 사실을 토대로 유추해 봤을 때 폐하께서는 이미 넷째마마의 발밑에 보이지 않는 길을 닦아주셨다고 할 수 있어."

오사도가 완전히 자문자답 식으로 말했다.

그러나 성음은 의견이 조금 다른 눈치였다. 술기운이 올라 빨개진 얼굴을 한 채 입을 열었다.

"황손을 곁에 두고 싶어 하시는 것은 똑똑하고 재주 있는 황손을 보시면서 적막감을 잠시나마 잊으시려고 하는 의도가 아닐까?"

오사도가 성음의 반박이 싫지만은 않은 듯 손가락으로 그의 이마를 밀어내면서 웃었다. 이어 조용히 자기의 논리를 펼쳤다.

"자네보고 적막감이 뭔지도 모르는 중이 아니라고 할까 봐서 그래? 사람이 나이가 들어 외로움을 느낄 때는 깔깔거리고 까불어대면서 한순간도 가만히 있지 않는 아이들을 곁에 두는 게 좋아. 그런 아이들을 보다보면 시무룩하던 얼굴에 저절로 웃음이 떠오르게 되거든! 그런데 홍력 세자 같은 애늙은이를 데려다 어디에 쓰겠나? 둘이 마주 앉아 어려운 책이나 읽고 심오한 얘기나 나 누며 얼굴 쳐다보고 있어야 할 텐데 무슨 재미를 느끼겠어? 폐하께서는 훌륭한 황손에게 친히 물을 주고 거름을 줘서 건실하게 가꾸고 싶어 하시는 거야. 대청大淸 삼대三代의 성세盛世를 길이길이 이어나가시려는 깊은 뜻을 품고 계신 거지. 이제 알겠어? 똑똑한 아들을 둔 덕분에 태자가 된 아버지가 역사상 얼마나 많다고!"

"듣고 보니 그런 것 같네! 역시 중은 절이나 지키는 것이 속 편하겠어! 나 벌주 한 잔 마셔야겠군!"

성음이 환하게 웃으면서 말했다. 그리고는 스스로 자청한 벌주를 냉수 마시듯 단숨에 비워버렸다. 오사도가 그 모습을 지켜보고는 껄껄 웃음을 터트렸다.

"그렇다고 너무 일찍 좋아하지는 말라고. 지금 넷째마마의 실력으로는 황제 자리를 물려받는다는 조서詔書를 받았다고 해도 상황이 쉽지만은 않을 거야. 팔황자당의 물불 가리지 않는 막무가내에 역으로 당할 수도 있다는 사실을 간과해서는 안 된다 이 말이야! 현재 경사의 장군들 중에 바람 부나 비가 오나 흔들리지 않고 중심을 잡고 있는 믿을 만한 사람은 무단과 조봉춘밖에는 없어. 풍대 대영大營의 삼만 병력, 서산 예건영의 이만 병력, 구문제독 융과다의 이만 병력 등 도합 칠만에 가까운 병력은 언제든지 돌변해 우리에게 총부리를 겨눌 적군이라고 봐야 한다고. 물론 그중에서 융과다는 잘하면 중립을 지킬 수도 있어. 그래도 오만 대군이 창춘원을 덮치는 날에는 유조遺詔가 폐지로 변해 버리는 것은 손바닥 뒤집기보다 쉬울 수 있지 않겠어? 여덟째 등은 바로 그걸 노리는 거야!"

이위를 비롯한 나머지 세 사람은 설사 윤진이 황제 자리를 잇게 된다 해도 너무나 뜻밖의 변수가 많지 않겠느냐는 오사도의 전망에 무척이나 놀란 듯했다. 하나같이 숨쉬는 것도 잊어버린 채 긴장감에 빠져 있었다. 그때 이위가 심각한 표정을 지은 채 말했다.

"소름이 쫙 끼치는데요! 그럼 오 선생님의 생각은 어떠신가요?"

오사도가 이위의 질문이 끝나기 무섭게 젓가락으로 요리를 집으면서 대답했다.

"간단해! 진인사대천명盡人事待天命이라는 말이 있잖아. 항상 인사人事를 다한 상태에서 천명天命을 기다려야 하는 거야. 넷째마마는 열셋째마마를 충분히 활용하는 일만 남았어. 풍대 대영은 고북구에서 온 병사들로 구성돼 있어. 하나같이 열셋째마마께서 데리고 있던 병사들이야. 그 당시 졸병에 불과하던 이들도 이제는 참장參將, 유격遊擊이 돼 있어. 자신 휘하의 적지 않은 병력을 쥐락펴락할 수 있는 실권이 있다 이거야. 내일 중으로라도 넷째마마께서는 열셋째마마를 찾아가서 만나보셔야 해. 열쇠는 열셋째마마의 손에 달려 있다고 해도 과언이 아니야!"

"저는 오래 전부터 열셋째마마를 찾아보는 게 좋지 않겠냐고 조르다시피 했어요. 물론 그 당시에는 그렇게 심오한 생각까지 한 것은 아니었죠. 그러나 넷째마마께서는 난감해 하시더라고요. 내무부를 관리하고 있다고는 하나 폐하의 지의 없이 사사롭게 연금돼 있는 사람을 만난다는 것이 넷째마마의 성격상 선뜻 내키지 않는 일인 것 같았어요. 하지만 일이 되려고 그랬는지 마침 열셋째마마를 지키고 있는 대복종戴福宗이라는 사람이 아는 사람이더라고요. 대탁 어른의 친척뻘이었어요. 용돈을 찔러주고 인사를 해가면서 겨우 만나기로 했죠. 그런데 넷째마마는 장오가를 한 번 보내시고는 끝내 찾아가려 하지 않았습니다."

주용성은 자신도 뭔가 도움이 될까 싶어 알고 있는 이야기를 한마디 보태며 말을 이어갔다. 그러자 오사도가 이상야릇한 웃음을 흘리면서 말했다.

"내가 못 가게 말렸어. 그 당시엔 때가 아니었잖아! 열넷째마마가 아직 출정하지도 않은 상황에서 넷째마마가 열셋째마마를 만난 사실이 들통이라도 나 보라고. 그건 영락없이 '사사로운 결당음모'가 있다는 의혹을 받게 될 행보야. 열넷째마마가 떠난 후라면 같은 일을 해도 크게 문제가 안 되지. '은밀한 만남' 정도밖에 더 되겠어? 평소에 쌓아둔 두 마마의 정분으로 미뤄 보면 충분히 한 번쯤은 만날 수 있다고 사람들이 이해할 것이라는 말이지."

오사도가 말을 마친 다음 잠시 생각을 하는 표정을 지었다. 이어 더 이상은 말을 자제한 채 조용히 웃기만 했다.

바로 그때였다. 성음이 누가 오는 것 같다면서 오른손 검지를 입에 대면서 나머지 세 사람에게 주의를 당부했다. 사람들은 즉각 입을 다물고 잠시 침묵을 지켰다.

과연 하인 하나가 나타나더니 오사도를 향해 인사를 했다.

"넷째마마께서는 오늘 저녁에는 여기 안 계시나 봅니다?"

오사도가 웃으면서 대답했다.

"왕부 내부의 일을 전담하는 자네가 그걸 우리한테 물으면 어떻게 하겠다는 건가!"

주용성이 오사도의 말이 끝나자 하인에게 알은체를 했다. 안면이 있는 모양이었다. 이어 나지막하게 소개를 했다.

"북원北院에서 정 마님을 시중드는 친구라 넷째마마 일은 잘 모를 수도 있어요. 이것 봐, 반이潘二! 무슨 일이 있나?"

반이가 그제야 주용성을 알아보고는 울상을 지은 채 말했다.

"형님! 정 마님께서 돌아가셨어요!"

반이의 말이 끝나기 무섭게 갑자기 밖에서 누군가의 구슬픈 울음소리가 들렸다. 문칠십사 영감이 우는 소리였다. 그 소리는 점점 더 가깝게 들려오고 있었다.

주용성은 더 이상 앉아 있을 수 없다고 생각한 듯 바로 문밖으로 뛰쳐나갔다. 이어 눈물과 콧물 범벅이 돼 경황이 없는 문칠십사를 부축해 방 안으로 돌아왔다. 그리고는 그를 자리에 앉힌 다음 천천히 입을 열었다.

"도대체 무슨 일이에요? 진정하고 천천히 말을 해봐요……."

문칠십사는 주용성의 닦달에도 통곡을 멈추지 못했다. 머리를 두

다리 사이에 묻고는 연신 고개를 저으며 괴로워했다. 너무 울어 쉬어 버린 목소리는 알아듣기도 힘들었다.

"정말 이렇게 갈 줄은……, 몰랐네요……."

사실의 경위는 두서없이 띄엄띄엄 이어지는 문칠십사의 말을 통해 별로 어렵지 않게 알 수 있었다. 정 귀인은 오후까지만 해도 멀쩡했다. 화선지가 다 떨어졌다고 해서 문칠십사가 유리창琉璃廠에 가서 사다 주기까지 했다. 그리고 그가 정 귀인이 몇 마디 물어보는 말에 대답을 해주고 나왔다가 잠시 후 다시 들어갔더니……. 그녀는 이미 이 세상 사람이 아니었다. 스스로 목을 매 이승과 작별하는 선택을 한 후였다.

얼마 후 상황 설명을 다 마친 문칠십사가 한숨을 내쉬면서 말했다.

"열셋째마마가 제게 불쌍한 정 귀인을 잘 보살펴 주라고 신신당부하셨죠. 그런데 이런 일이 벌어졌네요. 이제 저는 어떻게 합니까?"

문칠십사는 그예 말을 하다 말고 오열을 터트렸다. 오사도가 그런 그를 위로하려는 듯 천천히 입을 열었다.

"이봐요, 노인장! 운다고 죽은 사람이 되살아나는 법은 없어요. 정 귀인이 죽기 바로 직전에 노인장한테 뭘 물었나요?"

"별다른 것은 없었습니다. 그저 밖에 무슨 소문이 들리지 않느냐고 묻더군요. 그래서 들은 대로 열넷째마마께서 곧 대군을 이끌고 출병할 것이라는 소문이 들린다고 말해줬죠. 또 태자마마도 이 기회에 병권을 장악해 볼까 하는 야심을 드러내다 하 태의가 잘못 하는 바람에 쫄딱 망했다고……."

문칠십사가 계속 콧물을 훌쩍거리면서 말했다. 순간 오사도의 눈빛이 반짝 빛났다. 어렴풋하게나마 정씨가 스스로 죽음을 선택한 이유를 알 것 같았던 것이다.

그가 다시 한 번 확인하기 위해 뭔가를 물어보려 할 때였다. 갑자기 안색이 파리해진 윤진이 안으로 들이닥쳤다. 고복과 묵우가 그 뒤를 따르고 있었다.

"넷째마마, 정 마님이……."

주용성이 침통한 어조로 운을 뗐다. 그러나 윤진은 들을 필요 없다는 듯 황급히 강한 손짓을 했다. 그리고는 머리를 무겁게 끄덕이면서 말했다.

"이미 다 들었네. 문칠십사, 정 귀인이 뭔가 남겨 놓은 유품 같은 것은 없었는가?"

문칠십사가 윤진의 말에 뒤에 서 있는 반이를 힐끔 쳐다봤다. 반이는 그제야 뭔가 생각이 난 듯 황급히 입을 열었다.

"너무 당황한 나머지 그만 깜빡했습니다. 뭔가를 적은 종이 한 장이 있었습니다. 그러나 소인이 글씨를 몰라 시인지 편지인지는 모르겠습니다."

윤진이 반이가 내민 화선지인 것이 확실한 종이를 낚아채듯 빼앗았다. 이어 그대로 펴든 채 읽어 내려갔다. 짤막한 시였다.

어제 꿈에 대군이 경사를 출발하는데,
장군의 허리에는 삼 척의 얼음이 길게 드리워져 있구나.
처마 밑의 빗방울에 촛불은 희미해져 가는데,
철마관鐵馬關 앞에 선 그 사람은 경풍驚風에 길이 막혔구나.

기구하기도 해라, 험한 세상의 이내 운명.
돌이켜 보니 허망함뿐이로구나.
이내 화수禍水는 어디로 흘러가야 하나,

저 아득한 호수에 흘러가 묻혀버려야겠지.

－원명거사圓明居士를 향한 정씨의 절필

오사도는 지팡이를 짚은 채 윤진의 어깨 너머로 정 귀인이 남긴 시를 함께 훑어봤다. 이어 자리에 돌아가 털썩 주저앉더니 한참 후에야 입을 열었다.

"이것도 순절殉節이라고 봐야죠. 마음이 갸륵하고 의지가 가상한 여인이로군요."

윤진이 말없이 화선지를 천천히 접어 소매 속으로 집어넣었다. 그리고는 촛불을 오래도록 바라봤다. 한참 후 그가 깊은 한숨을 토해냈다.

"알고 보니 절개가 대단히 강인한 여자였어! 가는 길이나마 쓸쓸하지 않게 잘 보내줘야겠네. 고복, 자네가 내일 법화사法華寺 스님을 불러 칠 일 동안 수륙도량水陸道場(불교에서 물과 육지에서 헤매는 외로운 영혼과 아귀를 달래는 의식) 장례를 치러주도록 하게."

윤진이 말을 마친 다음 주용성 등에게 현장에 가보자고 이른 뒤 앞장서서 걸었다. 고복 역시 뒤를 따르는 척하다가 몰래 이위의 옷자락을 잡아끌었다. 그리고는 가장 뒤에 처져 일행과 떨어져 걸었다. 이어 간사한 웃음을 지으면서 말했다.

"강아지 어른, 그 옛날의 정분을 생각해서 내일 점심때 술 한잔 사고 싶은데……. 달리 생각할 것은 없고 대관으로 승진한 것도 축하할 겸 검사겸사해서 말이오."

이위가 전혀 예상 못한 고복의 말에 웬일이냐는 듯 웃음 띤 얼굴을 한 채 대답했다.

"내일 넷째마마께서 열셋째마마를 만나러 가신다고 하네요. 만약 내가 수행할 필요가 없다면 당연히 가야죠."

고복이 이위의 흔쾌한 대답이 고마운지 가만히 고개를 숙였다. 동시에 뭔가를 생각하는 듯 눈동자를 팽그르르 돌렸다. 그러나 더 이상 말은 하지 않았다. 그저 이위와 함께 부랴부랴 윤진 일행을 뒤따라갈 뿐이었다.

윤상은 십삼패륵부에서 7년 동안이나 연금을 당하는 사이에 몸도 마음도 완전히 늙어버렸다. 나이는 어느새 33세에 접어들고 있었다. 얼굴은 그다지 변하지 않았으나 가장 달라진 것은 반 이상 하얗게 변해버린 머리카락이었다.

그는 태어나자마자 '일인지하 만인지상'의 태자가 된 윤잉과는 근본적으로 달랐다. 실제로 윤잉은 심궁에서 엄격한 교육을 받으면서 자랐다. 모든 생활을 금원禁苑에서 감금 상태로 해왔던 터라 지금의 감금 생활도 그때와 별반 다를 바가 없다고 볼 수 있었다. 하지만 야생마처럼 마음껏 뛰어다니면서 나름대로 자유를 만끽해 온 윤상에게 7년 동안의 철창 없는 감금 생활은 죽음보다 참기 어려운 고통으로 작용하지 않을 수 없었다.

그럼에도 그는 살아남기 위한 처절한 몸짓을 하면서 언제부터인가 체념을 배웠다. 더불어 마음도 비웠다. 아란과 교 언니는 그가 그렇게 할 수 있도록 적지 않게 도와줬다. 불편함이 없도록 시중을 드는가 하면, 낚시도 함께 하고 바둑 상대도 되어주는 등 적적함을 잊을 수 있게 최대한 노력했다. 또 밖에서는 가평을 비롯한 10여 명의 장정들이 전과 다름없이 깍듯하게 시중을 들었다. 게다가 윤진이 내무부를 관리하고 있었던 덕분에 누구 하나 감히 얼쩡거리면서 괴롭히는 경우도 없었다.

때문에 그는 집 대문을 벗어나지만 못했을 뿐 집 안에서 즐길 수 있는 것은 얼마든지 즐겼다. 그러자 자연스럽게 차분히 서화에 열중하는 시간도 많아졌다. 그 밖의 취미 생활 역시 적지 않게 늘어났다. 우선 몸 풀기 운동을 꼬박꼬박 했고 앵무새를 조련시키는 것 역시 빼먹지 않고 일과로 자리 잡았다. 그것도 싫증이 나면 정원에 있는 연못가에서 낚시를 했다. 나중에는 정원 가꾸는 일도 취미로 삼았다. 심지어는 잠자리 잡이까지 해가면서 긴긴 밤을 조금이라도 더 수월하게 보내기 위해 노력했다. 한마디로 일부러 낮 시간을 고되게 보내고는 했던 것이다. 그렇다고 밤잠을 설치지 않은 것은 아니었으나 연금에서 풀려났으면 하는 간절함이 점점 희미해져가는 효과는 있었다.

시간이 그렇게 지나는 사이 어느새 9월 9일 중양절이 눈앞에 다가오고 있었다. 윤상은 이날도 새벽녘에야 잠이 들었다가 점심때가 다 되어서야 일어났다. 무슨 일이 있는지 바삐 서두르는 아란과 교 언니가 눈에 들어왔다. 그가 둘에게 말했다.

"왜 이렇게 일찍 일어났어?"

아란이 기가 막힌다는 듯 피식 웃음을 흘리면서 말했다.

"지금이 몇 시인데 '일찍'이라고 하세요? 오늘은 중양절이에요. 우리도 음식 몇 가지 챙겨가지고 뒤뜰의 가산假山에 가죠. 석탁石卓 위에 올려놓고 소한절消寒節을 보내는 것이 좋지 않겠어요?"

윤상도 웃으면서 대답했다.

"자네 마음대로 하게! 나는 아무튼 하루가 지루하지만 않으면 되니까."

이어 교 언니가 말했다.

"땔감이 다 떨어져 가는 것 같사옵니다. 가평더러 문지기한테 말해 미리미리 구해다 놓으라고 해야겠사옵니다."

윤상은 알겠노라고 머리를 끄덕이고는 방을 나섰다. 점심 무렵이라도 가을바람이 상쾌했다. 하늘도 높고 푸르렀다. 서재를 둘러싸고 있는 외원外園에서는 푸르름을 잃은 대신 불같은 단풍으로 눈부시게 단장한 나무들이 시야에 확 안겨들어오고 있었다. 또 그 위로는 한가로운 기러기 떼가 평화로운 날갯짓을 하면서 천천히 남쪽 하늘을 향해 날아가고 있었다.

윤상이 넋이 나간 듯 멍하니 하늘을 올려다보면서 서 있을 때였다. 감시자이자 동시에 보호자 역할을 하는 내무부 서무관인 대복종이 조심스럽게 그에게 다가왔다. 그 뒤로 윤진을 비롯해 이위, 주용성 세 사람이 뒤따르고 있었다.

윤상은 어물쩍거리는 대복종에게 시선을 돌리다가 차례로 세 사람을 발견했다. 당연히 불에 덴 듯 화들짝 놀랐다. 동시에 입가를 실룩거렸다. 그러나 그뿐이었다. 그는 아무 말도 하지 못했다.

"열셋째마마! 기온이 점차 떨어지고 있습니다. 겨울을 지내려면 방을 몇 군데 손볼 곳이 있을지도 모른다면서 넷째마마께서 직접 찾아 주셨습니다. 열셋째마마께서 직접 모시고 둘러보시는 것이 좋을 듯합니다."

대복종이 황급히 한쪽 무릎을 꿇은 채 인사를 올렸다. 그럼에도 윤상은 여전히 제정신을 차리지 못했다. 그저 기계적으로 머리를 끄덕인 채 입을 열었을 뿐이었다.

"알았네. 땔감이 떨어져 간다는데 조금 들여다 놓게."

윤진은 무려 7년 만에 열셋째를 만나자 감정을 주체하기 어려웠는지 금세 눈시울을 붉혔다. 그리고는 윤상을 아래위로 훑어보더니 대복종에게 지시를 내렸다.

"자네는 가서 볼일을 보게. 우리 둘이 둘러보고 올 테니."

대복종은 알겠노라고 대답하고는 바로 물러갔다. 윤진과 윤상은 한참 동안 말없이 서로를 바라봤다. 윤상의 눈에 하늘색 장포를 깔끔하게 차려입은 윤진은 7년 전과 하나도 변한 것이 없어 보였다. 평온한 얼굴에 깊이를 알 수 없는 우물 같은 두 눈마저 그대로인 듯했다. 조금 변한 것이 있다면 어딘가 모르게 더 노련하고 침착해 보인다는 것이었다.

윤상은 한참을 마주보고 있다 겨우 제정신을 차린 듯 애써 웃음을 보였다. 이어 더듬거리면서 말했다.

"넷…… 넷째 형님! ……정말로 오랜만이에요. 너무너무 뵙고 싶었어요……."

윤상이 울먹이면서 무릎을 꿇었다.

"나도 아우가 보고 싶었어. 자네를…… 만나기가 참 힘들더군. 장오가를 몇 번 보냈으나 그때마다……. 말도 못하게 괴로웠어. 그런데…… 흰머리가 왜 이렇게 많아? ……내가 걱정할까 봐 장오가가 지금까지 거짓말을 했구먼!"

윤진이 황급히 윤상을 일으켜 세우면서 말했다. 목소리가 걷잡을 수 없이 떨리고 있었다. 두 눈에서는 눈물도 하염없이 흘러내렸다. 외부에서 사람이 들어온 경우가 거의 없었던 탓에 호기심에 달려온 아란과 교 언니 역시 감격 어린 두 형제의 상봉에 그만 눈시울을 붉히고야 말았다. 이위와 주용성 역시 예외는 아니었다. 7년의 세월이 바꿔놓은 것치고는 너무나 충격적인 윤상의 모습에 자신들에게 살갑게 대해주던 그 옛날을 떠올리면서 눈물을 펑펑 쏟았다.

윤상이 한참 후에 감정을 추슬렀는지 겨우 입을 열었다.

"넷째 형님, 잠깐 안으로 들어가시죠. 귀신도 갑갑해서 새끼를 낳기 싫어하는 이런 곳에서 저는 여태껏 살아왔어요. 형님이 대단히 어려운 걸음을 하신 것으로 알고 있어요. 엿들을 사람도 없으니 하실 말씀이 있으면 마음 놓고 하세요!"

"그래. 방금 열넷째를 보내고 왔어. 대장군왕으로 봉해져 대군을 거느리고 책망 아랍포탄을 치러 갔어. 보내 놓고 바로 자네한테 왔지."

윤진이 눈물을 머금은 채 방 안에 들어가 앉으면서 말했다.

"대장군왕이라고요? 친왕親王도 있고 군왕郡王도 있는 것은 알지만 그런 왕이 있다는 것은 처음 들어보는데요. 그러면 태자 형님도 복위되셨어요?"

윤상이 교 언니에게 차를 준비하도록 명령을 내리고는 웃으면서 입을 열었다. 윤진이 윤상의 말에 심각한 표정으로 천천히 고개를 저었다. 그리고는 윤잉이 두 번째로 폐위당하고 나서 있었던 일들의 자초지종을 상세히 들려줬다. 이어 정춘화가 유언처럼 남겨놓은 시가 적혀 있는 종이를 건네주면서 덧붙였다.

"너한테 너무 미안해. 정씨를 잘 부탁했었는데……, 끝까지 지켜주지 못해서 말이야. 용서해주기 바래."

윤상은 크게 놀란 것이 분명했다. 휘둥그레진 눈이 종잇장에서 붙박인 듯 움직일 줄을 몰랐다. 윤진은 윤상이 너무 큰 충격에 가슴이 아파 그러는 줄 알고는 위로의 말을 건네려 했다. 바로 그때 윤상이 갑자기 크게 웃음을 터트리며 말했다.

"잘 됐어요! 잘 죽었다고요! 별 볼 일 없는 더러운 세상, 때가 덕지덕지 묻은 더러운 가죽 따위 미련 없이 내던지고 가버렸으니 얼마나 잘한 거예요? 나처럼 사람도 귀신도 아닌 몰골로 죽지 못해 사는 것보다 백배는 더 행복한 길을 택한 거잖아요! 하하하하……."

윤상이 말을 마치고는 종잇장을 거머쥔 채 계속 두 손을 신경질적으로 흔들어댔다. 광기 어린 모습이었다. 얼마 후 그가 가슴을 쾅쾅 두드리면서 기어코 울음을 터트렸다.

"나도 이제 그만……, 그만 살고 싶어요. 하루하루 산송장이나 다름없는 꼴로 뭐 때문에 살아야 하는지 모르겠어요……."

윤진은 갑작스런 윤상의 반응에 깜짝 놀라지 않을 수 없었다. 얼굴이 하얗게 질렸다. 이어 엉거주춤 일어나 의자 등받이를 으스러지게 잡고는 겨우 버텼다. 그리고 광기를 주체하지 못하는 동생을 뚫어지게 바라봤다. 결국 버럭 고함을 지르고 말았다.

"왜 이러는 거야! 자네가 잘못 되면 나는 어떻게 되겠어? 정신 차려! 내가 속상해 죽는 꼴을 보고 싶어서 그래?"

"그동안 쌓이고 쌓였던 것이……, 한꺼번에 폭발했던 것 같아요. 용서하세요, 형님!"

윤상이 한바탕 발작으로 마음이 훨씬 후련해진 듯 다소 누그러진 어조로 말했다. 윤진은 한참을 안타깝게 그를 바라보다 다시 천천히 입을 열었다.

"너는 참 잘 버텨준 거야. 내가 정말……, 안쓰럽고 고맙고 대견스럽게 생각해. 정말 대단해. 나라면 너처럼 잘 참아내지 못했을 거야. 내 처지도 앞으로 너보다 나을 거라는 보장도 없어. 아바마마께서도 춘추가 높으시고 용체 역시 하루가 다르게 쇠잔해 가는데, 여덟째는 칼날을 가느라 여념이 없어. 또 열넷째는 막강한 권력을 잡고는 사기백배해서 출전했어. 나는 심지어 이런 저런 한심한 꼴 안 봐도 되고, 바람 고요한 항만에 정박해 있는 것 같은 네가 부러울 때도 있었어!"

윤상은 서서히 윤진이 찾아온 이유를 알 것 같았다. 도리어 위로조의 말을 건넸다.

"우리 대청이 이 땅에 뿌리내린 지도 어언 칠십 년이나 됩니다. 무슨 일이 있더라도 근본은 흔들리지 않을 거예요. 또 그래서도 안 됩니다. 집안싸움이 조금 살벌하기는 하지만 말이에요. 그래서 아바마마께서도 이제는 사슴을 아예 중원 땅에 풀어놓으려고 하시는 것 같네요. 힘세고 빠른 자가 쫓아가서 잡을 수 있으면 잡아라……! 아마도 만만치 않은 싸움이 되지 않을까 싶네요. 그러나 저는……."

윤상이 말을 잠시 끊더니 다소 자포자기하는 듯한 반응을 보였다. 그러나 곧 이어 재빨리 감정을 추슬렀다.

"저는 이제 마음뿐이지 넷째 형님에게 별로 도움이 못 될 것 같아요. 그러나 전에 죽이 맞아 어울렸던 '호붕구당'狐朋狗黨(뜻을 같이 하는 사람들. 좋지 않은 의미로는 패거리)이 필요할 것 같으면 저한테 바로 귀띔하세요."

윤진은 윤상의 그 말을 통해 자신의 속마음을 윤상이 훤히 들여다보고 있다고 생각했다. 그래서 오히려 그런 아우가 대견스러웠다. 그리고는 품에서 종이 한 장을 내밀었다.

윤상은 종이를 바로 펼쳐봤다. 무려 200여 명에 달하는 현직 관리들의 명단이 빼곡하게 적혀 있었다. 그들은 거의 다 과거 윤상이 휘하에 거느리고 있던 부하들이었다. 윤상은 물어보지 않아도 윤진의 뜻을 알 수 있었다. 말없이 책상으로 가서는 명단에 줄을 죽죽 그어버리기도 하고 새로운 이름을 보태기도 했다. 이어 종이를 윤진에게 건네주면서 말했다.

"밥만 축내는 인간들은 빼버리고 쓸 만한 애들을 몇 사람 더 보탰어요. 물론 십 년 동안 강산도 변하고 모든 것이 다 변했는데, 그것들이라고 변절하지 말라는 법은 없지 않겠어요? 넷째 형님이 신경을 좀 쓰셔야 해요. 강아지, 그 사이 복장이 많이 바뀌었군!"

윤상이 말을 마치고는 갑자기 이위에게 시선을 돌렸다. 그러자 이위가 깜짝 놀란 표정을 한 채 황급히 대답했다.

"원래 사천에서 지부로 있었습니다. 그러나 지금은 무관으로 보직을 바꿨습니다. 섬서로 가서 연갱요와 악종기 밑에서 일하게 되었습니다."

"잘 됐네. 섬서성이라면 중원의 문호門戶가 아닌가. 그리고 넷째 형님, 연갱요가 거기 있다니 참 잘 됐네요! 그런데 왜 군사 문제에 대해서는 아무것도 모를 강아지를 무관으로 보내셨어요? 제 생각에는 강아지에게 양도를 개척하는 일을 맡기는 것이 좋을 것 같은데요. 양도는 군사의 핵심이라고 해도 과언이 아니잖아요. 제가 볼 때는 열넷째도 아니고 연갱요도 아닌 강아지에게 그 일을 맡기는 것이 가장 적격일 것 같아요. 송아지 역시 이참에 연갱요의 총독아문으로 보내세요. 그곳에서 군무와 문서를 담당하는 자리를 맡기세요. 아이들이 다 그렇게 크는 것 아닙니까?"

윤상이 형형한 눈빛을 한 채 먼 곳을 바라보면서 이위와 윤진에게 번갈아 말했다. 건성건성 입에서 나오든 대로 툭툭 던지는 것 같았으나 윤진이나 오사도조차 생각하지 못한 탁월한 견해였다. 역시 군사 면에서는 윤상을 따라가지 못한다고 윤진은 생각했다. 윤상은 확실히 7년 동안 갇혀 있으면서 시간을 그냥 허비하지만은 않은 것 같았다.

'열셋째가 많이 노련해졌군. 상황을 분석하는 데 날카로운 면도 돋보이고. 이 아이의 말대로 이위에게 양도를 맡긴다면 진짜 좋을 거야. 아주 가볍게 열넷째와 연갱요가 이끄는 두 부대의 숨통을 조일 수 있게 돼!'

윤진은 속으로 윤상의 말에 찬탄을 금치 못하며 박수까지 보냈다. 하지만 겉으로는 짐짓 결정을 내리지 못한 척했다.

"그건 한번 천천히 생각해볼게. 내가 호부에 있으니까 이위 문제는 언제든지 이부에 한마디만 하면 처리될 거야. 하지만 내 곁에도 믿고 일을 맡길 수 있는 사람이 없으면 안 된다고. 송아지는 조금 억울하더라도 아직은 내 곁에 붙잡아 둘까 해."

윤진과 윤상이 계속 소곤소곤 얘기를 주고받고 있을 때 대복종이 불쑥 들어섰다. 그러자 윤진이 할 말을 다 했다는 듯 자리에서 일어났다.

"아쉽긴 하지만 여기 더 오래 있을 수는 없어. 그만 갈게. 대복종, 내가 둘러봤는데 겨울 전에 한번 손을 보기는 해야겠어. 특히 열셋째 마마가 서재에 있는 시간이 많으니 난로 하나를 더 마련해줘. 나중에 자네가 알아서 하게. 수리비는 공부工部에 올리면 될 거야. 내가 공부에 미리 귀띔해 둘 테니까."

윤진이 말을 마치고는 아쉬운 표정을 지은 채 윤상의 손을 잡았다. 이어 애정이 듬뿍 담긴 어조로 입을 열었다.

"잘 있어야 해! 알았지?"

윤상 역시 곧 울음을 터트리기라도 할 것처럼 입가를 실룩거리면서 말했다.

"형님, 또 오실 거죠?"

윤상의 얼굴은 고통으로 일그러지고 있었다. 7년 만에 만났다 다시 헤어지니 만감이 교차하는 모양이었다. 아란과 교 언니는 그런 윤상의 얼굴을 차마 볼 수가 없었는지 고개를 돌리고는 눈물을 훔쳤다.

"그럼, 그럼! 오지 말라고 해도 올 거야. 그러니까 울지 마."

윤진도 눈물을 참는 것이 쉽지 않은 듯했다. 연신 눈을 깜박거리면서 흘러내리려는 눈물을 어떻게든 막으려 하고 있었다. 그러나 그는 그 와중에도 아란과 교 언니에게 윤상을 잘 돌봐주라는 신신당부를 하는 것도 잊지 않았다. 협박 반, 격려 반이라고 할 수 있었다.

얼마 후 그는 아무래도 떨어지지 않는 무거운 발걸음을 뗐다. 그러나 몇 발자국 앞으로 발을 내디다가 다시 몸을 홱 돌려 갑자기 윤상에게 달려갔다. 이어 유난히도 작아진 윤상을 와락 껴안은 채 참고 참았던 눈물을 펑펑 쏟아냈다.

48장

북경으로 돌아온 악륜대

강희의 아들들은 아마도 마음속으로는 거의 대부분 어서 빨리 아
버지가 역사 속으로 사라져줬으면 하는 생각들을 하고 있었을 것이
었다. 그러나 어려서부터 무예와 사냥으로 단단히 다져진 강희의 근
골은 자식들의 그런 희망을 가볍게 무산시키기에 충분했다. 과거처
럼 무쇠 같지는 않았어도 나름 여전히 강건했던 것이다. 심지어 나이
에 비해 날렵하다는 표현을 써도 괜찮을 듯했다.

강희는 68년 동안 별 탈 없이 살아온 자신의 그런 일생을 기념하
고자 하는 마음이 없지 않았다. 급기야 '천수연'千叟宴을 차려 천하 백
성들과 더불어 즐기려는 생각을 굳혔다. 그러자 갑자기 준비해야 할
일들이 줄을 잇고 마음이 바빠졌다.

여덟 살에 즉위한 이후 앞만 보고 달려온 60년 세월 동안 해마다
치른 원단, 원소, 단양, 중추절을 비롯한 사시팔절四時八節이 거의 똑

같은 방식이었기에 이번에는 색다른 잔치를 하고 싶었다. 게다가 각종 단壇과 당堂, 천지天地, 태묘太廟 등에 제사를 지내는 것이나 백관들의 조하朝賀를 받으면서 엿가락처럼 끝없이 늘어지는 자신에 대한 겉치레 찬미가를 듣는 것도 귀 아프도록 해왔던 것 아닌가. 평소에도 듣다듣다 지쳐 중간에 어디론가 도망가 버렸으면 하고 바랄 때가 얼마나 많았는지 몰랐다.

그는 즉위 60주년의 대경大慶을 어떤 색다른 방법으로 해볼까 하는 고민을 밤이고 낮이고 거듭했다. 그러다 드디어 무릎을 쳤다. 자신과 나이가 비슷한 노인들을 궁으로 불러 평생 살아온 인생을 논하면서 '여민동락'與民同樂하는 것이 좋겠다는 생각이 든 것이다. 그렇게 생각을 정하자 다음부터는 본격적인 행사가 준비되기 시작했다.

당초 초청 대상은 수십 명이었다. 그러나 예부가 강희의 생각에 적극 호응하고 나서면서 상황은 달라졌다. 무엇보다 단순하게 경로존현敬老尊賢의 말잔치에 그친 역대 황제들과 차원이 다른 잔치를 치러 강희의 존재를 강렬하게 부각시키고자 했다. 더불어 후세에 널리 모범이 되는 잔치로 만들고자 했다.

그 바람에 북경에 있는 60세 이상의 노인은 전부 초대해 강희가 대접하는 잔칫상을 받을 수 있도록 했다. 또 지방에 있는 노인들은 강희를 대신해서 지방관들이 대접하도록 했다.

북경이 이렇게 축제 분위기에 휩싸여 있을 때도 대군을 거느리고 출정한 열넷째 윤제는 여전히 돌아오지 못하고 있었다. 출정한 지가 엊그제 같은데 무려 3년이라는 세월이 흘렀다.

그는 출정 초기에는 우선 청해성에서 몽고족蒙古族 및 회족回族(이슬람교도), 장족藏族(티베트족) 세 민족의 군사를 한 데 모아 성대한 열병식을 거행했다. 그것은 출발 직전 받은 강희의 명령에 따른 것이었다.

이어서 대대적인 군사훈련을 강행한 다음 장군 탑녕塔寧에게 병력을 이끌고 서장으로 가서 주둔하도록 했다. 그러자 서장에서 기반을 제대로 잡지 못하고 있던 책망 아랍포탄은 대군이 구름처럼 쳐들어온다는 소문에 지레 겁을 먹고는 라싸의 몽고 군대를 거느리고 서쪽으로 도망을 치고 말았다.

열넷째는 처음에는 이 기회를 놓치지 않고 휘하의 병력을 보내 라싸에서 신강의 부팔성富八城으로 통하는 양도를 미리 막아버리려는 생각을 했다. 책망 아랍포탄의 퇴로를 미리 차단함으로써 일거에 골칫덩어리들을 전멸시키고자 했던 것이다. 그러나 만에 하나 실패한다면, 얼마 후에 돌아올 강희의 즉위 60년 잔치에서 이제껏 쌓아온 자신의 공로가 퇴색될 것이라는 생각이 들었다. 결국 그 두려움은 그를 도박을 건 출병보다는 그 자리라도 잘 지키고 있자는 선택을 하고 주저앉게 만들었다.

조정의 상서방에서 정기廷寄가 날아든 것은 바로 그때였다. 그가 잠시 생각에 잠긴 표정을 하더니 곧 뭔가 열심히 붓을 놀리다 말고 자신의 등 뒤에서 지키고 서 있던 악륜대를 불렀다. 악륜대가 바로 상체를 굽힌 채 대답했다.

"열넷째마마, 부르셨습니까?"

"그래. 악륜대, 자네를 북경에 한번 보낼까 하는데……."

열넷째가 대단히 만족스러운 어조로 자신이 조금 전에 쓴 참을 '인'忍자를 들여다보면서 대수롭지 않게 말했다. 악륜대는 이때 머릿속에 불만이 가득 차 있었다. 혼자서라도 병사들을 이끌고 양주涼州에 패주해 있던 책망 아랍포탄의 패잔병을 제거하고 오겠다는 청원이 받아들여지지 않은 탓이었다.

그는 열넷째의 말에 순간적으로 검붉은 얼굴 근육을 푸들거렸다.

그러나 열넷째를 똑바로 쳐다볼 뿐 가타부타 말은 하지 않았다. 열넷째가 그 모습을 보고는 웃으면서 물었다.

"왜? 싫은가?"

악륜대가 열넷째의 말에 기다렸다는 듯 몸을 앞으로 가볍게 숙이고는 큰 소리로 대답했다.

"예, 그렇습니다! 저는 아직도 양주로 퇴각한 적을 정벌하러 가고 싶을 뿐입니다. 폐하께서 우리 대군에게 서진西進하라는 지의를 내리시기 전에 열넷째마마를 위해 길을 닦아놓고 싶습니다."

악륜대가 계속 고집을 부리자 열넷째가 길게 한숨을 지으면서 말했다.

"자네가 뭔가 오해를 하고 있는 것 같네. 내가 일부러 공을 세울 기회를 주지 않으려고 한다고 생각하는 것 같은데……, 그건 절대 아니야. 탑녕이 여덟째마마와 얼마나 끈끈한 사이인지 잘 알지? 그자도 꽤나 현 상황에 눈독을 들이고 있어. 이런 상황에서 자네를 보낸다면 적을 무찌르기 전에 우리 내부부터 망가지고 말 것이 아닌가!"

열넷째는 그렇게 말하며 웬만하면 자신의 입장을 이해해 달라는 표정도 짓고 있었다. 악륜대가 살짝 수그러들며 잠시 생각하는 것 같더니 냉소를 흘리면서 반박을 했다.

"탑녕 그 자식이 뭔데요? 한쪽 발로만 짓이겨 버려도 끽소리 못하고 뒈질 놈 같으니라고! 아포제도 이를 갈고 있더군요. 언젠가 시간을 내서 한번 매운 맛을 톡톡히 보여줘야겠습니다."

열넷째가 못 말리겠다는 듯 껄껄 웃었다.

"악륜대, 자네는 어쨌거나 시원시원하게 직선적이어서 좋구먼! 그런데 자네가 뭘 착각하고 있어. 자네는 아포제가 자네하고 한솥밥을 먹는 줄 알고 있지? 명심하게, 절대 아니야! 나는 여기 오자마자 자네를 부장副將 자리에 앉히고 싶었어. 그런데 웬 걸, 아포제가 도시락 싸들고 다니면서 죽어라 반대하는 바람에 무산됐다고. 나는 원래 자네를 평성平城으로 내보내려고 문서까지 다 작성해 보내놨었지. 그러자 아포제가 자네를 별 볼 일 없는 주제에 경망스럽기까지 하다면서 사정없이 몰아붙였어. 급기야는 여덟째마마와의 끈끈함을 과시하면서 나에게 압력까지 행사하려 들더군! 자네도 잘 알겠지만 그 친구는 여덟째마마의 내형奶兄이잖아. 여기는 왜 왔겠어? 내가 모르는 줄 아는데, 그렇지 않아. 나는 여덟째마마와의 정분을 고려해 매정하게 까밝히지 않을 뿐이지!"

악륜대는 거칠고 사교적이지 못한 성격의 소유자이기는 하지만 머리는 대단히 명석한 편이었다. 당연히 열넷째의 말귀를 알아들었다. 적이 놀라는 표정을 지어보였다. 그가 한참이나 생각에 잠겨 있더니 조용히 입을 열었다.

"열넷째마마, 무슨 말씀인지 잘 모르겠습니다. 또 그 말씀을 믿고 싶지도 않습니다."

열넷째도 지지 않은 채 감회에 젖은 어조로 말했다.

"사내는 자신을 알아주는 사람을 위해 죽고, 여자는 자신을 좋아해주는 사람을 위해 화장을 한다고 했어. 나는 당초 여덟째 형님이 나를 알아준다고 생각했어. 그렇기 때문에 형님을 위해 여기서 죽어도 좋다고 생각했어. 그런데 내가 완전히 착각하고 있었던 거더군. 나는 그걸 뒤늦게야 깨달았어. 알고 보니 형님은 자네를 보내 나를 감시하게 했어. 그것뿐만이 아니야. 탑녕에게는 내 밥그릇에 숟가락을 얹도록 했지. 내 공을 가로채도록 한 거라고. 좋아, 내친김에 다 얘기하지. 아포제에게는 나와 자네를 동시에 감시하는 역할을 맡겼어. 자네가 어느 날 내 쪽으로 돌아서버리지 않을까 우려했던 거지……

어때 섬뜩하지 않아? 맞아, 자네는 내 말을 못 믿겠다고 했지? 그러면 이걸 봐!"

열넷째가 장황하게 말을 늘어놓은 다음 서찰인 듯한 종이 한 장을 책상 위에 탁! 하고 올려놓았다.

악륜대가 의혹에 찬 눈빛으로 종이를 들여다봤다. 그의 눈에 확 들어올 정도로 내용은 분명했다.

아포제에게: 보내온 서찰은 잘 받았네. 악륜대가 연갱요에게 금 3만 냥을 받아 챙겼다는 것은 조사해본 결과 사실이었어. 악륜대 그자는 내가 잘 알고 있어. 경거망동하고 갈대처럼 줏대가 없지. 그러니 지금껏 해오던 것처럼 주의를 늦추지 말게. 일거수일투족을 잘 살피고 계속해서 보고하도록 하게. 열넷째마마에게 그자를 탑녕의 휘하로 보내도록 건의하게. 여차하면 없애버리는 것도 좋겠어. 절대로 비밀이 흘러나가지 않도록 하게.

서찰의 끝에는 낙관이 없었다. 그러나 악륜대는 서찰의 필체가 여덟째 윤사의 것이라는 사실을 너무나 잘 알고 있었다. 급기야 그가 흥분을 했는지 벌겋게 달아오른 얼굴을 한 채 이를 갈면서 물었다.

"열넷째마마, 이걸 어디에서 확보하셨습니까?"

"며칠 전 서안부西安府의 서무관이 병사로 가장한 채 가지고 왔더군. 마침 아포제가 군량미 문제로 일을 보러 나가고 없었어. 내 막료 하나가 그 서무관과 잘 아는 사이더라고. 그래서 슬쩍 했지. 그 서무관은 이미 나에게 발목이 잡혀 있어. 자네가 만나고 싶다면 조금 있다 가서 볼 수도 있어. 친병 한 명도 함께 보내주지."

열넷째가 희미하게 웃음을 머금은 채 말했다. 악륜대가 도저히 화를 주체할 수 없는지 이내 부들부들 몸을 떨기 지각했다. 이어 거칠게 욕설을 퍼부었다.

"빌어먹을 놈 같으니라고! 저는 지금 풀 한 포기 나지 않는 거지같은 곳에서 황사黃砂나 배터지게 먹으면서 목숨 내걸고 일하고 있다고요! 그런데 생판 남도 아닌 한집 식구라는 것이 오물통을 집어 던져요? 그 거지같은 자식 어디 있어요? 당장 죽여 버리겠어요!"

"그러면 안 돼. 증거로 활용해야 하니까. 이 일은 앞으로 나하고 여덟째마마 사이에서 해결을 봐야 할 일인 것 같아. 내 말대로 먼저 나 대신 폐하께 문안을 올리러 북경을 다녀오게."

열넷째가 냉소를 흘리면서 말했다. 그러나 악륜대를 다독여야 한다는 생각도 한 듯 어조가 조심스러웠다.

그럼에도 악륜대는 거친 숨을 계속 몰아쉬면서 씨근덕거렸다. 그러다 한참 후에야 숨소리를 고르고는 말했다.

"아무튼 감사합니다. 북경에 가서 그 밖에 해야 할 일이 있으면 말씀하십시오. 지시만 내려 주시면 못할 일이 없습니다."

열넷째가 악륜대의 말을 한 귀로 흘리면서 천천히 방 안을 거닐었다. 그러자 장화소리와 패검이 허리띠에 부딪치는 소리만 방 안 가득 들려왔다. 그가 중군中軍 병영을 희뿌옇게 감싸고도는 황사를 내다보면서 한참 후에야 입을 열었다.

"지금쯤 북경이 어떻게 돌아가고 있는지 정말 궁금해. 여덟째마마는 편지마다 폐하께서 아직은 웬만한 청년 못지않은 건장함을 자랑한다고 말하더군. 그러나 내 문하들이 전해온 내용은 달라. 건강이 많이 악화돼 손과 머리를 주체할 수 없이 떨고 거동이 불편하시다고 해. 사람이 옆에 반드시 붙어 다니셔야 할 정도라고 했거든. 문안을 올릴 때 폐하의 건강상태를 슬쩍 좀 여쭤봐 줘."

"알겠습니다!"

"넷째마마도 만나 뵙고 오게. 지금 북경에서는 여덟째마마에게 위협이 될 수 있는 황자는 그나마 넷째마마 외에는 없어. 넷째마마에게 어려운 점이 있으면 무리하지 않는 선에서 최선을 다해 도와준 다음 천천히 돌아오게. 유사시 넷째마마가 그냥 무너지지 않고 대결 구도까지는 갈 수 있도록 받쳐주라 이거야. 그것만으로도 자네는 큰 공훈을 세우는 거라고."

열넷째가 생각에 잠긴 얼굴을 한 채 한마디씩 힘주어 말했다. 악륜대가 알겠다는 듯 음흉하게 웃으면서 대답했다.

"무슨 뜻인지 알겠습니다. 그 사이 이곳에 계시는 열넷째마마께서는 아포제를 조심하셔야 합니다. 힘깨나 쓰는 놈들을 수십 명씩이나 기르고 있으니 말입니다."

열넷째 역시 섬뜩한 표정을 지어보였다.

"수십 명이 아니라 수백 명이라도 덤벼보라고 해! 내가 닭 모가지 비틀 듯 손쉽게 청소해 버릴 테니까! 그건 걱정하지 말고 다녀오게."

열넷째의 말이 채 끝나기도 전이었다. 멀리서 키가 땅딸막한 사내 하나가 팔자걸음으로 걸어오는 모습이 보였다. 열넷째가 목소리를 낮춘 채 입을 열었다.

"가보라고. 저기 오는 게 아포제 같군. 죽었다 깨어나도 제대로 된 인간은 못될 작자 같아. 귀가 가려워 쫓아오는 모양이야!"

아포제는 대문으로 들어서다 악륜대와 정면으로 마주쳤다. 그가 다소 쑥스러운지 웃으면서 말했다.

"악륜대 어른, 며칠 만에 보니 신수가 훨씬 좋아졌네요! 무슨 좋은 일이라도 있는 거예요?"

"좋기는, 빌어먹을 놈아!"

악륜대가 아포제의 말이 끝나기 무섭게 가래침을 길게 끌어올리고는 캭! 하고 내뱉으면서 횡하니 밖으로 나가버렸다. 그러나 그는 문 앞에서 장화 속에 들어간 모래를 털어내는 척하면서 반쯤 열린 대문 안의 동정에 잠시 귀를 기울였다. 곧 그의 귀에 아포제가 열넷째에게 문안을 올리고 나서 입에 올린 질문이 들려왔다.

"열넷째마마, 서안부의 호명계胡明癸 서무관이 무슨 잘못을 저질렀 다고 가둬놓으신 겁니까?"

아포제의 말은 단도직입적이었다. 악륜대도 놀랄 정도였다. 그러나 열넷째는 미리 예상이라도 했는지 잠시 후 태연한 목소리로 대답했 다.

"호명계라니? 도대체 뭐하는 사람이야? 나는 그런 사람은 알지도 못하는데, 가두다니?"

열넷째는 완전히 딴청을 부리고 있었다. 악륜대는 그제야 피식 웃으 면서 장화를 다시 신고는 성큼성큼 앞으로 발걸음을 옮겼다.

악륜대가 북경에 돌아왔을 때는 어느새 꽃피는 봄인 3월이 돼 있 었다. 연일 기승을 부리는 황사와 흐리멍덩한 태양 아래에서 사람답 지 못한 생활을 하다 꽃망울이 화사할 뿐만 아니라 싱그러운 봄내음 이 그윽한 경사로 돌아온 것이다. 생과 사, 천당과 지옥을 넘나들며 지내온 그로서는 절로 쾌재가 터져 나올 수밖에 없었다.

그러나 그는 왕명을 받고 온 탓에 집으로 먼저 갈 수가 없었다. 그 래서 대충 역관을 찾아가 여장을 풀고 하룻밤을 묵어야 했다. 다음 날 예부와 병부를 찾아가 관방關防(관청의 직인)을 확인받고 강희를 배 알했다. 그렇게 일을 다 마치고서야 밖으로 나와서는 곧바로 말을 달 려서 조양문에 있는 염친왕부로 윤사를 찾아갔다.

"폐하는 배알했는가?"

윤사는 악륜대가 나타난 것이 그다지 의외는 아니라는 표정을 지었다. 이어 악륜대로부터 서부 전선에 관한 보고를 받고는 묵묵히 뭔가를 생각하더니 입을 열었다.

"수고 많았네. 그래 폐하께서는 무슨 지의를 내리셨나?"

윤사는 악륜대에게 귀빈에게나 대접한다는 인삼탕을 내어놓았다. 그가 인삼탕을 한 모금 마시고는 대답했다.

"그렇지 않아도 열넷째마마의 상주문을 받았다고 하셨습니다. '전방이 무사하다는 소식에 대단히 기분이 좋다!' 뭐, 그런 말씀도 하셨고요. 열넷째마마의 노고를 높이 치하하는 의미에서 시 한 수를 하사하려고 했는데, 오늘따라 시흥이 떠오르지 않는다고도 하셨습니다. 그리고는 '사람이 나이가 먹으면 이렇게 행동이 생각을 따라주지 않는다'면서 낙담을 하시기에 제가 폐하께서는 잠깐 피로하셔서 그렇지 이 상태라면 백 세까지 사시는 것도 문제없을 것이라고 말씀을 드렸습니다."

악륜대의 말에 윤사가 미소를 지었다.

"자네, 아부 떠는 재주도 상당히 많이 늘었군! 백 세라고 했기에 망정이지 만세萬歲라고 했더라면 또 한바탕 보기 좋게 면박을 당했을 거야! 그밖에 다른 얘기는 없었어?"

악륜대는 무척이나 건강해 보이는 불그레한 혈색에 윤기까지 자르르 도는 윤사의 얼굴을 흘낏 바라봤다. 이상하게 더 이상 그 옛날의 자상하고 편안하던 '인군人君'의 모습이 느껴지지가 않았다. 대신 주체할 수 없는 혐오감이 자꾸 고개를 쳐들고 있었다.

그는 윤사의 얼굴에 가래침이라도 칵! 뱉어버리고 싶은 충동에 사로잡혔다. 그러나 애써 참고 그런 내색을 감춘 채 웃는 얼굴로 입을 열었다.

"폐하께서는 또 이런 말씀도 하셨습니다. '진시황제 때부터 손꼽아도 칠십을 넘긴 황제는 단 세 명밖에는 없네. 나는 그 속에 포함된다는 것만으로도 대만족이야. 처음에는 한 이십년 동안만 태평성대의 천자로 있고 싶었지. 그런데 삼십년이 지나니 사십년을 맞고 싶더라고. 그 다음에는 설마 오십년까지야 버틸 수 있을까 하고 생각했었는데, 저 높은 곳에 계시는 분이 후덕한 은혜를 베풀어주셨지. 그 덕분에 이제 드디어 육십년을 맞게 됐지 뭔가! 전방에도 별다른 일이 없다고 하니 어렵게 온 김에 천수연도 구경하고 푹 쉬었다 가게!' 이렇게 말씀하시면서 열넷째마마께서 상주문도 알차게 작성할 수 있을 만큼 컸다면서 좋아하셨습니다. 이번 배알은 열넷째마마에 대한 치하로 시작해 그것으로 끝을 맺었다고 해도 과언이 아닙니다."

윤사도 악륜대의 말이 끝나기 무섭게 입을 열었다.

"폐하께서는 그동안 정말 파란만장한 삶을 사셨지. 옆에서 지켜보는 나도 대단히 힘겨웠는데, 본인은 오죽하셨겠어? 건강도 챙기랴, 대권도 움켜쥐고 놓치지 않으랴……. 욕심도 좀 많으셨던가? 게다가 의심이 많아서 아들들이 무슨 꿍꿍이를 꾸미지는 않나 경계하고 신경을 쓰다 보니 심신이 지칠 대로 지치지 않았겠어? 그건 그렇고 열넷째의 뒷바라지를 해줍네 하고 넷째 형님은 또 왜 그렇게 설치는 거야? 군량미 낙수樂輸라는 것은 이름 그대로 즐거운 마음으로 내는 것이 아닌가! 본인들이 충성하는 차원에서 힘에 부치지 않을 만큼 내는 것인데, 넷째 형님의 문하인 전문경이라는 자는 그렇지 않았어. 완전히 협박을 하다시피 해서 사람들이 시달리다 못해 자살하고 난리도 아니잖아! 나 같으면 그런 자를 가만 두지 않겠는데, 넷째 형님은 잘했다고 박수를 치니 말이야! 어처구니가 없어서……."

여덟째의 고담준론 같은 말은 두서가 없었다. 완전히 이리저리 왔다갔다했다. 악륜대는 윤사에 대한 혐오감이 더욱 심해지는 듯 자리에서 벌떡 일어나면서 말했다.

"넷째마마 얘기를 하시니 해야 할 일이 생각났습니다. 넷째마마와 덕비마마께 다녀와야겠습니다. 열넷째마마께서 두 분에게 보내는 문안편지가 있어서 말입니다. 군량미는 넷째마마 소관이니 알아서 하도록 지켜봐 주시는 것이 좋을 듯합니다. 그곳은 풀 한 포기 나지 않는 곳이어서 군량미 공급에 차질이 생기면 큰일입니다!"

"폐하의 천수연만 보고 곧바로 떠나게. 경사는 번화하기는 하나 그에 못지않게 시비가 엇갈리는 피곤한 곳이기도 하네. 폐하께서는 지금 기력이 예전 같지가 않네. 또 며칠 전 내정에서 흘러나온 소식에 의하면 왕섬이 글쎄 넷째마마를 태자로 천거한다는 내용의 비밀 상주문을 올렸다고 하잖아? 물론 폐하께서야 그런 황당한 소리 따위에는 미혹당하지도 않으시겠지만 말이야. 어쨌든 자고 일어나면 기상천외한 일들이 마구 터져 나온다니까! 또 고복이 그러더군. 넷째마마가 몰래 열셋째를 찾아보고 왔다는데 폐하께서는 그 사실을 아시고도 웬일인지 잠자코 계신다는 거야. 그만 가보게. 천수연이 모레인데, 나는 몸이 좋지 않아서 참석할 수 없을 것 같네. 자네가 대신 하례를 올리도록 하게."

윤사 역시 자리에서 일어서면서 말했다. 악륜대가 물러가자마자 이번에는 윤당이 간발의 차이로 들어섰다.

"악륜대가 지금 막 나갔는데 보지 못했는가?"

윤사가 물었지만 윤당은 잠시 동안 말이 없었다. 그래서 그런지 얼굴이 침울해 보였다. 윤사는 그제야 윤당의 표정이 예사롭지 않은 것을 발견하고는 다시 물었다.

"무슨 일이 있는 거야?"

"악륜대, 그 개자식 같으니라고!"

윤당이 냉소를 흘리면서 갑자기 욕을 내뱉었다. 이어 봉투 하나를 꺼내 윤사에게 건네주었다.

"그 자식이 변절했어요."

윤사가 반신반의한 표정으로 황급히 봉투를 열었다. 아포제가 보낸 급보였다. 호명계가 열넷째에 의해 감금당한 사실과 윤사가 아포제에게 보낸 비밀서신의 존재가 탄로 났다는 내용이었다.

윤사의 안색은 갑자기 하얗게 변했다. 편지를 떨어뜨리듯 탁자 위에 올려놓고는 눈을 감은 채 깊은 생각에 잠겼다.

"어떻게 하죠? 어떻게 하든 악륜대 그 자식이 폐하께 고자질하는 일은 막아야겠죠?"

윤당이 물었다.

"나는 기본적으로 호명계한테 그런 편지를 보낸 적이 없어. 열넷째가 가짜 제조기인 사실을 모르는 사람도 있다는 말인가?"

윤당의 물음에 윤사가 퉁명스럽게 대꾸했다. 발뺌을 하는 것이 분명했다. 그의 얼굴이 무섭게 일그러졌다.

화가 난 윤당의 두 손 역시 얼음장처럼 차가워졌다. 열넷째를 마구 욕하고 싶은 표정이 얼굴에 짙게 어려 있었다. 그러나 심한 욕을 할 수는 없었다. 같은 아버지에게서 태어난 동생을 비난하면 누워서 침 뱉기라고 자칫 자신까지 싸잡아 욕하는 꼴이 될지도 모른다는 생각을 하는 듯했다. 곧이어 그가 이를 악문 채 말했다.

"오아씨 그 똥갈보 같은 여자는 어쩌면 새끼들도 그런 괴물 같은 것들만 싸질러 놓은 거야! 기왕 이렇게 된 바에는 어쩔 수 없어요. 내일 제가 악륜대를 만나 툭 터놓고 얘기할게요!"

그러자 윤사가 황급히 손을 저었다. 성급한 윤당을 만류하는 손짓이었다. 이어 느릿느릿 입을 열었다.

"별 것도 아닌 악륜대 하나 때문에 골머리 썩을 것 없어. 지금은 절대 열넷째와 얼굴 붉히는 일이 있어서는 안 돼. 그 친구는 우리의 반응, 대처 방안을 다 꿰뚫고 있을 거라고. 철저히 대비해 둘 인간이기 때문에 조심해야 해. 며칠 전 하 태의가 왔다갔어. 새해 들어 폐하의 건강상태가 최악이라고 하는군. 언제 어떻게 될지 모른다고도 했어. 이 대목에 바둑 수 한 번 잘못 뒀다가는 망하는 것은 일도 아니야!"

윤사의 분석은 나름 일리가 있었다. 윤당은 속으로 은근히 탄복하면서 입을 열었다.

"그렇다면 이 자식을 하루라도 빨리 열넷째한테 쫓아 보내야 좀 후련해지겠군요?"

"쫓아 보낸다고? 그건 열넷째에게 유능한 조력자를 보내주는 것과 같지 않을까? 좋아, 열넷째가 폐하의 즉위 육십 년 경축 하례로 보낸 선물이 나에게 있어. 내일 다 함께 악륜대에게 들려서 보내지 뭐. 이에는 이, 눈에는 눈이라고 했어. 열넷째가 할 수 있는 일은 나도 할 수 있을 거야."

윤사가 연못 맞은편의 물안개 서린 복숭아나무 숲을 바라보면서 차갑게 내뱉었다. 그의 얼굴 표정이 더욱 잔인해지고 있었다.

드디어 3월 18일 '천수연'의 그날이 다가왔다. 강희는 아침 일찍 자리를 털고 일어났다. 그리고는 장정옥과 마제의 안내에 따라 수레와 말을 번갈아 타고 창춘원을 나와 자금성으로 향했다. 서화문에서 다시 수레에 갈아타려고 할 때였다. 강희가 저 멀리서 대기 중인 왕섬을 발견했다. 곧 다가가 물었다.

"다들 태화전 앞에 모이라고 했네. 그런데 자네는 어찌해서 여기에서 있는 것인가?"

"폐하께 아뢰옵니다! 신이 상주문을 올린 지도 벌써 한 달이 다 되어 갑니다. 그런데 어람을 하셨는지 궁금해서 폐하를 기다리고 있었사옵니다."

왕섬이 공손하게 허리를 굽힌 채 인사하면서 아뢰었다.

"자네가 '천하에서 제일 중요한 일'이라고 자칭한 내용 말인가? 무기한 보류하기로 했네."

강희가 알 듯 말 듯 미소를 지으면서 말했다. 이어 사방을 둘러보면서 다시 입을 열었다.

"자네는 짐의 의중을 누구보다 더 잘 헤아릴 텐데……! 그건 그렇고 짐이 하사한 약은 잘 먹고 있겠지?"

순간 왕섬은 뭔가 짚이는 데가 있었다. 그 당시에는 별생각 없이 먹었는데 그때 강희가 했던 말이 새삼스레 떠오른 것이다.

"이 약은《본초강목》에도 나와 있어. 그러나 복용하고 느긋하게 기다려야 약발이 받는다고. 조급하게 마음먹으면 효과가 없어."

강희는 그리고는 안심하라고 했었다. 왕섬은 눈빛을 반짝이면서 알겠다는 듯 고개를 끄덕였다. 강희는 곧 수레를 타고 안으로 들어갔다.

노인들은 무려 997명이나 모여 있었다. 70살 이상의 노인들은 체인각과 보화전에, 그리고 나머지는 정원에 천막을 치고 자리를 잡고 있었다. 모든 것이 윤진이 내무부의 부하들을 데리고 준비한 대로였다.

때는 이미 해가 중천에 뜬 시각이었다. 아침도 굶고 일찍부터 도착한 노인들로서는 속이 출출할 법도 했다. 그러나 흥분에 들뜬 나머지 배고픔도 잊고 있는 듯했다. 심지어 그 옛날 자금성에서 한자리를 담당했던 일부 노인들은 삼삼오오 모여 앉은 채 궁궐들을 가리키면서 저곳에서 일했노라면서 어린아이처럼 즐거워하기도 했다. 또 수

십 년간 못 만났던 옛 동료를 만나 얼싸안고 좋아하는 노인들도 더러 보였다.

한참 시끌벅적한 분위기가 이어지고 있을 때였다. 이덕전, 형년 등 집사 태감들이 삼대전三大殿에서 박수를 치면서 나타났다. 그들 뒤로 용기龍旗와 형형색색의 장방형 모양의 깃발을 치켜들고 걸어오는 사람들의 대오가 모습을 드러냈다. 이어 문무백관들이 노란 덮개의 커다란 수레를 호위하며 천천히 다가오는 모습도 보였다.

이덕전이 순간 채찍을 힘차게 휘둘러 소리를 냈다. 그러자 창음각에서 북을 비롯한 음악소리가 크게 울려 퍼졌다. 그와 동시에 만주족 복장을 한 64명의 궁녀들이 미끄러지듯 떼를 지어 나왔다. 그리고 마치 구름 위에서 노니는 선녀들처럼 옷자락을 나풀거리면서 태평성대를 칭송하고 강희의 성탄을 축하하는 노래를 부르기 시작했다.

음악소리 크게 울려 퍼지고 봄기운에 강물 풀리는데, 오늘은 성명하신 우리 주인이 일월과 더불어 새로이 탄생하는 날…… 어화둥둥 어절시구…… 우리 강산 좋을시고…… 무리가 각성하고 오교五敎가 두루 이뤄지니 우리 대청 번영창성하리라…….

강희는 노랫소리가 우렁차게 울려 퍼지는 가운데 천천히 수레에서 내려섰다. 그리고는 태화전 처마 밑에서 남쪽 방향을 향해 선 채 조용히 노랫말에 귀를 기울였다. 그러자 1000명에 가까운 노인들이 장정옥의 신호에 맞춰 일제히 큰 소리로 외쳤다.

"황제 폐하! 만세, 만세, 만만세!"

강희는 자신이 마치 갈대밭을 바라보고 있는 것 같은 착각이 들었다. 노인들이 머리를 조아리니 하나같이 백발만 보였기 때문이었다.

강희는 기분이 좋은 듯 얼굴에 홍조가 돌았다. 유난히 기력도 왕성해 보였다.

곧 강희가 형형한 눈빛으로 좌중을 둘러보면서 미소를 지은 채 큰 소리로 말했다.

"여러분, 모두 일어나시오! 나라의 법규상 예법에 따르지 않을 수 없으나 우리 늙은이들끼리 이런 형식이 무슨 필요가 있을까 싶어. 짐은 이미 조선^{無膳}을 해결했네. '배부른 사람은 배고픈 사람 사정 모른다'는 옛말도 있듯 짐이 꼭 그 짝이 아닌가 싶네. 장황한 연설이 왜 필요하겠는가? 길고 지루한 형식도 무슨 소용이 있겠나? 어서 자리에 앉아 연회를 시작하지!"

삽시간에 장내는 들끓었다. 땀범벅이 된 윤진은 수백 명의 태감들을 거느리고 자리 배치를 하느라고 정신이 없었다. 전국 곳곳에서 보내온 하례 선물도 중화전으로 옮겨야 했다. 그때 장오가가 그에게 다가왔다. 윤진이 즉각 물었다.

"무슨 일 있어?"

"넷째마마, 여기에는 제가 있을 테니 저쪽에 좀 가보셔야겠습니다. 폐하께서 아무래도 건강에 이상이 있으신 것 같습니다. 걸으실 때 다리를 심하게 떠십니다. 또 입가에 침이 흘러나왔는데도 무감각하신 것 같습니다……. 발단은 건강상의 이유를 들어 여덟째마마께서 참석하지 못한다는 사실을 셋째마마가 전할 때부터였던 것 같습니다. 그때부터 기분이 많이 가라앉아 보였습니다. 설상가상으로 열째마마께서 목자후 어른의 사망소식을 터트리는 바람에 그만……. 사람들이 왜 그렇게 참을성이 없는지 모르겠습니다."

장오가가 초조한 기색을 감추지 못했다. 윤진이 뭐라고 입을 열어 대답하려고 할 때였다. 악륜대가 염친왕부의 태감 수십 명에게 하례 선물을 들리고 들어서고 있었다. 형년 역시 태감에게 큰 접시를 받쳐 들게 하고는 뒤따라왔다. 그것은 구슬 하나를 같이 물고 있는 용 두 마리의 몸체로 갖은 형상을 빚어낸 이룡희주二龍戱珠라는 요리였다.

형년이 윤진에게 다가와서는 입을 열었다.

"넷째마마! 폐하께서 말씀하시길 넷째마마께서 대단히 피곤할 텐데 그렇게 서서 다리품을 팔지 말고 이제 그만 쉬라고 하셨습니다. 이것은 폐하께서 넷째마마께 내리시는 상이라고 할 수 있습니다."

그러자 윤진이 황급히 예를 갖추었다.

"아바마마께서 아들에게 이렇게 지대한 관심을 가져 주시다니 감사할 따름입니다. 자네는 어서 돌아가 나 대신 성은이 망극하다고 감사의 뜻을 전해주게. 나는 여기에 조금 더 있어야겠어!"

윤진은 형년이 물러간 다음 악륜대를 부르더니 웃으면서 말했다.

"자네는 먹을 복도 많군. 폐하께서 상으로 내리신 이렇게 많은 음식이 있으니 말이야. 밑에 술도 한 병 있구먼. 혼자서 다 먹을 건가? 나도 끼워주면 안되나?"

악륜대가 윤진의 농담에 입가를 길게 찢은 채 웃으면서 대답했다.

"다 넷째마마께서 아껴주신 덕분이 아니겠습니까? 같이 드셔 주신다면 이보다 더 큰 영광이 어디 있겠습니까?"

윤진은 말은 시원시원하게 했지만 악륜대가 술을 과하게 마실까봐 은근히 걱정이 됐다. 술김에 어제 사적인 자리에서 했던 말을 다 털어놓는 날에는 큰일이 아닐 수 없기 때문이었다. 급기야 그는 단단히 마음을 먹은 것 같은 악륜대를 향해 황급히 말했다.

"그러나 나는 오늘 마음 놓고 마실 수가 없네. 자네도 적당히 마시게. 하루 이틀 사이에 떠날 것도 아니니까 말이야. 내일 내가 이십 년 된 술을 두 단지 보내주지."

악륜대가 윤진의 머리카락처럼 섬세한 마음을 읽었는지 웃음 띤 얼굴로 화답했다.

"알겠습니다. 열넷째마마께서 군중軍中의 음주를 단속하시기 때문에 저도 이제는 주량이 많이 줄었습니다."

두 사람은 술을 홀짝였다. 그리고는 지극히 평범한 일상에 대한 대화를 주고받으면서 한참 동안 자리를 같이 했다. 그때 갑자기 태화전 앞에서 음악소리가 크게 들려왔다. 윤진이 그 소리를 들으면서 회중시계를 꺼내보더니 의아한 얼굴을 한 채 말했다.

"연회는 오시午時까지인데, 왜 벌써 끝났지?"

윤진이 고개를 갸웃하고 있을 때였다. 마제가 황급히 들어섰다. 뭔가 불안한 예감에 윤진이 벌떡 일어섰다.

"폐하께서 자리에서 내려오셨습니다."

마제의 안색이 웬일인지 창백해 보였다. 그가 다급한 김에 인사를 하는 것도 잊은 듯 들어서자마자 본론을 꺼냈다.

"폐하께서 안색이 너무 좋지 않으십니다. 몇몇 태의들이 하나같이 당황하고 있습니다. 그래 저와 장정옥이 시간을 조금 속였습니다. 폐하께서 일찌감치 자리에서 일어나시도록 하려고요. 넷째마마께서 가셔서 폐하께 잠시 여기서 안정을 취하신 다음에 양심전으로 옮겨가는 것이 좋겠다고 설득해 주셨으면 합니다."

윤진이 마제의 말에 서둘러 간이침대를 만들기 시작했다. 그때 밖에서 하늘과 땅이 흔들리는 듯한 만세소리가 들려왔다. 이어 장정옥과 유철성에게 몸의 전부를 의지한 강희가 모습을 드러냈다.

누가 봐도 강희의 얼굴은 파리하고 누런 기운이 감돌았다. 눈에 초점도 없어 보였다. 그럼에도 강희는 애써 웃음을 짓고 있었다. 하지만 다리의 기운은 전혀 없는 듯 마치 구름 위를 걷는 것 같아 보였다. 윤진은 그럼에도 마제가 호들갑을 떤 것처럼 당장 무슨 일이라도 일어날 듯 그렇게 위태롭지는 않다고 생각했다.

강희가 가까이 오자 악륜대가 황급히 엎드려 문안을 올렸다.

"자네, 대장군왕 대신 인사를 하러 왔는가? 일어나게."

강희가 기운 없는 목소리로 말하고는 천천히 중화전으로 향했다. 윤진은 안절부절못할 수밖에 없었다. 그러나 곧 정신을 수습하고는 재빨리 다가가 조심스럽게 여쭈었다.

"아바마마, 장시간 앉아 계시느라 과로하셨나 보옵니다. 이제는 춘추도 가볍지 않으시니 각별히 조심하셔야겠사옵니다. 아신 생각에는 아바마마께서 이곳에서 조금 안정을 취하신 다음 양심전으로 돌아가시는 것이 어떨까 싶사옵니다."

강희가 머리를 끄덕여 보였다. 그러나 서둘러 자리에 앉지는 않았다. 그저 흐리멍덩한 시선으로 주위를 둘러볼 뿐이었다.

그의 눈에 들어온 중화전은 갖가지 금은보화로 가득 차 그야말로 눈이 부셨다. 보석의 종류도 부지기수였다. 이름도 생소한 금은보화는 전부 하례로 들어온 것들이라고 해도 좋았다. 금은보화뿐만이 아니었다. 강희의 취향에 애써 맞춘 물품들도 적지 않았다. 붓과 벼루를 비롯한 문방사보文房四寶와 선덕화로宣德火爐, 바둑돌, 거문고, 묵과 붓…… 등등. 그리고 진귀한 판본의 고서를 비롯해 송지宋紙, 송묵宋墨, 유명한 서예가 동향광董香光의 서화작품 등도 심심찮게 눈에 띄었다.

강희가 무심한 표정으로 그것들을 간신히 둘러본 다음 갑자기 남쪽 창가에 있는 특이하게 생긴 상자에 관심을 보이면서 물었다.

"그 안에는 뭐가 들었지?"

"아바마마, 이건 열넷째가 악륜대에게 부탁해 보내온 선물이옵니다. 아직 이름표를 붙이지 못했사옵니다. 무슨 물건인지도 모르겠사옵니다."

윤진이 황급히 대답했다. 악륜대가 그러자 서둘러 공손히 대답했다.

"열넷째마마께서 서역西域에서 얻은 운석隕石이옵니다. 천연적으로 '백년장운'百年長運이라는 명필이 새겨져 있사옵니다. 열넷째마마께서 애지중지하시던 운석인 줄로 알고 있사옵니다. 소인도 출발 직전에야 열넷째마마에게서 들어서 알게 됐사옵니다."

"오! 운석에 글씨까지 새겨져 있다는 말이지? 어서 열어보게!"

강희가 흥미를 보였다.

그러자 형년이 황급히 대답하고는 다가가서 대장군왕의 인새印璽가 찍힌 밀봉을 뜯어냈다. 이어 조심스럽게 상자를 열어젖히려고 했다. 그러나 너무 조심을 해서 그런지 그만 상자를 땅에 떨어뜨리고 말았다. 그와 동시에 팍! 하는 소리가 장내에 울려 퍼졌다.

좌중의 사람들은 깜짝 놀랐다. 마제 역시 놀라서 형년을 호되게 꾸짖었다.

"형년! 너 죽으려고 환장을 한 거야?"

마제는 형년에게 따끔하게 한마디를 더 하려고 했다. 그러나 채 입을 열기도 전에 눈에 비친 물건 때문에 다시 한 번 깜짝 놀라고 말았다. 상자에는 운석이 아니라 죽은 매가 들어 있었던 것이다.

"이게 뭔가!"

강희는 마치 못 볼 것을 본 듯 화들짝 놀랐다. 하지만 자세히 보이지 않는지 돋보기를 꺼내 쓰고는 다시 매의 시체를 바라봤다. 그러다 말 한 마디 뱉지 못하고 스르르 옆으로 쓰러졌다.

태감들은 깜짝 놀라 황급히 달려들어서는 강희가 휴식을 취할 수 있도록 용상에 앉혔다. 마제가 불같이 화를 냈다. 급기야 악륜대를 한참 동안 쏘아보다 큰 소리로 주위에 명령을 내렸다.

"저 자식, 당장 사로잡아!"

중화전은 졸지에 혼란의 도가니에 빠져버렸다. 수많은 사람들이 하나같이 어떻게 행동해야 할지를 모르는 듯했다. 하지만 그 와중에도 유철성은 정신을 차렸다. 휘하의 병사들에게 밧줄을 가져오게 한 다음 마치 바보처럼 멍청히 상자만 바라보고 있는 악륜대를 꼼짝 못하게 포박했다.

악륜대는 포박을 당하자 비로소 정신이 돌아오는 듯했다. 하지만 충격이 적지 않았는지 그저 "나는 억울해. 나는 억울해"라는 말만 계속 반복해 내뱉고 있었다.

얼마 후 장정옥이 겨우 정신을 차렸는지 조용히 윤진에게 말했다.

"넷째마마, 폐하께서는 갑자기 통증이 와서 정신을 잃으신 겁니다. 가래도 끓는 것 같고요. 하지만 큰일은 아닌 것 같습니다. 지금 넷째마마께서는 폐하의 유사시를 대비해 소합향주를 가지고 계실 겁니다. 빨리 그걸 폐하께서 드시도록 하십시오."

장정옥은 상서방의 최고 대신답게 큰 소리로 장내를 정리정돈시키는 것을 잊지 않았다.

"함부로 행동하지들 말라고! 만약 그랬다가는 주군을 시해한 죄로 다스릴 거야! 그리고 형년, 자네는 빨리 태의를 불러오게. 조용히 불러와야 해. 큰 소리 내지 말고. 또 노인들이 아직 대부분 궁을 빠져나가지 않았을 테니 입단속을 단단히 시키게!"

윤진은 머릿속이 어지러워 한참 동안이나 헤매다 장정옥의 말을 듣고서야 비로소 제정신을 차렸다. 이어 품에서 오사도가 항상 휴대하라고 했던 소합향주를 꺼내 장정옥에게 건넸다.

"음……."

한참 후 강희가 서서히 깨어나기 시작했다. 가래를 한 덩어리나 뱉고는 천천히 탄식을 토했다. 그러나 여전히 얼굴에는 병색이 완연했다. 결국 무기력하게 눈을 감으면서 중얼거리듯 말했다.

"마제, 자네는 몰라. 이건 악륜대 저 친구가 한 일이 아니야. 그러니 풀어주게. 나는 지금 무척 피곤해. 말할 기운도 없어……."

악륜대는 강희의 말을 듣자마자 바로 무릎걸음으로 그에게 기어갔다. 이어 눈물이 가득 어린 얼굴로 말했다.

"폐하께서는 성명하신 분입니다. 우선 소신을 붙잡아두시고 모든 것이 명명백백하게 밝혀진 다음에 저를 놓아주십시오! 그리고 저 매는 죽은 지 얼마 안 된 것입니다. 열넷째마마께서 하신 일이 아닙니다. 만약 그랬다면 오는 도중에 완전히 부패해버렸을 겁니다. 열넷째 마마와 저는 결백합니다……."

"그 친구를 풀어주게. 죄가 없으니까. 하늘이 보고 있고 짐도 보고 있지 않은가. 더 이상 얘기하지 말게. 짐은 조용히 있고 싶어. 조용히……."

강희가 다시 힘없는 얼굴을 한 채 눈물을 닦으면서 말했다. 그러나 두 줄기의 눈물은 멈출 줄을 모르고 계속 흘러내렸다…….

49장

융과다, 궁려窮廬에서 강희를 만나다

강희가 '천수연' 도중에 갑작스럽게 쓰러져 몸져누웠다는 비밀은 고작 6일밖에 지켜지지 않았다. 그 이후로는 도저히 방법이 없었다. 종이로 불을 감쌀 수 없듯 마구 퍼져나가는 소문을 더 이상 어떻게 막을 도리가 없었던 것이다.

그러느니 차라리 솔직하게 발표하는 것이 나을 것 같았다. 나쁜 소문이 번지는 것을 미연에 방지하기 위해서라면 그래야 했다. 결국 상서방과 태의원은 고민 끝에 강희가 쓰러진 지 7일째 되는 날 연합으로 '성궁위화'聖躬違和(황제의 몸이 불편하다는 의미)라는 내용의 공문서를 발표했다.

그날 이후로 전국 18개 성과 그 산하 지방 아문들에는 내용이 비슷비슷한 청안서請安書가 마치 눈꽃이 휘날리듯 무수히 날아들었다. 하나같이 미사여구만 잔뜩 늘어놓은 것들로 나중에는 처치 곤란한 지경에까지 이르게 됐다. 당연히 북경의 비선을 통해 지방관들이 입수한 소식은 대단했다. 강희가 '쾌유무망'快癒無望, 즉 건강이 도저히 좋아지지 않을 것이라는 소식이었다.

지방관들은 드디어 자신들의 운명과 거취를 결정하지 않으면 안 되는 때가 되었다. 강희가 붕어하기 전에 태자 인선을 비롯한 민감한 사안에 대한 입장을 확실히 밝혀주기만을 이제나 저제나 간절히 바란 것은 크게 이상할 것이 없었다.

황자들 역시 초조하기는 지방관들과 크게 다를 바가 없었다. 특히 멀리 전쟁터에 나가 있는 열넷째가 더욱 그랬다. 그는 안절부절못한 나머지 몸이 바짝바짝 마르는 것 같았다. 그럴 수밖에 없는 것이 그로서는 전장에 묶인 몸이었기 때문이었다. 윤사가 선수를 쳐서 대권을 가로채 버릴 것만 같은 불길한 생각이 그를 계속 괴롭혔던 것이다. 그렇다고 북경으로 돌아가는 것도 최선의 선택은 아닌 듯 했다. 기를 쓰고 장악한 병권을 그대로 반납하는 것은 완전히 죽 쒀서 개 주는 격이 될 수 있었으니 말이다.

그는 고민 끝에 숙주肅州에서 북경에 이르는 황토의 역도驛道에 여덟 시간 거리 간격으로 휘하의 병사들을 파견하는 결정을 내렸다. 유사시 북경의 소식이 불과 나흘도 걸리지 않고 3000리 밖에 있는 자신의 군중에 전해지도록 조치한 것이다.

그러나 열넷째 등의 간절한 바람에도 불구하고 상황은 엉뚱하게 흘러갔다. 우선 5월이 지나자 조정에서 "폐하의 상태가 많이 호전됐다!"는 관보를 전국 각지에 배포했다. 또 지방관들에게 민심을 흐리는 이상한 소문의 진원지를 파악, 단속하라는 명령도 내려 보냈다. 그뿐만이 아니었다. 각 성의 총독과 순무들에게는 몇 번에 걸쳐 북경에 들어와 강희에게 문안을 올리라는 명령이 내려졌다.

직접 용안龍顏을 마주하고 문안을 올리라는 것은 강희의 건강이 그만큼 호전됐다는 사실을 의미하는 것이 아닌가! 사람들은 그제야 "별일은 없겠구나!" 하고 안도의 한숨을 쉴 수 있었다. 그러나 그게 아니었다. 이번에는 강희의 와병 소식에 못지않은 굵직굵직한 사건들이 갑자기 연이어 터지기 시작한 것이다.

첫 번째 사건은 윤잉에 대한 환상을 끝내 버리지 못한 왕섬과 밀접한 관계가 있었다. 왕섬이 끝까지 태자 복위를 고집한 책임을 물었던 것이다. 결과는 문화전대학사, 태자태보의 직무를 박탈하고 개과천선할 때까지 서부 전선으로 유배를 보내는 것이었다. 그러나 본인이 연로한 것이 문제였다. 결국 그 아들을 대신 서부로 보내는 쪽으로 최종 결정이 내려졌다.

다음 사건은 왕섬이 당한 횡액보다 더 큰 충격을 가져왔다. 조정 안팎을 발칵 뒤집어 놓을 만큼 큰 사건이었다.

사건을 일으킨 주역은 천주부泉州府의 영춘永春현, 덕화德化현 두 곳의 백성 2000명으로, 애초에는 특별한 요구를 내건 것도 아니었다. 그저 먹고 살 수 있게 해달라는 청원을 한 것에 지나지 않았다. 깃발을 내걸고 대포를 울리면서 장기 농성에 들어간 것이 조금 이상하다 싶을 정도였다.

강희 역시 좋게 생각했다. 조정의 정책에 반발하는 도둑들의 소행이 아니라 자신들을 주목해 달라고 하소연하는 먹고 살기 힘든 백성들의 발악 정도로 판단한 것이다. 부원部院의 대신들에게 현장에 가서 민심을 파악한 다음 가능한 한 다독이고 수렴하는 쪽으로 해결하라는 명령을 내렸다.

그러나 마제가 그런 강희의 명령을 어겼다. 정확하고 냉정한 실사도 하지 않고 사사롭게 명령을 내려 농성 중이던 백성들에게 창칼을 겨

눈 것이다. 그 바람에 애꿎은 백성들이 80여 명이나 억울한 죽음을 당하고 말았다. 더욱 기가 막힌 것은 농성을 주도한 주범은 이미 달아난 후였다는 사실이었다.

마제 역시 그에 따른 죗값을 치르지 않으면 안 됐다. 우선 영시위내대신, 태자태보, 문연각대학사의 직무를 박탈당했다. 그런 다음 처벌을 논의하게 될 부의部議에 넘겨졌다.

상서방 대신 장정옥마저 불똥을 맞았다. 나라의 중추이자 요직에 오랜 세월 몸담고 있던 재상으로서 그 위치에 합당한 선정善政을 내놓지 못했다는 사실이 무엇보다 큰 잘못이었다. 또 정치적 업적이 미미한 것도 문제가 됐다. 강희는 급기야 "짐의 조언에 대충 비위를 맞추면서 문제없이 넘어가려는 불성실한 태도를 보였다. 직급을 두 등급 낮출 수밖에 없다. 그러나 여전히 상서방에 남아 일은 해야 한다"는 내용의 지의를 내리고 그의 문제 역시 해결했다.

방포에 대해서도 마찬가지였다. "그는 미천한 포의 출신의 유생에 불과하나 특유의 비상한 재주가 있었다. 그로 인해 깊고 무거운 성은의 혜택을 한 몸에 받아왔다. 그러나 현실에 안주하지 못하고 외관들이나 황자들과 사사로이 만나고 다녔다. 물의를 일으킬 소지가 크다. 때문에 일정한 돈을 하사한 다음 고향으로 보내도록 하겠다!"는 요지의 지의를 내리면서 칼을 들이밀었다.

강희는 이후로도 연속적으로 정신없이 조유詔諭를 내렸다. 마치 돌팔매질로 주위 사람들을 마구 쓰러뜨리려 하는 것 같았다. 실제로 칼을 맞은 사람들은 하나같이 그의 왼팔, 오른팔로 알려진 대신들이었다. 도찰원의 어사들은 사전에 이상한 징후도 없이 느닷없이 내려지는 조유에 당황하지 않을 수 없었다. 조정이 한바탕 혼란을 겪은 것은 너무나 당연한 일이었다.

더욱 이상한 것은 그럼에도 아무런 움직임이 없이 정국이 평온했다는 사실이었다. 다른 때 같았으면 자신들의 주장을 펴는 상주문들이 눈송이처럼 날아들었을 텐데 전혀 그렇지가 않았다. 아마도 지금은 한 치의 실수도 용납하지 않는 비상사태라는 생각이 관리들의 가슴 저변에 깔려 있지 않나 싶었다.

칠월 칠석이 지났다. 가을이 찾아온 북경에는 찬바람이 불기 시작했다. 나뭇잎은 메마르고 세상은 윤기를 잃어가기 시작했다. 그 무렵, 그렇지 않아도 달리 할 일이 없어 한가하던 윤진에게 느닷없이 내무부와 형부, 호부에서의 모든 직무를 해제시킨다는 청천벽력 같은 통보가 날아왔다.

그로서는 정말 황당하기 이를 데 없는 통보였다. 하지만 그는 분통이 터지는 것을 애써 달래면서 창춘원으로 들어갔다. 평상시와 다름없는 문안 인사에 강희는 이렇다 할 아무 말도 없었다. 윤진은 납덩어리 같은 두 다리를 간신히 끌고 옹화궁으로 돌아왔다.

집에 돌아오니 만복당 처마 밑에 아직 개봉하지 않은 복주 지역의 명주名酒 항아리가 여러 개 놓여 있는 모습이 보였다. 또 나무 밑에는 족히 10여 개는 될 감귤 상자가 쌓여 있었다. 그는 주변을 둘러봤다. 대탁이 만복당에서 문각과 바둑을 두고 있는 모습이 보였다. 성음과 오사도는 관전을 하고 있었다.

윤진이 들어서자 오사도를 제외한 나머지 사람들은 황급히 자리에서 일어났다. 이어 대탁이 한 발 앞으로 나오면서 무릎을 꿇고는 머리를 조아린 채 인사를 올렸다.

"신 대탁이 주인을 고견叩見합니다!"

"그래."

윤진이 다시 문 밖에 있는 물건들을 힐끗 일별하고는 자리에 앉았다. 이어 하인이 건네주는 찻잔을 받았다. 그가 차 한 모금을 마시면서 담담하게 물었다.

"언제 도착했는가?"

대탁은 외관으로 나가있는 몇 년 동안 잘 먹고 잘 지냈는지 살집이 눈에 띄게 불어나 있었다. 검은 비단 장포에 감싸인 짧고 굵은 몸을 움직이기 힘이 들 정도였다. 그는 그 사실이 민망했는지 얼굴 가득 기분 나쁜 표정을 숨기지 못하고 있는 윤진을 향해 조심스럽게 대답했다.

"도착하기는 어제 도착했습니다. 평소 늘 지시하신 대로 먼저 창춘원에 가서 폐하께 문안을 올렸습니다. 오늘 아침 일찍 왔더니 마마께서는 벌써 나가시고 안 계시더군요……."

대탁이 말을 마치자마자 자신이 가지고 온 선물의 목록을 바쳤다. 윤진은 그러나 여전히 심드렁한 표정을 한 채 대충 훑어보기만 했다. 그리고는 신경질적으로 목록을 내던지면서 그예 불편한 심기를 드러냈다.

"천하에 인정머리 없고 의리 없는 좀팽이 같으니라고! 세상에 최고의 구두쇠는 아마 자네 형제가 아닌가 싶어. 선물이랍시고 가져오는 물건치고 쓸 만한 것이 당최 있어야지! 주인을 얼마나 우습게 봤는지, 아무거나 가져다 놓고는 얼렁뚱땅 넘어가려는 심사잖아? 편지를 보낼 때는 없다고 징징 우는 소리나 마구 해대고 말이야! 자네 정말 그렇게도 먹고 살기가 힘든가? 그렇다면 내가 마시지도 않는 술은 도로 가져가고 푸르딩딩한 감귤도 가져다 두고두고 익혀서 먹게! 그렇지 않으면 내다 팔아서 돌아갈 노자나 마련하든지. 나한테 와서 손 내밀 생각일랑 절대로 하지 말고!"

대탁은 전례 없는 갑작스런 윤진의 선물타령에 얼떨떨한 표정을 지을 수밖에 없었다. 느닷없는 된서리에 고개를 깊이 떨어뜨린 채 아무 말도 하지 못했다. 그러자 보다 못한 오사도가 먼저 웃으면서 입을 열었다.

"넷째마마, 왜 넷째마마답지 않게 별것 아닌 일로 화를 내시는 겁니까? 혹시 나가셨던 일이 순조롭게 풀리지 않으셔서 그러시는 겁니까?"

윤진이 오사도의 질문에 비로소 한숨을 길게 내쉬면서 어깨를 늘어뜨렸다.

"순조롭지 않은 일마저도……, 이제는 없어져 버렸지. 보기 좋게 쫓겨났어. 잘 됐지 뭐! 어울리지 않는 무거운 옷을 벗어던진 것처럼 홀가분해! 나라고 매일 일만 하라는 법이 어디 있는가? 자네들도 관보를 봐서 잘 알 거야. 어제는 우명당, 오늘은 시세륜이 나가 쓰러졌어. 완전히 하루에 한 명씩 픽픽 나가떨어지잖아. 이거 보통 일이 아니야! 마치 아름드리나무가 뿌리째 뽑혀서 그 속에 매달려 있던 원숭이들이 갈팡질팡 도망가는 것 같아. 심지어는 폐하께서 망령이 드신 게 아니냐는 소문도 나돌고 있다고. 내가 보기에 그렇지는 않은 것 같은데 말이야……."

윤진이 오사도의 질문에 대답을 하고는 가만히 대탁의 눈치를 살폈다. 애꿎은 대탁에게 한바탕 퍼붓고 나니 마음이 한결 개운해진 모양이었다. 얼마 후 그가 대탁의 마음을 풀어주려고 생각한 듯 나지막이 입을 열었다.

"만만한 자네한테 화풀이를 해서 미안하네. 그만큼 자네 주인의 심기가 불편하다는 것만 알아주면 고맙겠어."

대탁이 조금 전과는 달리 윤진이 나긋나긋하게 나오자 황급히 웃음을 지으면서 대답했다.

"소인이 어찌 감히 야속하게 생각하겠습니까? 전혀 그렇게 생각하지 않았습니다. 또 주인께서 하신 말씀도 지당한 말씀이었습니다."

"넷째마마, 그래서 기분이 상하셨던 겁니까? 건방지게 이런 말씀 드려도 되는지 모르겠으나 주인께서는 폐하의 의중을 아직 정확하게 읽어내지 못하고 계시는 것 같습니다."

오사도가 관보를 천천히 내려놓더니 입가에 미소를 머금은 채 말했다.

"그게 무슨 말인가?"

오사도가 껄껄 웃으면서 대답했다.

"폐하께서는 요즘 들어 붕어하신 이후의 일, 즉 후사를 준비하고 계십니다. 지금 상황으로 봐서는 폐하의 용체가 완쾌될 가능성은 없습니다. 여생이 얼마 남지 않았습니다. 그런데도 황자들의 대권 다툼은 위험 수위를 넘어가고 있습니다. 그러니 폐하께서는 얼마나 걱정이 많으시겠습니까? 지금 여덟째마마는 넷째마마를 견제하고 경계하기만 하는 것이 아닙니다. 열넷째마마까지도 막강한 적수로 생각하고 있습니다. 한편 열넷째마마는 폐하께서 이승의 끈을 놓으실 그날만을 학수고대하고 있습니다. 그때가 되면 군사를 이끌고 쳐들어와 여덟째마마와 한판 대결을 벌이겠다는 생각을 하고 계시는 겁니다. 이럴 때 주인께서는 조금만 더 냉정하게 생각하셔야 합니다. 그러면 폐하의 의중을 읽으실 수 있습니다."

오사도는 언제나 그랬던 것처럼 표면의 현상만을 보고 있지 않았다. 그는 남들이 보지 못하는 깊은 곳에 숨어있는 의미를 찾아서 날카로운 상황판단과 분석을 내렸다. 이번에도 그의 해석은 좌중의 사람들을 놀라게 하기에 충분했다.

"이번에 한 몽둥이씩 맞은 관리들은 대단한 사람들입니다. 모두가

다 일 잘하기로 정평이 나 있던 인재들이었습니다. 폐하의 최측근들이기도 했죠. 그럼에도 불구하고 폐하께서는 하나같이 억지스럽기 그지없는 죄명들을 내세워 그들을 내치셨습니다. 여러 가지 현상들을 종합해 볼 때 폐하께서는 앞으로의 정국이 질풍노도의 소용돌이 속으로 빠져들 것을 우려하시는 것 같습니다. 때문에 폐하께서 아끼시던 사람들이 혼란스러운 정국에 말려들어 희생양이 되는 것을 원치 않으신 겁니다. 지금 사소한 이유를 들어 미리 내침으로써 그렇게 되는 것을 막아보자는 깊은 뜻이 담겨 있는 것입니다. 또 새로운 군주가 등극하면 반드시 거국적인 대사면을 실시하게 되는데 폐하께서는 그것도 미리 염두에 두셨습니다. 그렇게 함으로써 새로운 군주는 신하들에게 은혜를 베풀 수 있게 됩니다. 그럼으로써 군신 사이에 끈끈한 정도 생길 거라고 생각하신 것이죠. 우리 폐하처럼 영명하신 분만이 내릴 수 있는 결단이라고 하지 않을 수 없습니다."

오사도의 말을 듣고 난 윤진은 갑자기 눈앞이 훤히 트이는 느낌을 받았다. 하기는 앞서 왕섬 같은 경우에도 대놓고 윤진을 힘닿는 데까지 밀겠노라고 공언했었다. 그런 왕섬에 대해 "윤잉에 대한 환상을 버리지 못한다"고 비난할 때부터 이상하다는 생각이 들긴 했었다. 윤진이 이제야 뭔가 이해가 된다는 듯 한숨을 내뱉으며 말했다.

"듣고 보니 폐하의 속마음을 이해할 것도 같군. 그래도 너무 하신 것 같아. 영문을 모르는 그 사람들은 얼마나 괴롭겠어. 어제 악륜대가 툴툴대면서 나를 찾아와서 그러더군. 열넷째가 보낸 선물이 폐하의 심기를 불편하게 했는데, 죄는 자신이 뒤집어썼다고 말이야. 자신은 심부름한 죄밖에 없는데 선물은 뒤바뀌고……, 사람들은 자기를 곱지 않게 본다는 거야! 악륜대로서는 억울할 만도 하지. 그런데 나는 애초에 그런 글자가 새겨진 운석이 떨어졌다는 것도 믿어지지 않

아. 열넷째가 그것을 선물로 보냈다니 어처구니없기도 하고!"

"하지만 폐하께서는 당시 혼절을 하시면서도 당사자를 응징하지 않으셨습니다. 그것은 나름대로의 생각이 있으시기 때문에 그런 것이 아닐까 싶습니다. 제가 보기에는 여덟째마마와 열넷째마마가 애매모호한 관계선상에 있다는 것쯤은 폐하께서도 이미 익히 알고 계시는 것 같습니다. 삼자대결 구도에서 그 두 사람이 무슨 짓을 하든지 관심 없다는 반응을 보이는 것은 무엇 때문이겠습니까? 바로 넷째마마에게 용좌를 넘겨주기로 이미 결정을 내렸다는 분명한 증거로 볼 수 있습니다."

오사도가 말을 마치고는 흥분한 듯 지팡이를 짚고 일어섰다. 이어 좌중 사람들의 시선을 한 몸에 받으면서 다시 천천히 말을 이었다.

"그런 선물을 보낸 것이 과연 열넷째마마 혼자만의 생각인지, 아니면 여덟째마마와 머리를 맞댄 끝에 내린 결정인지는 모르겠습니다. 그럼에도 폐하께서는 뒷조사를 하라는 명령도 내리지 않으셨습니다. 그 정도로 관심이 없다는 것은 의미하는 바가 아주 큽니다."

윤진이 오사도의 말에 귀를 기울이면서 한참 생각에 잠겨 있더니 단호한 어조로 입을 열었다.

"그래도 그런 명명백백한 도발행위에 대해서는 그 저의를 추궁해야 한다고 생각하네."

오사도가 윤진의 말이 끝나기 무섭게 고개를 절레절레 저으면서 말했다.

"절대 안 됩니다. 지금 열넷째마마는 적당한 명분이 없어서 벌집을 건드리지 못하고 있습니다. 그쪽에서 홧김에 들고 일어나 보십시오. 북경에서는 여덟째마마가 호응을 할 것이고, 그랬다가는 그야말로 천하대란이 일어나고야 말 겁니다."

윤진은 그동안 오사도의 말이라면 절대적으로 신뢰를 보냈다. 그러나 이날만큼은 기분이 이상했다. 오사도가 너무나 똑똑하다는 생각이 들면서 질투와 공포감까지 슬며시 밀려왔던 것이다. 그가 복잡한 감정을 담은 시선으로 오사도를 바라보고는 부드러운 어조로 입을 열었다.

"오 선생 얘기를 들으니 책을 십 년 동안 읽은 것보다 소득이 더 큰 것 같군! 그 아이들이 엉덩이를 들썩거리면서 수선을 떤다면 나는 당연히 의연하게 자리를 지키고 있어야겠군."

오사도가 다시 윤진을 은근하게 바라보면서 말했다.

"정국에 대해서는 넷째마마께서 크게 걱정하실 것이 없습니다. 폐하의 곁에는 문무文武를 책임져 줄 장정옥과 무단이 있습니다. 그 두 사람이면 충분합니다. 또 열일곱째마마와 서산 녹영병의 대장은 친인척 관계입니다. 만약 서산 쪽에 일이 생기면 열일곱째마마를 동원하면 되는 것이죠. 풍대의 대영도 그렇습니다. 대부분의 군관들이 과거 열셋째마마께서 손수 키우신 이들입니다. 믿음직하고 든든하다고 하겠습니다. 물론 우려되는 문제도 없지는 않습니다. 구문제독 융과다가 입장 정리를 어느 쪽으로 했는지 감을 잡을 수가 없다는 것이 바로 그겁니다. 일반적인 관계로 따지면 넷째마마께서는 융과다를 외삼촌이라고 불러야 합니다. 그 정도로 가까운 사이죠. 그러나 그 사람은 동시에 여덟째마마와는 죽고 못 사는 끈끈한 관계를 유지해 오고 있는 동씨 가문의 일원이기도 합니다. 그 점이 심히 걱정이 됩니다. 그리고 현재 넷째마마에게 가장 필요한 사람은 역시 열셋째마마입니다. 열셋째마마가 계속 저렇게 손발이 묶여있으면 곤란합니다. 폐하께서 조유에 명명백백하게 대권을 넷째마마에게 넘겨주신다고 밝혀도 용좌에 앉을 수가 없게 됩니다. 반대로 열셋째마마께서 자유의 몸이 된다면 만에 하나 다른 황자에게 대권이 넘어갔다고 해도 최악의 상황은 벌어지지 않을 수 있습니다. 충분히 국면을 반전시킬 수가 있을 겁니다."

윤진이 오사도의 말에 아랫입술을 잘근잘근 씹으면서 생각에 잠겨 있더니 천천히 입을 열었다.

"내가 당장 가서 열셋째가 석방되도록 힘을 써보겠네!"

오사도가 빙그레 웃으면서 그 말을 받았다.

"지금은 폐하께서도 넷째마마의 청을 들어주시지 않을 겁니다. 또 아직은 때가 아닙니다. 그리고 유사시에 직면하게 되면 그때는 넷째마마께서 내무부의 인맥을 동원하셔서 열셋째마마를 빼내 올 수 있을 겁니다."

좌중의 사람들은 오사도의 분석을 듣고 안도의 숨을 내쉬었다. 앞으로의 일이 어느 정도 정리가 된 것 같았다.

대탁은 한껏 고무된 어조로 윤진에게 질문을 던졌다.

"넷째마마, 이번에 와 보니 전에 있던 사람들이 네댓 명 보이지 않는군요. 무척 궁금했습니다. 고복도 집에 없는 것 같고요. 어디 지방으로 내보내신 겁니까?"

윤진이 대탁의 질문에 주용성을 바라보고는 소름끼치는 미소를 지은 채 대답했다.

"그래. 귀신을 만나러 보냈어. 그 친구는 계집과 팔천 냥밖에 안 되는 돈 때문에 주인을 팔아먹었거든!"

윤진은 고복에 대해서는 더 이상 떠올리고 싶지 않은 듯 자리를 털고 일어났다. 그리고는 융과다를 만나러 갈 생각인지 주용성에게 명령을 내렸다.

"수레를 대기시키게. 보군통령아문으로 가봐야겠어!"

그러나 윤진의 생각과 달리 융과다는 아문에 없었다. 아침 일찍 장정옥이 창춘원의 담녕거로 불러들인 탓이었다. 사실 그의 직책인 구문제독은 북경에서 볼 때 그렇게 높은 관직이라고 할 수는 없었다. 순천부 부윤과 마찬가지로 그 위로 직예 순무와 직예 총독이 층층이 있으니 그럴 만도 했다. 관직의 순서로만 보면 어림군御林軍이나 선박영의 대장보다도 못했다.

그러나 보군통령아문은 북경을 둘러싸고 있는 아홉 개의 문九門(덕승문德勝門, 안정문安定門, 정양문正陽門, 숭문문崇文門, 선무문宣武門, 조양문朝陽門, 부성문阜城門, 동직문東直門과 서직문西直門)의 출입을 관리하는 곳이었다. 융과다는 그곳의 총 책임자인 '구문제독'九門提督이었던 것이다. 휘하에 2만 명의 병사들을 거느리는 관계로 북경 일대에서는 풍대대영 다음으로 막강한 실권도 행사하고 있었다.

그럼에도 융과다는 평소 상서방과 거의 왕래를 하지 않았다. 장정옥의 부름을 받고 염친왕에게 그 사실을 알려야 할지 한참이나 망설인 것은 그 때문이라고 할 수 있었다. 처음에는 고심 끝에 수레를 염친왕부 쪽으로 향하게 했다. 그러나 마지막에 생각을 고쳐먹고 방향을 돌려 창춘원 담녕거로 그대로 직행했다.

장정옥은 그가 도착하자 미리 기다리고 있었던 듯 반갑게 맞아주면서 말했다.

"왜 '고해苦海가 아득한데, 뒤돌아보니 언덕이로구나!'라는 말이 있지 않은가? 바로 자네 같은 경우를 두고 하는 말 같구먼."

"장 중당! 무슨 말씀이신지 모르겠네요."

융과다는 신분 차이가 차이인 만큼 일단 예의를 깍듯이 갖춰 인사를 했다. 하지만 그의 말에 뭐라고 답해야 할지 알 수 없어서 난감했다. 장정옥이 빙긋 미소를 지으면서 말했다.

"자네가 여기 오기에 앞서 여덟째마마를 만났더라면 패찰을 건넸을지라도 들어오지 못했을 걸세. 아마 내일 중으로 옷을 벗어야 했을걸? 아마 어디를 먼저 가야 하나 고민깨나 했을 텐데……. 순간의 선택이 자네를 고해에서 구해줬다는 말이네!"

융과다는 장정옥의 말에 자신도 모르게 식은땀을 흘렸다. 늙기는 했어도 만만치 않은 눈앞의 철완鐵腕 재상이 자신의 일거수일투족을 모두 파악하고 있었다는 사실에 그만 속이 뜨끔해진 것이다. 그러나 그는 우선은 모르는 척해야 한다고 생각했다. 일부러 뒤통수도 긁으면서 흐리멍덩한 눈빛을 한 채 말했다.

"글쎄요, 그래도 무슨 말씀을 하시는지 잘 모르겠네요."

장정옥은 융과다의 속마음을 다 들여다본 듯 웃으며 자리에서 일어나 힘차게 말했다.

"이제 곧 알게 될 걸세. 나를 따라와 보게."

융과다가 기계적으로 머리를 끄덕였다. 그리고는 장정옥을 따라 나갔다. 밖에서는 형년이 두 명의 태감과 함께 미리 대기하고 있었다. 일행은 담녕거를 에둘러 북쪽으로 발걸음을 옮겼다. 곧이어 담녕거의 월동문이 나타났다.

그안은 궁전은커녕 작은 건물 하나 없었다. 등나무를 비롯해 창포나무, 포도와 장미 등 온갖 나무와 꽃들만 지천으로 널려 있는 곳이었다. 때문에 문 양 옆은 햇빛을 완전히 가릴 만큼 울창한 숲속이 되어 있었다. 주변에는 정적만이 감돌았다. 가끔 가다 풀잎을 스치는 풀벌레 소리는 그곳의 적막과 신비를 더해주었다.

융과다가 장정옥의 말을 되새김질하면서 한참을 뒤따라가다 그예 궁금증을 참지 못하고 입을 열었다.

"중당 어른, 지금 저를 어디로 데리고 가시는 겁니까?"

장정옥은 융과다의 질문에도 아무런 대꾸 없이 걷기만 했다. 한참을 그렇게 더 가자 앞이 확 트였다. 돌담도 나타났다. 나팔꽃을 비롯해서 덩굴을 타고 올라온 이름 모를 꽃과 풀들이 담벼락을 온통 뒤덮고 있는 곳이었다.

담으로 둘러싸인 건물은 뜨락이 넓은 초가집 몇 채였다. 나무 창틀을 비롯한 대나무 울타리 등은 사치와는 거리가 멀어 보였다. 넓은 대문에는 '궁려窮廬'라고 쓰인 어필御筆 편액이 걸려 있었다.

융과다는 처음 보는 풍경에 어리둥절해져서 주위를 연신 두리번거렸다. 그때 백발이 성성한 무단이 안에서 걸어 나왔다. 아홉 마리 맹수 무늬가 있는 관포를 입고 위에 노란 마고자를 껴입은 모습이었다. 산호 정자 뒤로 보석을 박은 공작새 모양의 화령花翎이 무척이나 눈부셨다. 그가 융과다를 향해 웃으면서 말했다.

"어서 오게!"

융과다는 서둘러 인사를 하려고 몸을 굽혔다. 그러자 무단이 황급히 말리면서 말했다.

"폐하께서 안에 계시니, 큰 소리를 내지 않는 것이 좋겠네!"

"폐하께서…… 이곳에 계신다는 말씀입니까?"

"그러네. 여기는 정원 속의 정원이자 궁궐 속의 궁궐이지. 마제도 지금껏 와 본 적이 없어. 이곳을 알고 있는 사람은 불과 몇 명도 되지 않지. 그럼에도 폐하께서 이곳으로 자네를 단독으로 부르셨어. 이는 실로 자네를 중요하게 생각하고 계신다는 것을 말해주는 것이네!"

장정옥이 어리벙벙한 모습을 한 채 넋을 놓고 있는 융과다를 향해 말했다. 융과다는 크게 충격을 받은 듯했다. 아무 말도 하지 못한 채 장정옥을 따라 대문을 들어섰다.

순간 그는 못 볼 것을 본 것처럼 놀라서 그 자리에 그대로 굳어지고 말았다. 대문 안에서 자신을 맞아주는 사람은 다름 아닌 얼마 전에 고향으로 내려갔다는 그 포의재상 방포가 아닌가!

융과다는 마치 미궁에 들어선 것처럼 연이어 놀라면서 입을 크게 벌리고 뭐라고 말하려고 했다. 그러자 방포가 황급히 손가락을 입술에 갖다 대며 아무 말도 하지 못하도록 했다.

융과다는 조심스럽게 방 안으로 들어갔다. 눈이 방 안의 분위기에 익숙해지자 갈색 비단 장포를 입고 머리에 노란 띠를 질끈 동여맨 강희가 침상에 누운 채 눈을 지그시 감고 있는 모습이 그의 눈에 들어왔다. 강희가 누워 있는 방 안은 책들로 가득했다. 또 바닥에서는 심신을 안정시켜주는 향이 하늘하늘 피어오르고 있었다. 바늘 떨어지는 소리가 들릴 만큼 조용했다.

융과다는 조심조심 무릎을 꿇었다. 그런 다음 가볍게 머리를 세 번 조아렸다. 분위기 자체가 감히 크게 소리치며 절을 할 상황이 아니었다. 그는 고개를 숙인 채 힐끔힐끔 강희를 훔쳐볼 뿐이었다.

그의 눈에 들어온 강희는 너무나 가여운 모습이었다. 얼마 지나지 않은 시간 동안 몰라보게 수척해져 있었다. 칼로 조각한 듯 주름이 깊게 패인 얼굴은 이제 그가 생의 막바지에 이른 평범한 노인이라는 사실을 말해주고 있었다.

융과다는 얼마 후 서서히 진정을 찾아가기 시작했다. 그러나 새삼 가슴이 너무나 아팠다.

"폐하!"

방포가 이윽고 조용히 강희를 불렀다. 아무런 반응이 없었다. 그가 조금 다가서면서 다시 한 번 강희를 불렀다.

"폐하, 보군통령 융과다가 지의를 받고 대령했사옵니다. 이미 문안

인사를 드렸사옵니다."

잠시 후 강희의 목젖이 서서히 움직였다. 가늘게나마 눈도 어슴푸레하게 떴다. 그가 곧이어 융과다를 뚫어지게 바라보더니 한참 후에야 힘겹게 입을 열었다.

"일어나게. 여봐라, 자리를 내주고 차를 내리도록 하라."

융과다가 천천히 몸을 일으켰다. 그리고는 의자에 비스듬히 엉덩이를 걸친 채 앉았다. 이어 최대한 감정을 실어 부드럽게 아뢰었다.

"반 년 만에 처음 뵈니 용안이 많이 상해 보이옵니다. 대단히 놀랐사옵니다!"

융과다의 목소리가 가늘게 떨렸다. 눈언저리가 금세 빨개졌다. 얼마 후 그가 형식적인 미사여구는 다 빼버린 채 말을 이었다.

"신은 어릴 때부터 폐하의 뒤를 졸졸 따라다니면서 커왔사옵니다. 그런데 그렇게 크고 장대하신 모습은 다 어디로 사라진 것이옵니까? 실로 가슴이 미어지옵니다."

융과다가 더 이상 못 참겠다는 듯 눈물을 흘렸다. 그러자 장정옥이 미간을 찌푸리면서 나무랐다.

"융 군문, 폐하 앞에서 이게 뭐하는 짓인가?"

"괜찮네, 형신! 진심에서 우러나는 것은 뭐든지 좋은 거야. 태의도 그렇고 자네들도 전부 내가 곧 좋아질 것이라고 해. 짐을 위로하느라고 말이지. 그러나 짐은 자신을 너무도 잘 아네. 짐에게 주어진 세월은 이제 정말 손꼽을 수 있을 정도로 얼마 남지 않았어. 후……! 그 옛날의 현엽은 어디 갔을까? 현엽 너에게도 이런 날은 어김없이 오는구나? 믿어지지 않지?"

강희가 자그마하게 한숨을 내쉬면서 입을 열었다. 마지막에는 스스로에게 묻기까지 했다. 장정옥과 방포가 강희의 그 중얼거림에 그만 눈물을 쏟고 말았다. 강희가 한참 상심에 젖어 있는 듯하더니 다시 입을 열었다.

"생로병사는 인지상정이야. 괜히 상심하고 그럴 것이 뭐 있겠나? 실은 오늘 모처럼 정신이 맑아. 그 틈을 타서 대사를 결정지으려고 하네. 융과다, 짐이 자네를 왜 불렀는지 알겠나?"

융과다가 황급히 상체를 깊이 숙인 채 대답했다.

"잘 모르겠사옵니다, 폐하."

강희가 장정옥에게 시선을 돌리면서 말했다.

"자네가 조서를 읽어주게."

장정옥이 강희의 말에 즉각 대답을 하더니 바로 남쪽을 향해 돌아섰다. 이어 융과다가 무릎 꿇기를 기다렸다가 입을 열었다.

"융과다, 잘 들어라. 이것은 폐하의 유조遺詔이시다!"

"예!"

"봉천승운황제조왈奉天承運皇帝詔曰(천명을 받들고 새로운 기운을 계승하신 황제가 다음과 같이 조서를 내린다)!"

장정옥이 속도를 적당히 유지하면서 강희의 유조를 읽어 내려가기 시작했다.

"일개 미관말직에 불과한 미천한 출신의 융과다는 상서방 대신이었던 동국유의 세력을 빌려 신분상승을 꾀했다. 또 운 좋게 꾀한 바를 성공했다. 하지만 여덟째 윤사와 일당이 돼 감히 정권 찬탈을 노렸다. 분수에 맞지 않는 꿈을 꾸었다. 이에 죽음을 내린다!"

융과다는 너무나 뜻밖인 유조의 내용에 얼굴이 삽시간에 사색이 되고 말았다. 마른하늘에 날벼락을 맞은 격이었으니 그럴 만도 했다. 핏기가 사라진 입술이 마구 떨렸다. 또 얼빠진 눈빛으로 높이 자리한 강희를 올려다보기도 했다.

융과다는 그러나 강희의 얼음장같이 차가운 얼굴에서 어떤 희망도 찾아내지 못했다. 얼마 후 그가 모든 것을 포기한 듯 가볍게 탄식하면서 머리를 조아렸다.

"신…… 지의에 따르겠사옵니다. 하해와 같은 성은에 깊이깊이 감사를 드리옵니다……."

그러자 방포가 옆에서 물었다.

"마지막으로 할 말이 있나?"

융과다가 연신 머리를 조아리면서 아뢰었다.

"신은 솔직히 동씨 가문에서 전혀 인정을 받지 못하고 무시당하며 살아왔사옵니다. 폐하께서 말씀하신 것처럼 그렇게 덕을 본 것도 없사옵니다. 물론 여덟째마마와 가깝게 지낸 것은 사실이옵니다. 그러나 불순한 짓은 하지 않았사옵니다. 이 점을 폐하께서 부디 성찰해주시기 바라옵니다."

강희가 융과다의 말에 알겠다는 듯 입을 열었다.

"조서가 하나 더 있지? 읽어보게."

강희의 말이 끝나기 무섭게 장정옥이 그 다음 조서를 펼쳐 든 채 읽기 시작했다.

"자네가 맡은 바 직무에 충실할 것인지의 여부를 볼 것이네. 그런 다음 자네에게 죽음을 내린 유조는 무단, 장오가, 유철성, 덕릉태 그리고 나 다섯 사람의 합의하에 없애버릴 수도 있어. 폐하께서도 그렇게 명령을 내리셨네. 또 이 유조는 폐하께서 붕어하신 후에 천하에 발표할 예정이야."

장정옥이 잠시 말을 멈췄다. 그리고는 침을 한 번 꿀꺽 삼켰다. 이어 다시 천천히 입을 열었다.

"융과다는 짐을 수행한 삼십 년 동안 맡은 바 직무에 충실해 왔다.

그 충성심을 높이 사지 않을 수 없다. 이에 영시위내대신, 태자태보, 상서방 대신으로 봉하고 일등의 작위를 하사한다!"

융과다는 장정옥이 읽은 강희의 두 번째 유조의 말에 그만 깜짝 놀라고 말았다. 유조의 내용이 이랬다저랬다 완전히 상반됐으니 도무지 무슨 얘기를 하는 것인지 알 수가 없었던 것이다.

그는 뻣뻣하게 굳어진 채 입을 반쯤 벌리고 멍하니 강희를 바라보았다. 얼마나 놀랐는지 엎드려 성은에 감사를 드리는 것조차 까맣게 잊어버렸다.

"어쩔 수 없었네. 짐은 평생을 바쳐 이 강산을 이룩해 왔어. 그러나 마지막에는 이렇게밖에 할 수가 없게 됐어. 이런 짐의 처지가 참으로 한심스럽네. 아들들 때문에 밤잠을 자지 못하고 이런 내용을 고민하느라 골머리를 썩었을 짐의 아픔을 부디 이해해 주게! 장정옥을 비롯한 저네들에게도 자네에게 내린 조서와 비슷한 유조를 내렸네. 생과 사를 둘 다 내린 것이지."

강희가 융과다에게로 몸을 돌려 앉으면서 다소 비감 어린 목소리로 말했다. 시선은 어느새 부드럽게 변해 있었다.

"무슨 말씀인지 알 것 같사옵니다, 폐하……!"

융과다가 머리를 깊숙하게 숙였다. 그의 얼굴에 오만 가지 감정이 소용돌이치며 지나갔다. 순간적으로 머릿속이 하얗게 퇴색해 아무 생각도 들지 않는 모양이었다.

"자네는 아직 몰라. 좀 더 가까이 와 보게. 방포, 그 나무상자를 열어 물건을 꺼내 보게……."

강희가 손짓을 하면서 감개感慨에 젖은 어조로 융과다를 불렀다. 방포는 강희의 말에 바로 대답을 하고는 나무상자를 열었다. 속에는 금칠을 한 조롱박이 들어 있었다.

강희가 한 손에는 방포로부터 건네받은 조롱박을 들고 다른 한 손으로는 융과다의 손을 잡으며 말했다.

"자네가 동씨 가문으로부터 무시당하고 산 것은 짐이 누구보다 잘 알지. 하지만 자네는 진정으로 자네를 억압한 사람이 짐이었다는 사실은 모를 거야. 짐이 자네를 구해줄 마음만 먹었다면 그까짓 동국유의 눈치가 보여서 못했겠나?"

"폐하!"

강희가 가볍게 기침을 하면서 말을 이었다.

"잘 들어. 짐의 생모도 동씨 가문의 사람이었어. 그 덕분에 동씨 일가는 대대로 나라의 은혜를 듬뿍 받을 수 있었지. 때문에 짐은 동국유가 기대에 부응해 당대의 대 재상이 돼주기를 바랐어. 가까운 관계일수록 그런 기대에도 부응해야 한다고. 하지만 믿었던 도끼에 발등이 찍혔다고 해야 하나. 동국유는 짐을 철저하게 배신했어. 자네는 동국유와 알력이 있으면서 은근히 짐을 원망했을 거야. 자네를 몰라준다고 말이야. 그렇지 않은가?"

융과다가 짐짓 놀라는 얼굴로 강희의 말을 강하게 부인했다.

"감히 그런 생각을 한 적은 한 번도 없었사옵니다!"

그러자 강희가 한숨을 지으면서 다시 말했다.

"융과다, 자네 이 조롱박 좀 보게. 짐이 친정을 했을 때였지. 짐은 당시 과포다科布多 전투에서 패했어. 그래도 하늘이 도와 짐은 자네와 함께 겨우 적들의 포위망을 뚫고 나왔어. 이후 우리 두 사람은 목숨을 걸고 고비사막을 탈출했어. 그때를 기억하지? 우리는 물 한 병을 가지고 사흘을 버티면서 처절하게 몸부림쳤지. 삶을 갈구했다고나 할까. 그런데 그때 자네는 물을 한 방울도 마시지 않았어. 대신 말 오줌을 마셨지. 짐이 하나 남은 만두를 반 쪼개주니까 자네는 먹지 않고 남겼어. 그리고는 풀뿌리를 캐먹었지. 얼마 후 짐이 하도 배가 고파 괴로워하니까 자네가 허리춤에서 그 반쪽 남은 만두를 꺼내줬었지……."

융과다의 눈에서는 어느새 눈물이 샘솟고 있었다. 나중에는 어깨를 세차게 들썩이면서 울었다. 강희의 눈에도 눈물이 고였다.

"그 옛날 진나라의 태자인 중이重耳는 병사들을 거느리고 출전을 한 적이 있었어. 그때 군량미가 다 떨어졌었지. 그러자 신하인 개자추介子推라는 신하가 자신의 허벅다리 살을 베어내 굶어 죽어가는 중이를 살려냈어. 그러나 중이는 군주가 되고 나서 자신의 은인인 개자추를 철저하게 외면했지. 자네는 개자추와 같은 충성심이 있는 신하야. 그러나 짐은 절대 진晉 문공文公이 아니야! 짐은 이 조롱박을 그 무엇에도 비할 수 없는 보물로 고이 간직해 왔어. 칠이 떨어지면 다시 도금하고 때로는 머리맡, 때로는 책상 위에 놓고 만져보곤 했어. 그러나 자네에게 은혜를 베풀지는 않았지. 자네가 직급이 올라가는가 싶으면 주저앉고 또 잘 나가다가 떨어져 내리기를 반복한 것은 결코 자네가 일을 잘못했거나 운이 나빠서가 아니야. 짐이 자네의 그릇이 얼마나 큰지를 보고 싶었던 마음에서 그랬던 거야. 짐은 자네를 조금 더 단단하게 단련시키고 싶었던 것이지. 관직의 길에서 승승장구하는 것은 솔직히 대단히 위험해! 짐은 아직 나이가 어린 자네를 짐의 자손 세대에서 꽃피우게 하고 싶었던 거라고!"

강희의 눈에서도 어느새 눈물이 주르륵 볼을 타고 흘러 내렸다. 융과다는 아예 흐느껴 울었다. 장정옥과 방포 역시 그런 둘을 지켜보면서 한없이 눈물을 흘렸다.

"짐이 자네에게 그런 모습을 보인 것은 나중에 자네에게 탁고託孤

(차기 황제를 부탁함)의 중임을 맡기기 위해서였네. 이제 짐은 자네의 직급을 올리고 자네를 고명대신顧命大臣으로 봉해 짐의 전위유조傳位遺詔를 선독宣讀할 자격을 부여할 것이네. 자네를 진정으로 귀중히 여기지 않는다면 이런 중임을 맡기겠는가?"

강희가 젖은 목소리로 말했다. 더 이상 말이 필요 없었다. 융과다는 땅에 길게 엎드린 채 몸을 바르르 떨면서 아무 말도 하지 못했다. 강희가 눈물을 닦으면서 다시 말을 이었다.

"그저 자네를 향한 짐의 마음만큼 자네도 짐을 위해 줬으면 하는 바람뿐이네. 부디 천추에 길이 남을 충량현능忠良賢能의 명신이 되어 짐의 기대에 부응했으면 하고 간절히 바라네."

강희가 한참 동안 이어 오던 말을 마쳤다. 그러자 갑자기 숨이 가빠 오는 것 같았다. 숨 쉬는 것조차 힘들어 했다.

융과다가 그런 강희를 걱정스런 눈빛으로 쳐다본 다음 겨우 진정을 하고 입을 열었다.

"폐하의 높고 두터운 성은은 신이 분골쇄신하더라도 갚도록 할 것이옵니다. 백 마디 미사여구보다 하나의 진실한 몸짓을 보여드리겠사옵니다. 부디 지켜봐 주시옵소서!"

강희가 울음을 멈추기 위해 코를 벌름거리는 융과다를 보면서 힘껏 고개를 끄덕여 보였다.

곧이어 방포가 반 척尺은 충분히 넘을 것 같은 서류뭉치를 껴안고 강희 앞으로 다가왔다. 이어 조심스레 내려놓으면서 말했다.

"이건 폐하께서 팔 년 동안 말씀하신 내용을 기록한 어록이네. 내가 조금 윤색해 제목을 《성무기》聖武紀라고 달았지. 오늘부터는 자네가 책임지고 관리하다가 때가 되면 선독을 해야 하네."

융과다가 방포의 말을 이해하지 못하겠다는 듯 어정쩡한 반응을 보였다. 그러자 장정옥이 황급히 덧붙였다.

"유조는 두 부분으로 나뉘어져 있네. 하나는 방금 얘기한《성무기》
네. 폐하의 일생 동안의 치적을 칭송하고 자손들에게 내리신 성훈聖
訓이 들어 있네. 다른 하나는 전위유조로 때가 되면 자네가 선독을
해야겠네……."

강희는 방포, 장정옥, 융과다 세 사람이 나지막하게 대화를 나누는
동안 눈을 지그시 감은 채 조용히 듣기만 했다. 얼마 후 그의 숨소리
가 차츰 고르게 들리기 시작했다. 얼마나 피곤했는지 어느새 깊은 잠
에 곯아떨어지고 만 것이다…….

융과다가 보군통령아문으로 돌아왔을 때는 유시酉時가 지난 시간
이었다. 끼니를 때워야 할 시간이기도 했다. 그러나 그는 아침도 대충
먹고 점심도 걸렀음에도 배고픈 줄을 몰랐다. 갑자기 불려가서는 어
리둥절한 상태에서 강희를 만난 다음 한바탕 생과 사를 넘나드는 충
격을 받았다. 하지만 끝마무리는 좋았다. 마음이 주체할 수 없는 격
동과 흥분, 희열과 기대로 충만해 있었으니 말이다.

한참 동안 공문결재처에서 서성이던 그가 갑자기 서무관 하나를
불러 말했다.

"내가 수유手諭 두 장을 써줄 테니 즉각 발송하도록 하게."

융과다는 말을 마치자마자 바로 책상으로 다가가더니 일필휘지로
붓을 휘날렸다.

지금부터는 중군호영中軍護營이 정람기正藍旗 군사들을 대신해 조양문, 제
화문, 동직문을 방위한다.

융과다가 잠시 붓을 멈추고는 뭔가를 골똘히 생각하더니 다시 글을 써내려갔다.

선무문宣武門 내의 녹영병은 북안정문北安定門으로 이동하라!

수유를 받아든 서무관이 말했다.

"지금 당장 전달하고 오겠습니다. 그러면 조양문의 원래 주둔군들은 어디로 옮겨야 하는지 군문께서 지시를 내려 주십시오."

"그들의 마 대장에게 내 말을 전하게! 백성들을 놀라게 하지 말고 야밤을 타서 병사들을 거느리고 들어와 나의 중군을 호위하라고 하게. 다시 한 번 강조하는데, 절대 백성들을 놀라게 해서는 안 되네!"

명령을 내리는 융과다의 목소리는 마치 얼음장처럼 차가웠고 서슬이 푸르렀다.

"예!"

서무관이 우렁차게 대답했다. 이어 수유와 명령을 전달하러 문을 나서려고 했다. 그러나 미처 나가기도 전에 밖에서 누군가가 말을 전했다.

"예부 원외랑員外郞인 당봉은 대인이 오셨습니다."

당봉은은 아홉째 윤당의 문하이자 융과다의 옛 상사인 당무례의 아들이었다. 오사도의 정적이기도 했다. 융과다와는 평소에 서로 왕래가 잦은 편이었다. 그가 뭔가를 잠시 생각하더니 서무관에게 말했다.

"수유는 놓고 나갔다가 한 시간 후에 와서 가져가도록 하게. 당 어른에게 들어오라고 하게!"

한참 후에 인기척 소리와 함께 천으로 만든 신발과 평범한 두루마기를 입은 당봉은이 들어섰다. 융과다가 웃으면서 맞이했다.

"오늘은 어쩐 일이오? 갈수록 멋있어지는군! 그런데 왜 수염은 꼭 다섯 가닥만 남겨둬서 사람을 부럽게 만드는지 모르겠소? 거기에다 승복만 걸치면 영락없는 스님이겠는걸!"

"제가 자주 드나들기는 하지만 그냥 시간이나 죽이러 오는 것 보셨습니까?"

당봉은이 히히 웃으면서 말했다. 융과다가 하인들을 내보낸 다음 역시 웃으면서 물었다.

"여덟째마마의 심부름을 왔소?"

당봉은이 찻잔을 집어 들면서 대답했다.

"아홉째마마 댁에서 오는 길입니다. 어제 저녁 여덟째마마하고 두 분이서 이것저것 따져봤나 봅니다. 저보고 여기 와서 확실히 알아보라고 해서 말입니다."

융과다가 일부러 어리숙한 표정을 지어보였다.

"따져보다니 뭘? 지난번 자네가 왔을 때 내가 그러지 않았소. 구문 제독부는 걱정하지 말라고!"

"여덟째마마는 지금 모든 준비를 마쳤습니다. 이제 만사가 동풍이 불기만을 기다리고 있는 중입니다. 풍대 대영은 창춘원의 안전 담당입니다. 군문께서는 구문을 쥐락펴락하고 있습니다. 그러니 때가 되면 친왕이나 패륵, 패자 모두 군문의 입김에 불려 다녀야 할 것이 분명합니다. 문제는 누구도 예상하지 못했던 이변이 두렵다는 겁니다. 그래서 여덟째마마는 염친왕부의 호위를 군문이 맡아줬으면 하는 겁니다. 풍대 대영에는 열셋째마마의 옛 부하들이 많아 위험합니다. 때문에 아무래도 군문께서 곁에 있어 주는 것이 든든하지 않겠나 뭐 그런 뜻이었던 것 같습니다."

당봉은이 한결 평온해진 표정으로 여유 있게 방 안을 거닐면서 의중을 떠보았다. 융과다가 짐짓 아무것도 모르는 척하면서 등받이에 몸을 기대고는 껄껄 웃음을 터트렸다.

"그러면 내가 바로 여덟째마마께서 고대하시는 동풍이라는 얘기인 거요? 글쎄, 내가 그렇게 힘이 있나? 그런데 결론부터 말하자면 우리 부대는 북경성北京城을 벗어날 수 없게 돼 있소. 왜냐하면 염친왕처럼 성 밖에 있는 사람이 적을 뿐만 아니라 스물 몇 명의 왕부가 성 내에 있기 때문이오. 이 입장은 여덟째마마한테 불려가더라도 변함이 없을 거요!"

"역시 여덟째마마께서 걱정하시던 대로네요! 다 좋습니다. 그러나 만에 하나 염친왕부가 위험에 처하면 어떻게 하느냐 이겁니다. 군문께서는 여덟째마마하고는 각별한 친분 관계가 있는 것으로 알고 있는데……."

그러자 융과다가 미소를 지은 채 말했다.

"그런 일은 없을 터이나 만에 하나 사고가 나면 우리 말고도 서산 예건영에 부탁해 볼 수도 있지 않겠소!"

당봉은이 마치 귀신불 같은 눈빛을 반짝이면서 다시 말했다.

"내일 저녁 아홉째마마가 군문에게 면담을 요청할 겁니다. 군문을 병부상서 자리에 앉히기로 내정한 것 같더군요!"

"병부상서?"

융과다는 당봉은의 말에 하마터면 웃음을 터트릴 뻔했다. 그러나 애써 웃음을 참았다. 이어 자리에서 일어나면서 말했다.

"가서 아홉째마마께 전하시오. 나라는 사람은 관직에는 별로 관심이 없노라고. 우리 동씨 일가가 나를 조금만 덜 괴롭혀 줬으면 하는 것이 그저 내 자그마한 소망일 따름이오!"

융과다는 말을 마치자마자 바로 당봉은을 바래다주고 돌아섰다. 어느덧 얼굴에는 차가운 냉소가 걸려 있었다. 얼마 후 그가 큰 소리로 명령을 내렸다.

"여봐라!"

50장

오사도의 활약

원래 북경 사람들은 절기 중 동지冬至를 설날과 마찬가지로 중요시했다. 해마다 이맘때가 되면 친정이나 밖에 나가 있던 며느리들은 너나 할 것 없이 모두 시댁으로 가야 했다. 그리고는 몇 날 며칠을 두고 먹을 명절음식을 만들었고, 그렇게 해서 집집마다 도마소리가 끊일 새 없이 울렸다. 자그마한 선물 꾸러미를 들고 친인척이나 친구를 찾아 나선 사람들의 행렬 역시 이때가 가장 길게 이어지고는 했다.

강희 61년, 그해에는 유난히 눈이 많았다. 날씨 역시 추웠다. 음력 10월 이후로는 거의 하루도 맑게 갠 하늘을 볼 수가 없었다. 무슨 원한과 분노가 그렇게나 많고 깊은지 매서운 서북풍을 동반한 굵은 눈발은 영 그칠 줄을 몰랐다. 때로는 채찍처럼 사정없이 볼을 휘갈기고 때로는 소용돌이처럼 몰아쳐 대지를 온통 미궁으로 만들어버리고는 했다.

때문에 사람들은 절기를 즐길 생각조차 못한 채 꼼짝없이 발목이 묶였다. 물론 그들의 사정은 저마다 다 달랐다. 며칠씩 집에 눌러앉아 있어도 지장이 없는 사람들은 그래도 여유를 부리면서 나름 설경을 즐겼다. 그러나 한 끼 해결하면 다음 끼니를 걱정해야 하는 가난한 장사꾼들은 잔뜩 울상이 될 수밖에 없었다.

모진 세파에 찌들어 살아온 노인들은 곰방대를 발뒤축에 두드려 끄면서 혼잣말처럼 중얼거리기도 했다.

"강희 황제께서 이제 세상을 떠나실 때가 됐나 봐. 하늘이 저리 슬피 우는 것을 보니……."

노인들이 그런 말을 하는 것도 다 이유가 있었다. 동지를 즈음해 조정에서 하루가 다르게 흉흉한 소문이 끊이지 않고 새어나온 탓이었다.

그중에서 단연 으뜸은 강희가 이제는 의식이 돌아오지 않고 있어 일에서도 손을 완전히 놓은 상태라는 것이었다. 때문에 창춘원 부근의 사원이나 객사客舍들은 육부의 상서, 낭관을 비롯해 각 성에서 올라온 총독, 순무 및 폭설에 발목이 잡혀 있는 외관들로 북새통을 이루었다. 그들은 자신들을 위해 만들어진 천막 안에서 이제나 저제나 하면서 강희에게 문안을 올릴 기회가 오기를 초조하게 기다렸으나 며칠 동안 누구 하나 소원을 이룬 사람은 없었다.

그나마 장정옥은 그 많은 관리들 중에서도 수시로 강희를 볼 수 있는 거의 유일한 사람이었다. 당연히 일상이 고될 수밖에 없었다. 실제로 광대뼈가 툭 튀어나올 정도로 얼굴이 수척해졌다. 또 눈언저리는 시커멓게 패었다. 평소에 여유만만해 보이던 말투와 몸짓 역시 온데 간데 없었다. 그뿐만이 아니었다. 그의 위태로워 보이는 발걸음은 아슬아슬할 정도로 빨라졌다. 더불어 총기 하나 없는 눈은 바쁘게 돌아갔다.

그는 드디어 음력 11월 13일 강희의 서재에서 몇몇 외성外省 대표들을 불렀다. 이어 그대로 선 채 간단히 급무急務를 전달하면서 덧붙였다.

"그렇게 알고 나는 그만 가봐야겠소. 폐하께서 조금 기력을 회복하신 것 같은데, 곧 무슨 지의가 계실지도 모르오. 그러니 여러분들은 당분간 여기 있는 것이 좋겠소!"

말을 마친 장정옥은 곧바로 운송헌으로 황급히 발걸음을 옮겼다. 그곳에는 윤지를 비롯해 윤우胤祐, 윤사, 윤당, 윤아, 윤도, 윤우胤禑 등 일곱 황자가 모여 있었다. 그들은 장정옥이 들어서는 것을 보고는 황급히 자리에서 일어섰다.

셋째 윤지가 물었다.

"형신, 무슨 지의라도 있는가?"

장정옥은 셋째의 질문에는 대꾸도 하지 않았다. 그저 주위를 두리번거리면서 살피더니 물었다.

"넷째마마는 오시지 않았습니까?"

윤아가 히죽 웃으며 대답했다.

"요즘 너무 바빠 정신이 없는 모양이군. 폐하를 위해 기도한다면서 천단天壇에 간 것으로 아는데?"

"오실 때가 되지 않았나?"

장정옥은 고개를 갸웃거리면서 시계를 꺼내봤다. 이어 문 밖으로 나와서는 손짓으로 태감 한 명을 불러 지시를 내렸다.

"가서 호부 상서에게 한 시간 후에 이리로 오라고 하게."

장정옥이 다시 운송헌으로 돌아와서 천천히 입을 열었다.

"폐하께서 조금 전에 지의를 내리셨습니다. 폭설로 피해를 입은 백성들에게 구호식량을 배분할 수 있도록 순천부에 식량을 보내주라고 호부에 명령을 내리셨습니다. 집집마다 빠뜨리지 말고 챙겨보라고도 지시를 하셨습니다. 그리고 해관海關 재정에서 은 삼만 냥을 꺼내 샴(태국의 옛 이름)에서 쌀을 더 구입해 오라는 명령도 내리셨습니다. 올해 그쪽은 풍년이 들어 쌀 가격이 폭락했다고 하더군요. 열넷째마마께서도 군량미를 재촉하셨는데, 차질이 없도록 하라는 지시를 내리셨고요!"

윤사가 장정옥의 말이 끝나자마자 물었다.

"우리가 담녕거 앞에서 머리 조아려 인사만 하고 돌아간 날이 오늘로 벌써 며칠째인가? 솔직히 그동안 불안한 마음은 이루 말로 다 할수가 없었어. 그런데 오늘 한꺼번에 이렇게 많은 지의를 내리신 것을 보면 폐하의 상태가 많이 호전된 것 같은데……?"

윤사의 말이 끝나자 윤아가 바로 맞장구를 쳤다.

"그래요! 오늘은 꼭 아바마마를 뵙고 싶네요!"

황자들은 윤아의 말에 마치 기다렸다는 듯 강희를 배알하게 해달라면서 장정옥을 졸라대기 시작했다. 장정옥은 도리 없이 안으로 들어갔다 나왔다. 이어 애써 웃음 띤 얼굴을 한 채 말했다.

"어제 좋은 꿈을 꾸셨나 봅니다. 들어오라고 하십니다!"

윤사는 순간적으로 흥분을 금치 못했다. 그러나 자리를 털고 일어나던 중 갑자기 주춤했다. 자신의 당초 계획이 엉뚱하게 꼬일지도 모른다는 생각이 든 것이다.

'내가 떡 주무르듯 하는 풍대 대영의 대장 성문운成文運은 창춘원을 기습 공격할 모든 준비를 끝냈다고 했어. 또 융과다의 이만 병마가 자금성을 장악하는 것도 전혀 무리가 없을 거야. 그런데 지금 윤당, 윤아와 함께 아바마마를 배알하러 들어간다면 어떻게 되는 거야? 저 안에서 아바마마의 최후를 보게 될지도 몰라. 그런데 그때 가서 윤당, 윤아에게 발목이 잡혀 소식을 제때에 전하지 못하게 되면 어떻게 하지? 게다가 밖에는 정변을 진두지휘할 사람도 없어. 이거 어떻게 한다?'

윤사가 그렇게 망설이고 있을 때였다. 안에서 형년이 나오더니 재촉을 했다.

"폐하께서 빨리 들라 하십니다!"

윤사가 한참을 더 생각하더니 드디어 형제들을 대신해 말했다.

"아무래도 황자들이 다 모여야 할 것 같아. 이미 통보를 해놨으니 곧 도착할거야. 오면 같이 한꺼번에 들어가는 것이 낫지. 더구나 폐하께서는 찬바람을 쐬면 좋지 않으신데 우리가 자꾸 들락거릴 수는 없지 않겠어?"

"그래도 먼저 들어가시죠. 셋째마마, 앞장서십시오. 다른 황자 마마들께서는 순서대로 줄을 서 주십시오."

장정옥이 알 듯 말 듯한 미소를 지은 채 윤지를 바라보면서 말했다. 황자들은 오늘 따라 여유가 전혀 없어 보이는 장정옥의 명령에 가까운 말에 저마다 고개를 갸웃거렸다. 그러나 그대로 움직이지 않을 수 없었다.

윤사 역시 마지못해 발걸음을 옮겼다. 그러나 한바탕 지각변동이 일 것만 같은 불길한 예감을 여전히 떨쳐버리지 못했다. 안색이 유난히 창백해 보이는 것도 아마 그 때문인 듯했다.

그는 자신의 차례가 가까워오자 황급히 주위를 둘러봤다. 그러다 머지않은 곳에서 대화를 주고받고 있는 김옥택과 당봉은을 발견했다. 그가 잘 됐다는 듯 황급히 당봉은을 불렀다.

"자네, 우리 집에 잠깐 다녀와야 하겠어. 하주아에게 내가 지금 폐하를 배알하러 들어간다고 점심밥을 챙겨 보내라고 하게."

그러자 장정옥이 옆에서 감시하듯 서 있더니 퉁명스럽게 내쏘듯 타박을 했다.

"그런 염려는 하지 않으셔도 되겠습니다. 어선방에서 점심을 준비할 겁니다."

그러나 윤사는 장정옥의 말은 들은 척 만 척했다. 당봉은을 향해 계속 눈짓을 해보인 다음 천천히 형들의 뒤를 따라 들어갔다.

어느새 동지冬至가 지났다. 북경 인근의 주둔군은 전부 융과다의 부대로 교체됐다. 그와 때를 같이 해 오사도를 비롯한 옹친왕부의 일부 막료와 호위들 역시 비밀리에 열일곱째 황자 윤례의 집으로 거처를 옮겼다.

나머지 사람들도 대부분 바쁘게 돌아갔다. 우선 주용성과 서재 태감들의 경우에는 강희의 건강 기원 기도를 올릴 제단을 만드는 윤진을 따라 모두 천단에 가 있었다. 어머니의 사망 이후 윤진과 부쩍 가까워져 거의 옹친왕부에 살다시피 하는 윤례 역시 마침 예건영에 나가고 집에 없었다. 때문에 옹친왕부의 서화청 화롯불 앞에는 문각, 성음과 오사도 셋만이 모여 앉아 머리를 맞대고 있었다.

세 사람의 얼굴은 초췌했다. 각자 능력에 따라 윤진을 위한 대책 마련에 부심하느라 연 며칠 잠을 설쳤으니 그럴 만도 했다. 하지만 그들의 눈빛만은 형형했다.

물론 그들은 다소 허탈한 마음도 없지 않았다. 며칠 동안 조정에서 흘러나온 소식이 전부 요언에 불과했다는 사실이 밝혀진 탓이었다. 게다가 그것을 진실로 믿고 엎어보고 뒤집어 보면서 상황을 파악하느라 머리를 맞댄 채 날밤을 샜으니 더욱 그럴 수밖에 없었다. 특히 집게로 탄을 뒤지면서 괜히 먼지만 풀풀거리게 하고 있던 오사도는 더했다. 불안과 초조가 완전히 극에 달한 듯했다.

윤진과 주용성이 눈발을 뒤로 날리면서 말을 달려 화청문 앞에 당도한 것은 세 사람이 묵묵히 앉아 있을 때였다. 눈을 가득 뒤집어 쓴 두 사람의 입에서는 입김이 길게 뿜어져 나오고 있었다. 성음과 문각이 벌떡 일어서면서 물었다.

"넷째마마! 무슨 소식이 있습니까?"

"그러네."

윤진이 외투를 벗은 다음 길게 숨을 몰아쉬면서 자리에 털썩 주저앉았다. 그 역시 눈에 핏발이 서려 있었다. 그러나 피로한 기색은 없어 보였다. 그가 다시 입을 열었다.

"폐하께서 황자들 모두를 부르셨어. 여덟째 등은 이미 들어간 것 같아. 난 열일곱째하고 같이 갈 거라고 핑계를 대고는 자네들을 찾아왔네. 윤례는 아직 안 돌아왔나? 날씨가 너무하는군, 너무해!"

오사도가 순간 윤진의 말에 관심 있는 표정을 지었다. 눈을 크게 뜨다가 이내 다시 눈을 내리깔면서 중얼거리듯 말했다.

"황자들 모두를……, 꼭 한꺼번에 다 같이 부르셔야 할 특별한 이유라도 있으셨던 것일까? 넷째마마, 날씨를 원망하지 마십시오. 이 폭설은 하늘이 넷째마마를 돕기 위해 내려 보낸 것인지도 모릅니다."

"뭐라고?"

"눈만 내리지 않았다면 폐하께서는 아마도 지금쯤 자금성으로 돌아가려고 하셨을 겁니다. 폐하께서도 웬만하면 극락세계로 가는 수레를 행궁行宮에서 타고 싶지는 않으실 것 아닙니까? 지금 성城 안에는 구문제독 융과다의 병마가 대부분입니다. 그런데 만에 하나 융과다가 여덟째마마와 한 패거리가 되어 넷째마마에게 창검을 겨눈다고 생각해보십시오. 그런 날이면 성 안에서는 넷째마마께서 활로를 찾아 도망을 나오는 것조차 힘들어질 것이 아닙니까?"

오사도가 허공을 향해 숨을 길게 내뿜으면서 말했다. 문각 역시 머리를 끄덕이면서 입을 열었다.

"넷째마마께서는 열일곱째마마를 기다린다는 핑계로 가능한 한 시간을 끌어보는 것이 좋겠습니다."

오사도가 문각의 말에 냉소를 흘렸다.

"이봐, 스님! 조언을 하려면 제대로 해야지. 넷째마마는 지금 가셔야 해! 대세는 이미 기울었어. 폐하께서는 황자들을 불러 모은 다음 유조를 발표하실 것이 틀림없어!"

좌중의 사람들은 전혀 예상 못한 오사도의 말에 흠칫 놀랐다. 모두의 시선이 일제히 오사도에게 향했다. 그러자 오사도가 평소 보기 드문 심각한 표정을 지으면서 덧붙였다.

"넷째마마께서 자리에 함께 계시지 않으면 여덟째마마가 폐하를 협박해 천하를 호령할 것이 두렵지 않습니까? 여덟째마마 측에서 유조를 자신들의 입맛에 맞게 고친 다음 넷째마마를 포함한 정적들에게 죽음을 내릴지도 모릅니다. 그때 가서 폐하의 유조를 감히 따르지 않을 수가 있겠습니까?"

오사도의 말에 삽시간에 장내의 분위기는 살벌해졌다. 그러자 윤진이 벌떡 자리에서 일어서면서 단호한 어조로 말했다.

"당장 가봐야겠어! 열일곱째마마가 도착하거든 내가 빨리 오라고 했다고 전하게."

오사도가 갑자기 크게 웃으면서 다른 의견을 내놓았다.

"열일곱째마마는 왜 데려가시려는 겁니까? 한 가마솥에 들어가 쪄 죽을 위험을 자초할 이유가 있을까요? 심하게 들릴지 모르나 지금 상황은 그렇습니다. 넷째마마, 우리에게도 대책은 얼마든지 있습니다. 그러니 걱정하지 마시고 하늘에 제사 지내실 때에 사용하시던 흠차의 관방직인만 남겨두고 가십시오. 신시申時가 지나도 마마께서 수유手諭도 사람도 보내시지 않는다면 무슨 일이 있는 것으로 알겠습니다. 바로 열일곱째마마에게 관방을 가지고 가서 열셋째마마를 석방하라고 말씀을 올릴 겁니다."

윤진은 오사도의 판단을 믿었다. 그의 말에 순순히 상서방 인새와 '체원주인'體元主人이라는 글씨가 선명한 강희의 옥새가 찍힌 흠차의 관방을 꺼냈다. 이어 오사도에게 넘겨주려고 했다.

그러나 그는 이내 손을 도로 움츠렸다. 큰 결단을 앞두고 심사숙고를 해야 하지 않나 하는 생각이 떠오른 모양이었다. 당연했다. 시위를 떠난 화살이 돌아오는 경우가 없듯 밖으로 발을 내디디는 지금부터 주사위는 이미 던져진 것이나 다름없을 터였으니까. 윤진은 평소 망설임이 뭔지 모르던 그답지 않게 초점 잃은 눈을 한 채 두 다리를 가볍게 떨면서 계속 멍하니 서 있었다.

순간 오사도의 날카로운 눈빛이 그에게 꽂혔다. 그가 윤진의 눈을 똑바로 바라보면서 말했다.

"오랜 시간 준비해 왔습니다. 시기가 성숙됐으면 주저할 것이 없습니다. 전투에 임해서는 결코 물러나면 안 됩니다! 큰일을 앞두고 두려워하고 주저하면 반드시 재앙이 따르게 됩니다. 또 하늘이 내리는 기회를 멀리 하면 반드시 벌을 받게 됩니다. 넷째마마, 즉시 출발하십시오!"

윤진이 오사도의 말에 전의를 다지는 듯 아랫입술을 지그시 깨물었다. 얼마나 세게 깨물었는지 이빨자국이 점점 깊게 패일 정도였다. 미간은 무섭게 엉겨 붙었다.

잠시 후 그가 말했다.

"좋아! 그래봤자 한 번 죽지 두 번 죽겠는가? 까짓것! 그러나 방금 내가 망설일 수밖에 없었던 이유는 있었어. 오늘 자리가 확실히 유조를 발표하는 자리인지 확신할 수가 없었기 때문이지. 또 만에 하나 폐하께서 지명하신 후계자가 내가 아닌 다른 사람일 수도 있기 때문이지. 그러면 우리의 행동이 무모한 것일 수도 있어!"

오사도가 고개를 들고 밖으로 시선을 돌린 채 지칠 줄 모르고 나풀대는 눈꽃을 바라봤다. 그리고는 한참 후에야 입을 열었다.

"하늘은 넷째마마를 도우시려는 겁니다! 폐하께서 병상에 계시면서 대신들을 접견하시지 않은 지도 벌써 몇 개월째입니다. 오늘 갑자기 황자들 모두를 한 자리에 부르셨다는 것은 시간이 얼마 남지 않았다는 사실을 폐하께서 아셨기 때문이 아닌가 싶습니다. 아직 신시까지는 다섯 시간이나 남아 있습니다. 이곳은 걱정하지 마시고 떠나십시오!"

"그러지!"

윤진이 길게 심호흡을 하고는 입김을 차가운 공기 속으로 토해냈다. 이어 성큼성큼 눈밭으로 걸음을 옮겼다.

윤례가 돌아온 것은 윤진이 떠난 지 1시간쯤 지났을 때였다. 그는 납덩이처럼 무거운 집안 공기에 흠칫 하고 놀랐다. 또 주전자의 물이 끓어 넘치는 줄도 모르고 긴장한 채 앉아 있는 좌중의 사람들을 대하자 오기가 발동하는 모양이었다. 그예 젊은 사람답게 발을 일부러 탕탕 구르고는 주의를 환기시켰다.

"밖에는 눈꽃이 만발했어. 그런데 꽤나 풍류를 안다는 사람들이 왜 설경을 앞에 두고 감상하면서 술잔도 꺾지 않는 거야. 이렇게 쥐 죽은 것처럼 하고 있는 것이 말이 돼? 나는 나갔던 일이 잘 돼 좋아

죽겠는데! 서산 예건영은 확실하게 구워삶아 놓고 왔어. 만에 하나 풍대 대영 쪽에 이상한 움직임이 있으면 자신들이 창춘원을 호위하겠다는 거야. 철저히 내 명령에 따라 움직이겠다고 했어!"

윤례의 한마디에 과연 숨 막힐 듯한 분위기는 확 달라졌다. 갑자기 생기를 띠기 시작했다. 오사도가 윤례에게 조금 전 윤진과의 대화 내용을 다시 한 번 들려주면서 말했다.

"사실 풍대 대영을 가장 걱정했었습니다. 그런 상황에서 예건영이 선뜻 돕고 나선다면 이제는 두려울 게 없을 것 같습니다."

윤례도 웃으면서 화답했다.

"전 재산을 다 털어 넣었는데 대가가 그것도 안 되면 어떻게 하겠어? 집안 구석구석 탈탈 털어 삼십만 냥이나 마련해 다 써버렸는걸!"

"삼십만이 아니라 삼백만 냥이라도 충분히 쓸 가치가 있다고 생각합니다! 열일곱째마마께서 파산을 해가면서까지 이 나라를 위해 헌신하고 계시니, 앞으로 적어도 군왕郡王 자리는 떼 논 당상 아니겠습니까?"

성음이 홀가분하게 웃으면서 말했다. 오사도 역시 여유만만하게 입을 열었다.

"아무튼 잠자코 신시까지 기다려 봅시다. 그런데 열일곱째마마, 아무리 가난해지셨다고는 하나 저희들 밥 한 끼는 책임지셔야 하지 않겠습니까?"

오사도의 농담에 좌중의 사람들이 언제 그렇게 긴장했나 싶게 하하하! 하고 웃음을 터트렸다. 자신감이 넘치는 모습이었다. 분위기는 이제 더 이상 가라앉지 않을 듯했다.

원래 오사도의 계산대로라면 윤진은 유조를 들고 아무리 빨라야 미시未時 경에 돌아오게 돼 있었다. 그러나 그들이 점심 식사를 채 끝

마치기도 전에 방 안의 비단 주렴이 활짝 걷혔다. 이어 안색이 말이 아닌 윤진이 찬바람을 몰고 들어섰다.

좌중의 사람들은 적지 않게 놀랐다. 오사도가 입가에 가져가던 젓가락을 내려놓은 채 물었다.

"넷째마마, 제 예상이 빗나가기라도 한 겁니까?"

"폐하께서……, 상당히 위태로우신 것 같아!"

윤진이 말까지 더듬고는 몸을 부르르 떨면서 말했다. 급하게 말을 달려오느라 얼음장처럼 차가웠던 몸이 조금씩 풀리는 모양이었다. 그가 이어 천천히 덧붙였다.

"나에게 전위傳位하실 거라는 유명遺命도 계셨어!"

좌중의 사람들이 약속이라도 한 듯 벌떡 일어섰다. 오사도가 형형한 눈빛으로 윤진을 바라보면서 물었다.

"넷째마마, 조서는 어떻게 됐습니까?"

"건청궁의 정대광명전正大光明殿의 편액 뒤에 숨겨져 있어. 신임 상서방 대신인 융과다가 가지러 갔네."

"융과다가요?"

"장오가와 덕릉태도 감시하기 위해 따라갔어!"

"여덟째마마는요?"

"모두 폐하의 침궁에서 전위 조서를 기다리고 있어."

"그런데 넷째마마께서는 왜……?"

"나는 큰형님을 비롯해 윤잉 형님과 윤상을 석방시키라는 성명을 받고 나왔어. 일이 끝나면 곧 창춘원으로 들어가 폐하께서 붕어하시는 것을 지켜야 해!"

오사도는 윤진의 말이 끝나자마자 환희에 찬 눈빛을 번뜩였다. 마치 환호성이라도 지를 태세였다. 흥분에 겨워 급기야는 자신의 분신

과도 같은 지팡이를 내던지고야 말았다. 자연히 몸이 중심을 잃고 쓰러지려고 할 수밖에 없었다.

성음은 그 순간 황급히 달려가 그를 부축했다. 그리고 너무나 가슴 벅찬 감격을 느낀 듯 갈라지는 목소리로 함성을 지르듯 말했다.

"폐하께서는, 우리의 폐하께서는 그야말로 걸출하고 성명하신 웅걸雄傑이십니다!"

그러나 오사도는 실로 냉철했다. 곧 태도가 돌변했다. 이어 서슬이 번뜩이는 눈빛을 한 채 좌중을 둘러보면서 말했다.

"지금이야말로 조금의 방심과 실수도 용납하지 않는 비상시기라고 할 수 있습니다. 일부一夫가 반란을 일으키면 만부萬夫가 길길이 날뛰면서 호응하게 돼 있습니다. 아무리 폐하의 유명이 계신다고는 하나 현실은 주먹이 종잇장보다 가깝습니다. 실제로 여덟째마마의 세력은 치명적인 위험이라고 할 수 있어요. 그러니 우리는 우선 사력을 다해 넷째마마를 보호해야 합니다. 그런 다음에도 할 일이 태산 같습니다. 열일곱째마마께서는 즉각 관방을 챙긴 다음 열셋째마마를 석방시키십시오. 풍대 대영을 완전히 장악해야 합니다. 세 번째 잊지 말아야 할 것도 있습니다. 홍주, 홍력, 홍시 세 명의 세자께서 열일곱째마마의 수령手令을 지니고 서산 예건영으로 가시는 겁니다. 만약 풍대 대영이 명령에 응하지 않을 경우 서산 예건영의 병사들을 창춘원으로 인솔해 와야 합니다."

"관방보다는 이게 훨씬 나을 거야."

오사도의 말이 끝남과 동시에 윤진이 옷 속에서 금패金牌 영전令箭 하나를 꺼냈다. 이어 문각에게 건네주면서 말했다.

"이 영전이 우리에게 얼마나 큰 힘이 될지 모르네! 윤상한테는 내가 직접 갈 거야. 그밖에 큰형님과 둘째 형님 문제는 열일곱째 아우가 수고 좀 해주게."

아홉 치 반 정도 길이의 영전은 황금으로 만들어져 있었다. 위에는 '여짐친림'如朕親臨(황제가 직접 왔다는 의미)의 네 글자가 새겨져 있었다. 그것은 바로 지고무상한 권력을 상징한다고 해도 좋았다. 문각이 아직 윤진의 체온이 그대로 남아 있는 묵직하고 눈부신 영전을 받쳐 든 채 입을 열었다.

"지금은 일각一刻이 천추千秋와 같습니다. 그러니 첫째마마와 둘째마마한테는 많은 시간을 할애할 필요가 없습니다. 우리는 즉시 큰일부터 착수해야 하겠습니다."

오사도가 문각의 말에 당연하다는 듯 맞장구를 쳤다.

"그렇습니다! 넷째마마께서는 지체하시지 말고 당장 가셔서 열셋째마마를 석방시키십시오. 그런 다음 모든 것은 열셋째마마와 열일곱째마마께 맡기시고 전위 유조를 들으러 가셔야 합니다!"

좌중의 사람들은 언제 한바탕 흥분했는가 싶게 차분해졌다. 그리고는 각자 자신들이 맡은 임무를 수행하기 위해 본격적으로 움직였다.

우선 성음과 주용성이 윤진과 윤례의 집에 있던 장정들을 데리고 윤진을 따라나섰다. 나머지 사람들 역시 각자 맡은 임무대로 일사불란하게 움직였다.

윤진은 폭설을 뚫고 달리는 말에 채찍을 가했다. 그리하여 평소보다도 더 빨리 십삼패륵부에 도착할 수 있었다. 윤진에게는 영전이 있었으므로 잠깐의 승강이도 벌어지지 않았다. 내무부의 간수들은 그의 말을 순순히 받들었다.

"넷째 형님! 무슨 일이 있나요?"

윤상은 장지문을 열어젖힌 채 교 언니, 아란과 함께 화롯불을 쬐면서 한가롭게 설경을 즐기고 있었다. 그는 윤진을 보고 자리에서 벌떡 일어섰다. 무척 놀란 모양이었다. 윤진이 완전무장을 한 채 예고도 없이 들이닥쳤으니 그럴 수밖에 없었다.

윤진이 윤상의 질문에 의기양양한 자세로 눈밭에서 머리를 힘껏 끄덕여 보였다. 이어 윤상을 아래위로 훑어보더니 천천히 입을 열었다.

"지의가 계셨어."

윤진이 말을 마치고는 바로 계단으로 올라가 남쪽 방향을 향해 돌아섰다. 그리고는 영전을 꺼내 가슴에 껴안았다.

윤상 역시 황급히 신발을 신고 내려왔다. 이어 눈밭에 허둥지둥 무릎을 꿇고는 머리를 조아렸다.

"경청하겠사옵니다!"

"폐하께서 자네를 그리워하시네. 자네를 데려오라는 특명을 내리셨어!"

윤진이 아란을 힐끗 쳐다보면서 느릿느릿 입을 열었다.

"폐하! 그게 사실이옵니까? 정말 아바마마께서……."

윤상이 두 손을 눈밭에 묻은 채 윤진을 뚫어지게 바라보면서 말했다. 입술을 바르르 떨고 있었다. 나중에는 추워서인지 아니면 극도의 흥분 탓인지 온몸을 심하게 떨기까지 했다. 얼마 후 입가를 실룩거리면서 애써 눈물을 참던 윤상이 드디어 우는 것인지 웃는 것인지 분간이 가지 않는 괴성을 지르면서 넋두리하듯 말했다.

"아바마마……! 결코 이 열셋째를 영영 잊으신 것이 아니셨군요. 아아……, 아바마마……! 허허……."

윤상의 울음소리는 괴이했다. 울부짖는 북풍에 섞여 그런지 더욱 소름끼치게 들렸다. 윤진이 그 모습에 놀란 나머지 한 발 뒷걸음치더니 나무라듯 말했다.

"그만해! 지금이 어느 때라고 울고불고 하고 그래! 가, 어서! 먼저 나하고 저기 의운각倚雲閣으로 가자고. 할 말이 있어!"

윤진과 윤상이 대화를 나누는 사이 교 언니와 아란 역시 눈길을 주고받았다. 둘 모두 안색이 별로 좋아 보이지는 않았다. 아란이 윤진과 윤상이 밖으로 나가려고 하자 애써 웃음을 지으면서 말했다.

"날씨도 추운데 가시더라도 저희들이 준비한 따끈따끈한 술이나 한잔 드시고 가십시오……."

교 언니가 아란의 말이 끝나기 무섭게 바로 술상을 가져왔다. 곧 술도 따랐다. 이상하게 손이 심하게 떨리고 있었다. 그녀가 윤진과 윤상에게 술을 권하면서 심하게 떨리는 목소리로 말했다.

"열셋째마마! 이제 떠나시면 다시 바쁜 일상이 시작될 겁니다. 소첩들이 시중드는 술 같은 것은 자주 마시지 못할 것 아닙니까. 그러니 마지막으로 술을 올리고 싶습니다. 어디 계시든 십 년 동안 고락을 같이 했던 소첩들을 아주 가끔씩이라도 떠올려 주십시오. 그러면 소첩들은 죽어도 행복할 것입니다."

"무슨 그런 불길한 말을 하고 그래! 내가 어디 수천 리 밖으로 귀양을 살러 가는 것도 아니잖아. 그런데 왜 분위기를 갑자기 심각하게 만들고 그래? 여자들이란 참! 술은 넷째 형님과 얘기를 마치고 와서 마시겠어."

윤상이 교 언니의 엉뚱한 말에 악의 없는 어조로 꾸짖었다. 이어 바로 윤진과 함께 화원 쪽으로 발걸음을 옮겼다. 그 순간 윤진이 이상한 생각이 드는지 뒤를 돌아봤다.

교 언니와 아란이 눈밭에 무릎을 꿇은 채 하염없이 멀어져가는 두 사람을 바라보고 있었다. 윤진이 그 모습을 보더니 피식 웃으면서 말했다.

"잇속에 밝은 인간의 기회주의는 구제불능인 것 같아. 춘추전국시대의 소진蘇秦은 천하를 주유하다가 완전히 거지꼴로 집으로 돌아왔지. 그러자 마누라는 잠도 같이 자주지 않았다는 거야. 형수는 밥알도 세어서 줬다나? 그러다 어느 날 일거에 출세를 하고 하루아침에 여섯 개 나라를 호령하게 되자 마누라와 형수가 글쎄, 저렇게 땅에 무릎을 꿇은 채 예의를 깍듯하게 갖췄다고 하잖아."

윤상은 윤진의 말이 틀리지 않다고 생각했다. 그러나 교 언니와 아란을 비난할 생각은 없었다. 말없이 윤진과 주용성을 의운각으로 안내한 것은 그 때문이었다.

방 안으로 들어간 다음 그가 윤진에게 자리를 권하면서 말했다.

"넷째 형님, 형님의 표정을 보니 묻지 않아도 조정에 굉장한 일이 일어났다는 것을 알 수 있을 것 같아요. 혹시 폐하의 유조를 임의로 고쳐 저를 석방시키러 오신 건가요? 무슨 지시가 계신지 말씀해 보세요!"

윤진이 잠시 침묵을 지키면서 섬광이 번뜩이는 눈빛으로 창밖의 설경을 쏘아봤다. 이어 천천히 입을 열었다.

"폐하께서 오늘을 넘기시지 못할 것 같아. 마지막 가시는 길에 자네를 보고 싶어 하셔. 절대 유조를 고친 것은 아니야. 정말 지의를 받고 온 거야. 나는 폐하로부터 대권을 나에게 넘겨주실 것이라는 말씀을 직접 듣고 오는 길이야. 하지만 윤상, 이렇게 되어도 여덟째 쪽에서는 절대로 패배를 흔쾌히 인정하지 않을 거야. 사력을 다해 나에게 덤빌 것이 분명해. 나로서는 자네의 도움이 절실히 필요해!"

윤진이 말을 마치고는 창춘원에서의 팽팽한 분위기와 열일곱째 윤례와 상의했던 내용을 윤상에게 들려줬다. 이어 덧붙였다.

"활의 시위는 이미 팽팽하게 당겨져 있어. 머뭇거리지 말고 쏘는 수밖에는 없어. 폐하께서는 만일의 사태에 대비하고 계신 것 같아. 아마도 나에게 시간을 벌어주시느라 저것들을 붙잡아두고 계신 것이 아닐까 싶어……."

윤상이 막 대답을 하려던 찰나였다. 갑자기 밖에서 계단을 밟는 발소리가 요란하게 들려왔다. 모습을 보인 사람은 놀랍게도 악륜대였다. 깜짝 놀란 윤상이 크게 고함을 질렀다.

"누가 자네더러 여기 오라고 했나?"

그러자 윤진이 웃음 띤 얼굴을 한 채 악륜대 대신 황급히 해명했다.

"악륜대는 이제 그 옛날의 악륜대가 아니야. 여덟째한테 목숨까지 잃을 뻔했다고!"

"넷째마마! 열셋째마마! 넷째마마께 빨리 돌아오시라는 내정의 지의가 있었습니다!"

악륜대가 인사를 올릴 사이도 없이 다급하게 입을 열었다. 그의 말에 윤상이 벌떡 일어서면서 윤진을 향해 말했다.

"알겠어요, 형님! 여기서 이러고 있을 때가 아닌 것 같아요. 각자 서두릅시다!"

윤상이 말을 마치고 부랴부랴 계단을 내려오고 있을 때였다. 가평이 헐레벌떡 달려오더니 더듬거렸다.

"열셋째마마……! 교 언니와 아란이……."

윤상이 가평의 말을 들으려고도 하지 않은 채 악의에 가득 찬 웃음을 껄껄 웃었다. 이어 말했다.

"왜? 그 아이들은 첩자고 자네는 착하디착한 인간이라 이거야? 이런 빌어나 먹을 배은망덕한 자식 같으니라고! 아홉째가 얼마나 잘해 줬기에 여태 우리 집에 와서 처박혀 있었어? 내가 모르는 줄 알았지? 안 됐지만 나는 진작부터 너의 정체를 알고 있었어. 오늘 이후로 너를 다시는 보고 싶지 않구나!"

윤상은 말을 마치기 무섭게 갑자기 허리춤에서 장검을 뽑아들었다. 이어 도망가려고 돌아서는 가평의 등짝을 사정없이 찔렀다. 가평이 처참한 비명소리와 함께 계단 밑으로 데굴데굴 굴렀다. 그리고는 눈밭을 벌겋게 물들이면서 맥없이 몸을 두어 번 비틀어댔다. 그러다 금세 두 다리를 힘없이 쭉 뻗고 말았다.

윤진과 주용성이 무슨 영문인지 몰라 어리둥절해 있을 때 악륜대가 먼저 입을 열었다.

"열셋째마마, 무슨 일이십니까?"

윤상이 피 묻은 칼을 대수롭지 않게 발바닥에 문지르면서 악륜대의 질문에 대답했다.

"대사를 앞두고는 돼지머리를 놓고 고사를 지낸다잖아. 단지 우리는 남들과 조금 특이하게 했을 뿐이야. 첩자를 찔러 피를 봤으니 앞으로 잘 될 일만 남았어. 가자고, 우리 집의 그 불여우들도 내친김에 목을 날려 버려야겠어!"

"열셋째, 자네는 정말 대단한 영웅이자 대장부야!"

윤진이 놀란 가슴을 진정시키면서 뒤따라 나서다 애써 웃음 띤 얼굴로 말했다. 그러자 윤상이 눈밭을 성큼성큼 걸으면서 고개도 돌리지 않은 채 대답했다.

"그렇지도 못해요! 그저 저를 해치려는 자에게는 조금 강할 뿐이죠! 지금 같은 위기일발의 순간에는 사사로운 감정에 얽매여서는 안 되잖아요? 이것들이 지금쯤 아마 조양문으로 소식을 빼돌리지 못해 안절부절못하고 있을 걸요?"

윤상은 그러나 자신의 장검을 더 이상 사용할 필요가 없었다. 교언니와 아란이 한 명은 방 안의 동쪽, 다른 한 명은 서쪽 끝에 고통스럽게 웅크린 채 쓰러져 있었던 것이다.

아란은 이미 숨을 거둔 상태였다. 교 언니 역시 동공이 풀린 채 맥없이 꿈틀거리면서 마지막 숨을 모으고 있었다. 순간 윤상의 손에서 장검이 스르르 미끄러졌다.

윤진은 일 분 일 초라도 지체할세라 부랴부랴 윤상을 데리고 나왔다. 그리고는 문 앞에서 열일곱째 윤례와 다시 만나 함께 창춘원으로 달려갔다. 이어 궁려에 들어섰다. 그때 유철성이 마주나오면서 말했다.

"지금 장정옥 중당께서 유조를 선독하고 계십니다. 어서 안으로 들어가십시오!"

윤진은 유철성의 말대로 서둘러 안으로 들어가려고 했다. 그때 그의 눈에 저만치 문어귀에 꼼짝하지 않은 채 앉아 궁려의 정전正殿만을 뚫어지게 지켜보고 있는 무단의 모습이 들어왔다. 그는 속으로 끝까지 소임을 다하는 진정한 충신의 모습에 크게 감복하지 않을 수 없었다. 그러나 잠시라도 지체할 수 없었던 관계로 무단에게 알은체를 하지는 못했다.

그는 황급히 정전으로 들어가서는 우비를 벗고 엎드렸다. 이어 조용히 장정옥의 목소리에 귀를 기울였다.

"……선대들의 커다란 지혜와 무한한 용맹이 없었더라면 오늘의 번영하고 부강한 화하華夏는 없었을 것이다. 이 나라가 어떻게 이룩한 강산인가? 그대들은 부디 종족 차별을 일삼지 말고 너 나 없이 서로 돕기를 바란다. 또 주인의식과 사명감을 키워 하늘이 내린 중임을 끝까지 훌륭하게 완수하기를 바라마지 않는다……."

윤진은 장정옥의 목소리를 들으면서 유조 선독이 거의 끝마무리를 지어가는 줄 알았다. 자신이 늦게 도착했으므로 그렇게 생각할 수도 있었다. 그러나 장정옥의 바싹 마른 입술 사이로 끝없이 이어지는 말은 어딘가 모르게 이상했다.

윤진은 고개를 갸웃거리면서 침상에서 눈을 지그시 감고 있는 강희를 몰래 훔쳐봤다. 이어 궁금증을 참지 못하고 옆에 있는 윤지에게 조용히 물었다.

"셋째 형님, 지금 선독하고 있는 것이 유조입니까?"

"그렇지 뭐! 그 이름도 유명한 방포 대인의 대작大作이라고 하는군. 그런데 무슨 유조가 꼭 《국어》國語나 《좌전》左傳 같아!"

셋째 윤지가 너무 오래 꿇어 앉아 있었던 탓에 감각을 잃어가는 무릎을 움찔거리면서 비아냥거리듯 대답했다.

윤진은 조급해지지 않을 수 없었다. 시간을 끌면 끌수록 밖에서 윤상이 무슨 일을 저지를지 모른다는 생각이 들었던 것이다. 그는 조마조마한 가슴을 달래면서 여덟째 윤사 등을 둘러봤다. 하나같이 불안한 모습들을 하고 있었다.

순간 윤진은 다소 안심이 되었다. 윤사 등도 아무런 손을 쓰지 못하고 있다는 것을 알게 되었기 때문이었다.

길기도 한 유조 선독이 드디어 끝났다. 그러자 하품을 참아가며 장시간 무릎을 꿇고 있던 열아홉 명의 황자들은 가만히 안도의 한숨을 내쉬었다. 장시간에 걸쳐 읽기를 마친 장정옥 역시 자신이 무사히 임무를 완수했다는 생각이 드는지 몰래 가슴을 쓸어내렸다. 그리고는 여전히 혼미한 상태에 빠져 있는 강희를 바라봤다.

그러나 강희는 입만 실룩일 뿐 영 말이 없었다. 말할 기운도, 눈을 떠 보일 힘도 없어 보이는 듯했다. 장정옥이 가볍게 한숨을 지으면서 좌중의 황자들에게 말했다.

"혹시 이해가 가지 않는 부분은 없습니까?"

윤아가 분위기를 망가뜨리려고 작심한 듯 이죽거렸다.

"그것도 이해 못하는 사람이 어디 있겠어? 그런데 그렇게 긴 조서에 정작 모두들 궁금해하는 내용은 왜 없는 거야? 폐하께서는 도대체 누구에게 황제 자리를 물려주시겠다는 거야? 정말이지 궁금해 죽겠군!"

사실 강희는 윤진에게 윤제, 윤잉, 윤상을 석방시키라는 지의를 내려 보내면서 분명히 선포하듯 말한 바 있었다. 전위는 넷째에게 했으니 이제 더 이상 공연히 머리를 쓰면서 정력을 낭비하지 말라고!

그러나 윤아는 강희의 의식이 걷잡을 수 없이 혼미해가는 마당에 마치 그런 얘기를 전혀 듣지 못한 것처럼 생떼를 쓰고 있었다. 윤진으로서는 괜히 불안해지지 않을 수 없었다.

'짐승보다 못한 놈……! 꼴도 보기 싫은 것 같으니라고……!'

윤진이 속으로 윤아를 마구 욕하고 있을 때였다. 강희의 목울대가 혼신의 힘을 다해 뭔가를 말하려는 듯 맥없이 오르내렸다. 그러나 힘겹게 몸을 뒤척이면서 희미한 눈빛으로 윤사를 노려보기만 할 뿐 목소리가 나오지 않았다.

그때 윤당이 간사한 웃음을 입술 끝에 흘린 채 말했다.

"아바마마, 더 이상 화를 내시면 아니 되옵니다. 지금 화를 내시면 치명적일 수 있사옵니다. 열째 말도 일리는 있지 않습니까? 유조라고 읽었는데, 정작 중요한 대권승계에 관한 부분이 빠져 있으니 말이옵니다!"

윤당의 말에 강희의 얼굴이 무섭게 일그러졌다. 곧 그가 마치 온몸의 구석구석에 한 줄기 연기처럼 남아 있는 기운을 한데 모으듯 이를 악문 채 윤당을 쏘아보면서 말했다.

"전하라! 넷째……, 넷째……."

윤진이 강희의 부름에 무릎걸음으로 크게 한 발 앞으로 다가가면서 큰 소리로 대답했다.

"아바마마!"

그러자 윤당이 입 끝을 한껏 치켜 올리면서 비꼬았다.

"넷째 형님, 뭘 착각하신 것 같군요? 폐하께서는 열넷째를 부르셨잖아요?(중국어에서는 열을 의미하는 '십'十과 넷을 뜻하는 '사'四가 발음이 유사함. 윤당은 강희가 '사'가 아닌 '십사'十四를 발음하려다 채 말을 맺지 못했다고 우기는 것임) 아바마마께서 문무를 겸비한 대청의 후계자를 몰라보실 리가 없죠!"

윤진은 윤당의 그런 비아냥거림에는 아랑곳하지 않은 채 강희에게 다가가면서 간절하게 말했다.

"아바마마, 무슨 지의가 계십니까?"

그러나 강희는 더 이상 입을 벌릴 기운도 없는 것 같았다. 그때 윤사가 윤진의 기세에 다소 눌린 윤당을 걱정스럽게 쳐다보더니 크게 소리를 내질렀다.

"이제는 더 물어보고 자시고 할 것도 없어. 이것보다 더 명명백백할 수는 없지. 폐하께서는 분명히 열넷째를 부르셨어. 우리가 모두다 같이 들었잖아? 그렇지?"

"너……, 너……!"

윤사의 말을 듣자 강희가 마지막 남은 안간힘을 모아 간신히 눈꺼풀을 밀어 올렸다. 이어 이를 악문 채 상체를 반쯤 일으켰다. 그리고는 손가락을 부들부들 떨면서 윤사를 가리켰다.

하지만 그것은 아주 잠깐이었다. 강희는 그런 다음 머리맡에 있던 염주를 들어 힘껏 내던지려 했지만 염주는 그 자리에 도로 힘없이 떨어지고 말았다. 강희의 용체 역시 스르르 뒤로 넘어가고 말았다. 60년 동안이나 대제국의 황제의 자리에 있으면서 온갖 영욕을 다 맛본 강희는 그렇게 파란만장한 삶의 종지부를 찍었다. 이승의 끈을 영영 놓아버린 것이다.

51장
옹정황제의 즉위

　궁전 안은 완전히 아수라장이 되고 말았다. 그 와중에도 미리 대기 중이던 어의들은 황자들의 괴성에 가까운 울부짖음을 듣고 달려 나와서는 강희를 둘러쌌다. 이어 갖은 응급조치를 다 취했다. 침을 놓거나 인중을 누른 채 가래를 빨아내기도 했다. 하지만 아무리 해도 효과는 없는 듯했다. 급기야 마지막으로 맥을 짚어보던 어의가 통곡을 하면서 바닥에 주저앉고 말았다.

　"폐하께서……, 붕어하셨습니다!"

　어의의 말 한마디에 궁전 안팎은 주체할 수 없는 혼란 속으로 빠져들어갔다. 그러나 넋을 잃은 채 기운 없이 바닥에 주저앉아 넋두리하듯 울고 있던 장정옥은 정신을 놓지 않고 버텼다. 갑자기 눈물을 쓱쓱 닦고 벌떡 일어난 것이다.

　'폐하께서는 나를 마지막까지 믿어주시고 임무를 맡기셨어. 내가

이러고 있을 때가 아니지!'

마치 강희가 벌떡 일어나서 정신을 차리라고 호통을 칠 것만 같기도 했다. 곧 그는 찬물을 뒤집어쓰기라도 한 듯 정신을 번쩍 차리고는 냉정하리만치 진정을 되찾았다. 이어 천천히 입을 열었다.

"황자마마들, 모두 이제 그만 고정하십시오. 제자리로 돌아가기 바랍니다. 신 장정옥이 돌아가신 황제의 유명遺命을 받들어 사후처리를 해야겠습니다. 당장 대사부터 분명히 해야겠습니다."

좌중 황자들의 울음소리는 장정옥의 말이 떨어지기 무섭게 뚝 그쳤다. 장정옥은 교활하기가 늑대 뺨치는 황자들이 이가 갈리도록 미웠다. 하지만 내색할 수는 없는 일이었다. 먼저 그는 태감에게 궁전 안의 화롯불을 가지고 나가라는 명령을 내렸다. 난동에 이은 화재에 대비한 주도면밀한 조치였다.

이어 그가 천천히 무거운 입을 열었다.

"이대로 조용히 조금만 기다려 주십시오. 건청궁에 있는 폐하의 전위 유조를 신임 상서방 대신인 융과다가 가지러 갔습니다. 조금만 있으면 바로 도착할 겁니다."

순간 윤아가 목에 핏대를 세운 채 장정옥의 말을 반박했다.

"장정옥, 당신 지금 폐하를 기만하고 난정亂政을 시도하겠다는 거야, 뭐야? 조금 전 폐하께서는 직접 분명히 열넷째에게 황제 자리를 물려주신다고 말씀하셨어. 그런데 중뿔나게 전위 유조라니!"

그러자 바로 열여섯째 윤록胤祿이 그의 말을 받아쳤다.

"열째 형님, 저는 시종일관 자리를 같이 했어도 열넷째 형님에게 자리를 물려주신다는 폐하의 말씀은 못 들었는데요?"

윤아가 마치 윤록을 집어 삼킬 듯이 두 눈을 무섭게 부라렸다. 이어 육두문자를 내뱉었다.

"야 이 새끼야! 못 들었으면 너는 귀머거리야!"

"넷째 형님을 말씀하신 것 같은데요!"

"열넷째라니까!"

"아니에요, 넷째 형님이에요!"

"너 까불 거야?"

"사실이에요!"

장내는 또다시 아비의 주검을 앞에 두고 한바탕 혼란 속에 빠져 들어갔다. 윤진은 순간 뭐라고 형언하기 어려운 착잡한 기분에 사로잡혔다. 윤상, 윤례가 어떻게 하고 있는지 피가 마르게 궁금하기도 했다. 융과다가 빨리 왔으면 하는 생각을 하면서도 한편으로는 그가 온 후의 상황이 두렵기도 했다.

그처럼 경황없이 윤진이 안절부절못하고 앉아 있을 때였다. 황자들 중 제일 막내인 스물넷째 윤필胤秘이 또랑또랑한 어린아이 특유의 목소리로 겁도 없이 대화에 끼어들었다.

"여기가 어디인데 이렇게 소리를 지르고 난리예요? 시끄러워 죽겠네! 그리고 나는 분명히 들었어요. 폐하께서는 넷째 형님에게 황제 자리를 물려주신다고 하셨어요!"

"이마에 피도 안 마른 것이! 아직 똥오줌도 제대로 못 가리는 녀석이 아무 데나 겁 없이 끼어들지 말고 가서 유모 젖이나 실컷 더 빨아!"

윤아가 겁을 주려는 듯 여섯 살 먹은 윤필을 향해 인상을 험악하게 구기면서 으름장을 놓았다. 그러나 윤필은 지지 않았다. 계속해서 검은 조약돌 같은 눈을 힘껏 떠 보이면서 대들었다.

"저울추는 작아도 천근 무게를 누를 수 있어요. 반대로 짚더미는 산과 같아도 그 밑에 사는 쥐새끼를 죽일 힘은 없다고 했어요. 여태 그런 이치도 모르고 살았어요?"

순간 윤진을 비롯한 황자들은 고작 여섯 살밖에 되지 않은 막내동생의 배짱과 말재주에 눈이 휘둥그레지고 말았다.

윤필은 이날따라 담비가죽 외투까지 입은 탓에 유난히 한 줌도 안 돼 보였다. 사실 윤진은 어린 윤필과는 친근해질 기회조차 없었다. 또 다른 어린 동생들과도 마찬가지로 몇 번 제대로 본 적도 없었다. 그런데 그런 동생이 결정적인 순간에 겁 없이 뛰어나와 의로운 행동을 보여주고 있지 않은가. 윤진은 갑자기 콧마루가 찡해져오는 것을 느꼈다.

바로 그때였다. 한참 혈기왕성했던 그 시절의 기백이 여전한 윤상이 요란한 발걸음 소리를 내면서 7년 만에 드디어 모습을 드러냈다. 갑옷에 장검을 찬 그의 모습은 그야말로 기세등등했다. 좌중의 사람들은 한껏 숨을 들이마신 채 쥐죽은 듯 아무런 말도 하지 못했다. 그 사이 셋째 윤지가 중얼거리듯 말했다.

"전위 유조가 있다면 당연히 따라야지……."

윤상은 풍대 대영에서 달려오는 길이었다. 물론 그가 모습을 나타내기까지는 넘어야 할 산이 많았다. 풍대 대영의 제독 성문운은 자신에게 군사를 거느리고 창춘원으로 와서 근왕호가勤王護駕(왕을 보호하고 가마를 호위한다는 의미) 하라는 여덟째의 구두지시를 분명히 받았다. 하주아를 통해서였다.

그러나 그는 최종 결정을 하지 못한 채 망설였다. 자칫 잘못 움직였다가는 목이 달아나는 것은 기본이었기 때문이다. 그런 큰일을 여덟째의 친필 서찰도 없는 상황에서 태감의 말만 듣고 움직인다는 것은 너무나 부담스럽지 않을 수 없었다. 문무백관들이 전부 창춘원에 있는 상황에서 자기의 상사가 나와서는 거사擧事하려는 자신을 막을 수도 있었다. 그에게 "근왕이라니? 나는 모르는 일인데?"라고 하면서 누가 시켰는지 증거를 보여 달라고 한다면 상황은 난감하게 흐를 수도 있었다. 최악의 경우 오물바가지를 혼자 오롯이 뒤집어쓰지 말라는 법도 없지 않은가!

더 나아가 자금성에 가장 가까이 있는 구문제독의 의중을 점칠 수가 없다는 것도 그를 망설이게 하는 요인이 되었다. 만에 하나 그가 선제공격을 가해 황자들을 전부 성 안으로 납치하는 날에는 자신의 3만 군사는 근왕을 위해 출병한 명분을 잃을 수도 있었다. 자신 역시 모반을 시도했다는 죄명을 뒤집어쓸 수 있었다. 그 경우 온전한 시신마저 구하기 어려울 정도로 신세가 비참해질 것은 불을 보듯 뻔했다.

성문운이 이런저런 걱정에 망설이고 있을 때였다. 부하 한 명이 달려 들어오더니 열일곱째마마와 악륜대가 함께 도착했다는 소식을 전해왔다.

원래 그는 열일곱째 황자에 대해서는 잘 알지 못했다. 그러나 악륜대가 여덟째의 사람이라는 판단은 자신 있게 할 수 있었다. 그는 미간을 활짝 펴면서 황급히 마중을 나갔다.

"열일곱째마마와 군문께서 어쩐 일이십니까?"

성문운이 두 사람을 후당으로 안내했다.

"설경이 기가 막히잖아? 이런 날 집안에만 처박혀 있는 것은 너무 억울하지 않겠어?"

윤례가 얼굴 가득 웃음을 띤 채 자리에 앉았다. 이어 찻잔을 들어 한 모금을 마셨다. 그리고는 탄성을 터트렸다.

"차 맛 한번 기가 막히는군! 어휴, 따뜻해! 사실 우리 형제들은 셋째 형님도 그렇고 열넷째 형님도 그렇고 눈가루를 휘날리면서 매화

꽃 찾으러 다니는 것을 제일 즐기잖아. 나는 오늘 악륜대를 데리고 서산에 사냥을 갔었지. 그러다 운 좋게 꿩의 무리를 만나지 않았겠어? 그러나 대부분 놓아주고 두 마리만 잡아왔어! 좀 쉬고 싶었는데 마침 자네가 이곳에 있다고 하더군. 그래 차 한 잔 얻어먹을까 하고 찾아왔지!"

이어지는 윤례의 말은 다소 엉뚱했다. 성문운으로서는 납득이 가지 않는 말들이었다. 하기야 동굴에서 꿩을 구워먹던 일과 산토끼 잡는 요령, 심지어 늑대를 생포하는 것에 대한 비결같은 것을 늘어놓고 있었으니 그럴 만도 했다. 그런데 윤례는 성문운이 관심을 갖든 말든 흥미진진한 표정으로 자신의 이야기를 계속 이어갔다. 나중에는 간간이 통쾌한 웃음소리까지 곁들였다. 자신이 풍대 대영으로 달려온 이유를 잠시 잊은 듯했다.

악륜대도 별반 다르지 않았다. 열일곱째가 순간적 기지를 발휘해 임의로 지어낸 그럴싸한 거짓말에 끊임없이 맞장구를 쳐 대면서 웃음을 터트렸다. 이어 천천히 말했다.

"방금 들어올 때 보니 군문의 부하들이 전부 대청에 모여 있더군요. 오늘 무슨 일이 있나요?"

성문운은 악륜대의 질문을 통해 열일곱째 황자 일행이 여덟째와는 무관하게 자신을 찾아왔다는 사실을 확신했다. 굳이 솔직하게 말을 할 필요가 없다는 생각이 들었다. 그가 곧 우물거리면서 적당하게 둘러댔다.

"어제 백이혁白爾赫이 그러더군요. 군량미가 부족하다고요. 게다가 폭설 때문에 운반이 어렵다고 했습니다. 그래서 제가 지금 부하들을 불러 대책을 마련하려던 참이었습니다……."

성문운의 말이 채 끝나기도 전이었다. 갑자기 앞에 있는 대청에서 한바탕 술렁이는 소리와 함께 "만세!" 소리가 희미하게 들려왔다. 성문운은 즉시 경계하는 반응을 보이면서 혼잣말처럼 중얼거렸다.

"이게 무슨 소리지?"

윤례는 자신이 시간을 벌어주는 사이에 윤상이 뜻대로 임무를 완수했다고 생각하고는 환하게 미소를 지었다.

"누군가 지의를 전달하러 왔나 보군. 가보자고!"

성문운은 윤례를 따라 부랴부랴 대청으로 돌아왔다. 순간 놀란 나머지 그만 그 자리에 뚝 멈춰서고 말았다. 책상 중앙에 놓여있는 황금빛이 나는 영전슈箭이 한눈에 들어왔던 것이다. 게다가 가물가물 피어오르는 향연 속에 아무리 봐도 자신의 장인將印이 보이지 않았다. 대신 자신의 휘하에 있는 수십 명 군관들이 대청 한편에 무릎을 꿇고 있는 모습만은 너무나도 선명하게 눈에 들어왔다.

그 앞에는 눈부신 용포를 입은 채 노란 허리띠를 질끈 동여맨 십삼황자 윤상이 보검을 휘두르면서 장화발 하나를 의자에 올려놓은 채 뭔가 명령을 내리고 있었다.

"백이혁, 허원지許遠志 두 명의 부장副將은 원래 부하들을 인솔해 통주通州로 이동하라. 또 아로태阿魯泰, 은부귀殷富貴, 장우張雨 세 명의 참장參將은 창춘원으로 진군하도록 하라!"

윤상은 명령을 내리면서 성문운이 들어오는 모습을 보고서도 아랑곳하지 않고 군관 필력탑畢力塔을 가리키면서 말을 이었다.

"자네는 죽은 사람의 시체더미 속에서 운 좋게 살아났으니 덤으로 사는 거지! 나는 자네의 무예 실력이 대단히 출중하다고 들었어. 십 년 전부터 크게 키워 보려고 했었지. 오늘 자네를 부장으로 승격시켜 주겠네. 그러니 나가서 내 얼굴에 먹칠을 하는 일은 없도록 하기를 바라네!"

필력탑이 느닷없는 행운에 크게 흥분한 듯 무릎걸음으로 한 발 앞으로 나왔다. 이어 우렁차게 대답했다.

"명심하겠습니다! 명령만 내려 주십시오!"

윤상이 어느덧 악의에 찬 어조로 이를 악물면서 말했다.

"백운관을 뭉개버려! 또 그 속에서 요사스런 도道를 살포하고 있는 악귀들을 모두 붙잡아 와! 주범 장덕명을 놓치는 날에는 자네 모가지를 떼어들고 나를 만나러 와야 한다는 사실을 잊지 말게!"

"예!"

성문운은 놀랍기도 하고 화가 치밀기도 했다. 이제 어떻게 해야 할지 알 수가 없었다. 그러다 얼굴 가득 이상야릇한 웃음을 짓고 있는 윤례와 시선이 마주쳤다. 그 순간 그는 비로소 자신이 윤례 등의 계략에 완전히 놀아났다는 사실을 깨달았다.

"잠깐만!"

그가 그제야 정신을 차렸는지 황급히 윤상을 제지하고 나섰다.

"열셋째마마, 듣고 보니 어리둥절한데요? 어찌 해서 모두가 순식간에 참장, 부장이 돼버린 겁니까? 또 열셋째마마께서는 누구의 명을 받고 병력을 동원하러 오신 겁니까?"

윤상이 성문운의 말에 가소롭다는 듯 차가운 표정으로 그를 흘겨봤다. 그리고는 악륜대에게 물었다.

"사사로이 군무軍務를 방해하는 자가 누구야? 이놈 말이야!"

악륜대가 지체 없이 대답했다.

"이등二等 새우 풍대 제독인 성문운이라는 자입니다!"

"오, 자네가 풍대 제독이야?"

윤상이 악륜대의 설명에 껄껄 웃어 보였다. 그러다 갑자기 웃음기를 싹 거둬들이더니 표정이 돌변했다.

"안 됐지만 지금부터는 아니야! 말 잘 들으면 나중에 정자頂子를 돌려줄지도 모르겠지만!"

성문운은 괜한 엄포만은 아닌 듯한 윤상의 말에 무릎을 꿇고 싶었다. 얼굴에는 이미 겁에 질려 있다는 사실이 분명하게 나타나고 있었다. 오래 전부터 윤상의 안하무인은 정평이 나 있었으니 그의 한껏 기죽은 태도는 어떻게 보면 당연했다.

그러나 그는 순간 여덟째의 손에 달려 있는 일족의 운명을 떠올렸다. 갑자기 무슨 수를 써서라도 병권만은 결코 빼앗겨서는 안된다는 투지가 그의 가슴에서 불타오르기 시작했다. 더구나 두 황자의 갑작스런 출현은 창춘원에 이변이 일어났다는 사실을 말해주는 분명한 신호와 다름없었다. 출세를 하느냐 인생이 나락으로 굴러 떨어지느냐는 지금 이 순간의 선택에 의해 판가름이 날 터였다.

성문운은 그런 생각이 들자 갑자기 냉소를 터트리면서 완강히 저항하겠다는 의지를 피력했다.

"열셋째마마께서는 지금 월권행위를 하고 계십니다. 저는 특지特旨를 받은 제독입니다. 그런데 어떻게 폐하의 지의도 없이 함부로 저를 파면하실 수가 있다는 말씀입니까? 또 조정은 열셋째마마께서 함부로 움직일 수 있는 독무대도 아니지 않습니까? 어찌 폐하께서 내려주신 정자를 열셋째마마 맘대로 빼앗고 싶으면 빼앗고, 돌려주고 싶으면 돌려준다는 말입니까?"

"나는 너하고 입씨름할 시간이 없어! 눈 똑바로 뜨고 이걸 봐! 나는 황제 폐하를 대신해 조정의 명령을 수행하는 중이야. 친왕이라도 이 앞에서는 허리를 숙여야 해. 그런데 감히 네가 무릎을 꿇지 않아? 그 죄만 묻더라도 나는 충분히 너를 파면시킬 수 있어!"

윤상이 대청 중앙에 모셔져 있는 영전을 가리키면서 고함을 내질렀다. 성문운도 쉽게 물러서지 않았다. 마치 이성을 잃은 듯 금방이라도 덤벼들 것 같은 자세를 보였다.

"열셋째마마, 다른 것은 제쳐 두겠습니다. 그러나 병사들을 금원禁苑으로 파견하는 것은 도무지 이해가 가지 않습니다. 그건 무슨 뜻입니까?"

"근왕호가를 위해서야!"

"도대체 어느 왕을 보호하고 누구의 가마를 호위한다는 겁니까?"

"옹친왕을 보호하고, 곧 폐하가 되실 분의 가마를 호위하려고 한다!"

"그러면 주관主官인 저는 왜 빼버리는 겁니까?"

"내가 말했을 텐데? 자네는 더 이상 주관이 아니라고 말이야!"

성문운이 윤상의 말에 갑자기 실성한 듯 고개를 젖히더니 너털웃음을 터트렸다. 이어 더욱 격렬한 어조로 항의하듯 말했다.

"열셋째마마, 웃기는 재주도 이만저만이 아니십니다? 아무튼 저 성 아무개는 명령에 따를 수가 없습니다. 군관 여러분! 내 명령 없이는 단 한발자국도 움직일 수 없다. 그리 알고 각자 병영으로 돌아가서 대기하라!"

"네까짓 게 감히 지의를 어기겠다 이거지? 자네의 개 눈깔에는 이 금패 영전이 가짜로 보이나? 열셋째 패륵, 열일곱째 패자, 창춘원의 태감들 모두 안중에도 없어?"

윤상이 대로해 탁자를 힘껏 내리치면서 포효를 했다. 그리고는 굶주림에 지친 늑대의 그것처럼 새빨간 두 눈으로 성문운을 노려봤다. 이어 이를 갈면서 다시 한 번 경고를 했다.

"다시 한 번 말하는데, 나는 엄연히 정정당당하게 지의를 받고 온 몸이야. 지의를 거부하는 미친개를 무 썰 듯 베었다고 해서 나를 잔인하다고 할 사람은 없어! 왜 떨어? 무섭지? 내 성질을 건드렸으니 어디 한번 끝까지 갈 데까지 가보자고!"

커다란 대청은 순간 섬뜩한 느낌을 주는 윤상의 포효에 사시나무처럼 떠는 듯했다. 군관들도 모두 사색이 된 채 무릎을 꿇고 있었다. 그러나 성문운은 반기를 휘두른 만큼 절대로 후퇴할 수는 없다고 생각했는지 안색이 파랗게 질린 채 두 손을 마구 내저었다. 이어 절규하듯 말했다.

"열셋째마마는 제정신이 아니야. 절대 흔들리지 말고 어서 병영으로 돌아가!"

윤상 역시 냅다 소리를 질렀다.

"악륜대! 저자의 목을 쳐서 내다 버려"

그 목소리가 얼마나 컸던지 주위 사람들 모두가 귀를 틀어막을 정도였다.

"예!"

악륜대가 대답과 동시에 서슬 퍼런 장검을 바람을 가르는 금속소리와 함께 뽑아들었다. 그리고는 다짜고짜 성문운에게 다가갔다.

성문운의 얼굴은 바로 사색이 됐다. 그럼에도 얼굴에는 설마 하는 의심과 기대감이 엿보였다. 그러나 그 기대는 허망한 꿈이었다. 순식간에 악륜대의 피 묻은 장검 끝이 성문운의 허리를 관통한 다음 반대편으로 나와 있었다. 성문운은 비명 한 번 제대로 질러보지 못하고 그만 숨을 거두고 말았다.

"또 반항 한 번 제대로 해보고 싶은 사람 있는가?"

윤상이 소름 돋는 웃음을 흘리면서 주위에 물었다. 좌중은 마치 쥐죽은 듯 고요했다. 납덩이처럼 무거웠다. 한참 후 윤상이 영전을 뽑아든 채 다시 입을 열었다.

"내일 십삼패륵부에 가서 삼천 냥을 지급받아 이자의 가족들에게 위로금조로 전달하라. 그리고 즉각 내 명령대로 움직이도록 해!"

윤상은 바로 그렇게 뒷마무리를 해놓고서야 궁려로 달려왔던 것이다. 장정옥은 당연히 아무것도 모르는 윤상이 붉은 갓끈이 달린 모자를 쓰고 나타나자 황급히 제지했다.

"열셋째마마, 빨리 길복吉服을 벗으시고 홍영紅纓을 떼 주십시오. 폐하께서는 이미……."

"뭐…… 뭐야?"

윤상은 궁전 안의 분위기를 통해 이미 대충은 짐작을 하고 있던 터였다. 그러나 장정옥으로부터 사실을 확인하자 하늘이 무너지는 것 같은 슬픔에 잠겼다. 얼마 후 그가 목 놓아 우는 것도 잊은 듯 넋을 잃은 표정을 한 채 마치 몽유병 환자처럼 발걸음을 옮겼다. 그리고는 강희에게 천천히 다가갔다. 곧 그가 두 손을 심하게 떨면서 강희의 얼굴을 덮고 있던 종이를 걷었다.

마치 숙면을 취하고 있는 듯한 강희의 얼굴에는 아직도 홍조가 조금 남아 있었다. 십여 년 전보다 많이 수척해져 광대뼈가 튀어나와 보일 뿐 큰 변화는 없는 듯했다. 심지어 편안한 표정으로 누워 있는 모습을 보니 귀에 대고 "아바마마!" 하고 속삭이면 금세 "오냐!" 하면서 자리를 박차고 일어날 것도 같았다.

'나는 어린 시절 육경궁에서 공부할 때 붓글씨를 잘 쓰지 못했지. 늘 스승님에게 시뻘겋게 가위표를 해놓은 답안을 받고는 했어. 그것 때문에 고민도 많이 했지. 그러나 폐하는 그때마다 자상한 아버지로 돌아갔었어. 어린 내 손을 잡고 붓을 움직이는 법을 가르쳐 주셨어. 어디 그뿐인가! 웅사리 스승님도 격찬한 몽고인 어머니의 서화書畵 재주를 물려받아 조금만 연마하면 분명히 잘 쓸 수 있을 거라면서 독려도 아끼지 않았어……. 물론 아버지는 나를 무려 십 년 동안이나 연금시킨 독하고 매정한 분이시기도 해. 그러나 그것은 때를 기다리도록 한 존경스런 엄부嚴父의 행동이라고 해야 해. 그런데 이제는 영영 그런 아버지를 다시 뵐 수 없어. 야단을 맞을 수도 없고 야속해할 수도 없지. 영원히 내 곁을 떠나버리고 만 거야…….'

윤상은 생각을 하면 할수록 온몸의 피가 거꾸로 솟는 것 같은 아픔을 느끼지 않을 수 없었다. 혈관이 마디마디 끊어지는 고통도 느꼈다. 급기야 그가 갑자기 두 팔을 벌리더니 서서히 굳어져가는 강희를 껴안은 채 괴성을 내질렀다. 심장이 갈기갈기 찢어지고 폐가 수천만 조각으로 금이 가는 듯한 애처로운 괴성이었다. 이어 울부짖듯 외쳤다.

"아바마마! 제발 한 번만 저를 좀 봐주십시오……. 한 번만요! 십 년만에 돌아온 아들 윤상입니다! 그동안 원망도 많이 했습니다……. 왜 저를 이렇게 미워하시나 하고요? 그러나 세월이 갈수록 아바마마의 진정한 사랑을 깨달았습니다……. 아바마마……! 저의 효도 한 번 못 받으시고 이렇게 가시면……, 저는 이제 어떻게 살아가야 합니까? 이 한을 어떻게 하라고…… 이렇게 가셨습니까……!"

황자들은 가식이든 진심이든 한바탕 울음바다를 만들어냈다가 겨우 진정한 상태였다. 그러나 윤상의 애끓는 통곡에 또다시 울음들을 토해냈다. 그때 장오가와 덕릉태의 호위를 받으면서 융과다가 들어섰다. 장정옥이 때는 이때다 하고 황급히 좌중을 안정시켰다.

"이제 눈물을 그만 그치십시오! 상서방 대신, 흠차 선조사신宣詔使臣인 융과다 대인이 도착했습니다. 황자마마들께서는 자세를 바로 하고 영에 따라주시기 바랍니다!"

융과다는 장정옥의 말이 끝나기 무섭게 장검을 찬 전투복 차림을 한 채 보무도 당당하게 궁전 안으로 들어섰다. 이어 굳은 얼굴로 좌중을 둘러봤다. 강희가 누워 있는 대나무 침대로 천천히 다가가서는 묵묵히 삼궤구고三跪九叩의 대례도 올렸다.

윤상은 순간 슬며시 문어귀 쪽으로 발걸음을 옮겼다. 만약 전위 유조에 강희의 계승자가 윤진이 아닌 다른 황자일 경우를 대비하겠다는 심산이었던 것이다. 눈치로 봐서는 그 길로 병력을 이끌고 와서 창춘원을 쑥밭으로 만들 생각도 있는 듯했다.

"황자마마 여러분! 신 융과다가 돌아가신 황제 폐하의 지의를 받고 전위 유조를 선독하도록 하겠습니다!"

장내는 융과다의 말 한마디에 물이라도 뿌린 듯 조용해졌다. 그저 몇 겹으로 둘둘 말린 유조를 풀고 펼치는 소리만 유난히 크게 들려올 뿐이었다. 얼마 후 윤사 등의 기대와 욕망에 불타는 눈빛을 피하면서 융과다가 천천히 전위 유조를 읽기 시작했다.

"사황자 윤진은 인품이 고결하고 짐에게 효심이 지극했다. 그래서 일찍부터 대통大統을 계승할 후계자로 적격이라고 판단했다. 짐은 대권을 사황자 윤진에게 물려준다!"

궁전 안은 예상을 뒤엎고 이상하리만치 조용했다. 소란이 일어날 법도 했으나 전혀 그렇지 않았다.

얼마 후 윤당이 중얼거리듯 말했다.

"이상하다? 폐하께서는 분명히 열넷째에게 전위를 하신다고 유언하셨는데!"

윤사가 윤당의 말이 끝남과 동시에 꼿꼿하게 허리를 편 채 악의에 가득 찬 시선으로 융과다를 노려봤다. 분노의 불똥이 주위 사방으로 튕겨나가는 것 같았다.

그가 이 자리에서 모든 것을 갈아엎어야 하나 아니면 일단 돌아가서 대책을 마련해야 하나를 두고 잠시 고민하고 있을 때였다. 윤상의 목소리가 갑자기 터져 나왔다.

"성은이 망극하옵니다. 지의를 받들겠사옵니다!"

윤상이 기다렸다는 듯 외치면서 먼저 머리를 조아리기 시작했다. 윤우, 윤도, 윤필 등 어린 황자들도 나란히 머리를 조아려 축하의 인사를 표했다. 셋째 윤지 역시 무덤덤하게 장승처럼 버티고 앉아 있는 윤진을 힐끗 쳐다보더니 겁먹은 표정을 지은 채 황급히 머리를 조아렸다.

"신 윤지도 폐하의 유명을 적극 받들 것을 맹세합니다!"

그러나 윤사, 윤당, 윤아는 윤지 등과는 달리 여전히 아무런 움직임도 보이지 않았다. 그러자 참다못한 융과다가 차가운 어조로 입을 열었다.

"여덟째, 아홉째, 열째마마께서는 폐하의 유조를 인정하지 못하겠다는 말씀입니까?"

"나는 그렇다고 말한 적이 없네. 열일곱째 윤례는 황자가 아닌가? 유조를 들으려면 다 같이 들어야지! 사람을 보내 데려오는 것이 어떻겠나?"

윤사는 배신자 융과다를 짓이겨 죽이고 싶은 마음이 드는 것을 겨우 억누르면서 툭 내뱉듯 말했다. 자연스럽게 입가에 악의적인 미소가 스쳤다. 윤상이 그런 윤사를 똑바로 쳐다보면서 말했다.

"윤례는 지금 풍대 대영의 병마를 거느리고 창춘원 밖에서 숙위宿衛중이라 올 수가 없습니다."

윤진은 윤상의 말을 듣고서야 모든 것을 끝났다는 사실을 알 수 있었다. 팽팽했던 긴장도 풀리는 듯했다. 얼마 후 그가 그때까지 참았던 눈물을 쏟으면서 땅을 치며 통곡했다.

"아바마마……! 재위 육십일 년 동안 고생만 하시고……, 이렇게 가십니까? 저에게 이렇게 막중한 임무를 남기시고 떠나버리시면…… 저는 이제 어떻게 합니까! 아바마마……! 자신이 없습니다……."

"만세!"

융과다와 장정옥이 이구동성으로 만세를 외치면서 달려가 탈진 상태에 빠진 듯 쓰러지려는 윤진을 부축했다. 특히 장정옥은 황급히 의자를 끌어다 윤진을 앉힌 채 말했다.

"성명하신 폐하께서 대권의 적임자로 넷째마마를 점지하셨으니 이제부터는 대청大淸의 종묘사직을 위해서라도 용체를 지키셔야 합니다. 먼저 대사大事를 정하고 나서 법규에 따라 상사喪事를 처리하도록 하는 것이 순서인 것 같습니다!"

윤진은 장정옥의 말을 듣고도 여전히 맥을 놓고 있었다. 윤상이 그런 윤진을 바라보면서 벌떡 일어났다. 주위에 바람이 거세게 일었다. 이어 그가 두 눈을 무섭게 부릅뜬 채 고함을 질렀다.

"하늘에는 태양이 둘 있을 수 없습니다. 또 백성에게는 군주가 두 분이 있을 수 없습니다! 선제께서 유명을 내리시고 군신들이 옹립하는데, 폐하께서는 무엇을 망설이십니까!"

윤상이 말을 마치고는 고개를 홱 돌려 불꽃이 튀는 눈빛으로 다른 황자들을 무섭게 둘러봤다. 그런 다음 이의를 제기할 여지를 주지 않은 채 외쳤다.

"즉각 폐하께 삼궤구고의 대례를 올리도록 하라!"

"폐하……!"

황자들은 이미 윤상의 서슬에 겁을 단단히 먹고 있었다. 그러다 윤상의 말이 떨어지자 비로소 하나둘씩 대례를 올렸다.

"일어들 나게! 여러모로 부족한 나에게 폐하께서 천하를 맡기실 줄은 정말 몰랐어. 앞으로 셋째 형님을 비롯한 여러 황자들 모두의 도움이 필요할 거야."

윤진이 눈물을 닦고는 말했다. 평소와는 다름없는 일상적인 말투였다. 그러나 다음 순간에는 완전히 변했다. '나'를 '짐'으로 바꿔 말하기 시작했다.

"지금은 손봐야 할 일이 한두 가지가 쌓여 있는 것이 아니네. 당장은 경황이 없으나 짐은 상서방에 일손이 부족하다고 생각해. 이참에 몇 명을 더 불러들일까 생각중이야. 학식이 뛰어난 셋째 형님과 여덟째 아우가 도와줬으면 해. 경사京師의 방위 임무는 잠시 열셋째와 열일곱째에게 맡기면 될 것 같고. 일단 돌아가신 폐하의 묘호廟號부터 정하고 나서 창춘원 대신들을 만나봐야겠어. 열셋째 황자! 자네가 가서 백관들에게 담녕거에서 무릎을 꿇고 대기하라는 짐의 지의를 전달하고 오게!"

"예, 폐하! 신, 영을 받들겠사옵니다!"

윤상이 마치 기다렸다는 듯 머리를 조아렸다. 그러나 윤진은 아무래도 아직은 어색해 보였다. 다른 황자들 역시 크게 다르지 않았다. 갈피를 잡지 못한 듯 계속 어리벙벙한 표정으로 앉아 있기만 했다.

장정옥이 그 모습을 보고는 안 되겠다고 생각한 듯 앞으로 나서며 입을 열었다.

"폐하의 뜻에 공감하옵니다. 선제께서는 일생동안 문무에 두루 통달하셨사옵니다. 수성守成(선대로부터 물려받은 것을 지킴)을 했다고는 하나 사실은 개척자나 다름없사옵니다. 때문에 인시황제仁視皇帝라 칭함이 바람직할 것 같사옵니다."

윤진이 장정옥의 말에 귀를 기울여 듣고 있는 듯하더니 갑자기 고개를 돌려 윤지에게 물었다.

"셋째 형님 생각은 어떤가요?"

"우리 대청에는 이미 '조'祖자가 들어간 황제가 두 분씩이나 있사옵니다. 태조 다음에는 태종, 세조였으니 하늘이 내려주신 지혜와 용맹을 겸비한 돌아가신 황제께는 '인종'仁宗으로 부르는 것이 어떨까 하옵니다."

윤지가 조심스럽게 입을 열었다. 그러자 여덟째 윤사가 심드렁하게 내뱉듯 말했다.

"제 생각에는 '무종'武宗이 딱 좋을 것 같사옵니다."

융과다가 윤사의 제안에 즉각 반박했다.

"명明나라의 무종은 천하의 혼군昏君이었습니다. 하필이면 왜 그런 사람의 존호를 써야 합니까?"

윤진은 좌중의 대화를 들으면서 토론이 무의미한 설전으로 끝날 수도 있다는 생각을 했다. 하기야 윤사가 작정을 하고 트집을 잡으려고 할 경우 그럴 가능성이 높았다. 그러나 그래서는 곤란했다. 급기야 윤진은 자신이 용단을 내리기로 결정을 내렸다. 이제부터 황제의 위용을 확실하게 보여줄 필요가 있다는 생각이 든 탓이었다.

"정옥, 여러분들의 의견은 이 정도로 쭉 들어본 것으로 하겠네. 그런데 짐은 '성조'聖祖가 무난할 것 같다는 생각이 들어. 선제의 묘호는 이걸로 결정했으니 더 이상의 의견은 받아들이지 않겠네."

윤진은 주변의 누구도 예상치 못한 단호한 태도를 보인 다음 책상 쪽으로 다가갔다. 이어 종이를 자를 때 사용하는 작은 칼을 들어 오른손 중지를 살짝 그었다. 곧바로 붉은 피가 흘러나왔다. 그러나 그는 전혀 당황하지 않고 바로 준비해 둔 화선지 위에 '성조'라는 두 글자를 적었다. 피로 쓰인 만큼 보는 이들을 섬뜩하게 만드는 글자였다.

"이제 남은 것은 짐의 제호帝號야. 어느 것으로 하든 크게 상관없을 것 같기는 한데, 윤진과 발음이 비슷한 '옹정'雍正으로 하는 것이 좋겠어. 나머지 황자들은 짐의 이름을 범하지 않도록 하기 위해 일률적으로 '윤'胤자를 윤허할 '윤'允자로 바꾸도록 해. 같은 '윤'자라도 음이 다르니까 부르기도 편하잖아. 듣기에도 더 좋아 보이고 말이야."

윤진이 자리에서 일어나 거닐면서 말했다. 이어 일을 마치고 들어서는 윤상을 보고는 융과다에게 명령을 내렸다.

"창춘원은 아무래도 화원이 아닌가. 돌아가신 황제 폐하의 재궁梓宮(황제, 왕, 세자 등 황실 사람들의 시신을 넣은 관)을 여기에 모시는 것은 좋지 않을 것 같아. 아무래도 장엄하고 비장한 분위기가 느껴지지 않겠지. 조회가 끝나면 즉각 대행황제를 건청궁으로 모셔 안치하도록 하게. 자네가 가서 열일곱째에게 풍대 대영의 병력을 동원해 건청궁으로 향하는 길의 눈을 치우라고 하게. 또 일단 삼천 병마를 짐의 근위近衛로 보내라고 하게. 이어 선박영, 어림군과 함께 오늘 저녁 유시酉時에 성 안으로 돌아오라고 하게."

"예!"

융과다가 크게 대답한 다음 조심스럽게 물었다.

"오늘 저녁 폐하께서는 대내의 어느 궁을 임시 침궁으로 정하시겠사옵니까? 알려주시면 차질이 없도록 준비해 두겠사옵니다."

윤진이 융과다의 질문에 즉각 대답을 하지 않은 채 창밖에 시선을 얼마간 두더니 곧 가벼운 한숨을 내쉬면서 말했다.

"대내의 풀 한 포기, 나무 한 그루, 돌 한 개, 기왓장 하나에도 폐하의 성적聖跡이 배어 있을 거야. 짐은 당장은 차마 들어갈 수가 없네. 옹친왕부를 일단 행궁으로 승격시키도록 하게. 오늘은 그곳에 머물도록 하지."

윤진이 말을 마치더니 고개를 돌려 윤사 등을 부드러운 시선으로 둘러보면서 말했다.

"열다섯 살 이하의 황자들은 물러가도 되겠어. 나머지 황자들은 당분간 가지 말고 같이 있어줬으면 하네. 아직 슬픔이 그대로인데, 자네들마저 떠나면 안 될 것 같아서 그러네."

윤사 등은 윤진의 제안이 내키지 않았다. 그러나 거부할 수는 없었다. 낮은 처마 밑에서는 고개를 숙이는 수밖에 없으니까 말이다. 결국 그들은 저마다 머리를 조아린 채 동시에 외쳤다.

"옹정 황제폐하 만세!"

윤진이 황자들의 아부 어린 환호를 귓전으로 흘리면서 좌중을 바라보고 말했다.

"연갱요에게 지의를 보내게. 열넷째에게 쾌마快馬를 타고 북경으로 돌아와 장례식에 참석하라고 이르라고 말이야. 수행원은 열 명까지 대동할 수 있다고 하게. 지금은 나라의 격변기야. 간사한 소인배들의 음모가 판을 칠거야. 각별히 조심하지 않으면 안 돼. 또 지금 당장 각 지방관들에게 명발조유明發詔諭를 내려 보내게. 언제 어디서나 본분을 지키고 맡은 바 임무를 충실히 완수하라고 하게. 그리고 각 지방의 식량창고를 열어 가난한 사람들에게 나눠주도록 하고. 한 사람이라도 아사餓死했거나 동사凍死했다는 소문이 들리면 그 지역의 감찰어사는 즉시 탄핵하겠네. 이어 병부에 통첩을 내려 북경 구성九城의 대문은 잠시 걸어 잠그라고 하게. 짐의 특지가 없이는 단 한 명의 병졸도 움직일 수 없다는 것을 분명히 전하도록 하게!"

윤진의 눈빛이 순간적으로 얼음처럼 빛났다.

장정옥은 윤진의 말이 떨어지기 무섭게 황급히 책상 쪽으로 다가가서는 붓을 날려 조서를 작성하기 시작했다. 몇 통의 긴급 조서는 그야말로 순식간에 완성돼 바로 쾌마에 실려 나갔다.

잠시 후 융과다가 들어섰다. 그러자 윤진이 옷매무새를 단정히 한 채 지엄한 표정을 지으면서 말했다.

"출발하지!"

"옹정 황제 납신다!"

옹정 황제가 행차한다는 소리는 곧 궁려를 벗어나 메아리처럼 퍼져나갔다. 나중에는 대내에까지 울려 퍼질 정도로 멀리멀리 흩어져갔다.

옹정 황제는 열네 명의 친왕, 패륵, 패자들을 거느린 채 폭설을 맞으면서 힘겹게 걸어서 강희의 영구를 실은 수레를 대내까지 호송했다. 이어 건청궁 정전正殿에 재궁梓宮을 내려놓고 영당靈堂을 마련했다. 옹정 황제가 그렇게 모든 장례 준비를 마친 다음 철통같은 경계가 펼쳐진 옹화궁으로 돌아왔을 때는 아주 늦은 밤이었다.

옹화궁 앞에는 이미 문신門神(사악한 귀신을 물리치기 위해 대문에 붙여 놓은 장군 등의 그림)이 가득 붙여져 있었다. 또 커다란 백사등白紗燈이 처마 밑 여기저기에 무려 아홉 개나 걸려 있었다.

구문제독, 풍대 대영, 서산 예건영, 선박영과 순천부 산하의 병사들은 각 구역별로 배치돼 철통같은 경계를 서고 있었다. 그들 숙위들의 임시 거처로 삼기 위해 만든 천막이 옹화궁을 중심으로 동서남북 사방에서 물 샐 틈 없이 둘러싸고 있었다. 통로에는 초소도 몇 걸음 간격으로 설치돼 있었다. 화살과 창, 장검으로 무장한 병사들이 그 초소에서 보무도 당당하게 지키고 서 있었다.

윤진은 윤상이 너무 요란하게 일을 벌였다는 생각이 드는 듯 바로 미간을 찌푸렸다. 그러나 뜨락은 더했다. 한밤중이었음에도 대낮

같이 환했다.

윤진은 말없이 풍만정으로 향했다. 눈 위에는 커다란 발자국이 선명하게 찍혀 있었다. 누군가 방금 걸어들어간 듯 했다. 아니나 다를까, 풍만정에서는 오사도 등이 그를 기다리고 있었다.

"이곳에서의 마지막 밤이 되겠군. 나는 날이 밝기 전에 들어가야겠네. 원래는 오늘 저녁에도 폐하 곁을 지켜드리고 있어야 하는데……! 하지만 갑작스런 변화를 맞고 보니 어쩔 수 없이 돌아왔네. 아직은 궁중의 형세도 잘 파악이 되지 않은 상태라서 말이야. 그런데 열셋째 이거 일을 너무 요란하게 벌였어. 풍대 대영 한 곳의 병력 정도면 이 동네 하나 못 지키겠는가?"

윤진이 자리에 앉더니 약간 부어오른 다리를 쓸어내리면서 말했다. 그러자 오사도가 피곤이 몰려오는 눈에 애써 힘을 주어 정신을 가다듬고는 말했다.

"폐하, 신이 열셋째마마에게 특별히 부탁을 드렸사옵니다. 지금은 다섯 개의 서로 다른 부대가 한곳에 모인 것이옵니다. 뒤섞어 놓으면 아무래도 응집력이 떨어지옵니다. 때문에 만에 하나 나쁜 마음을 먹고 거사하려고 해도 서로를 견제할 것이 아니옵니까? 지금은 사소한 일이라는 것이 따로 없는 비상시기이옵니다! 추호의 방심도 용납해서는 아니되옵니다!"

윤진이 오사도의 설명을 듣고 나서야 비로소 알겠다는 듯 머리를 끄덕였다.

"자네가 그랬다면 어련히 요모조모 충분히 따져보고 했겠는가. 짐으로서는 안심이 되네."

윤진의 그 말을 끝으로 좌중에는 잠시 침묵이 감돌았다. 마치 약속이나 한 것처럼 그저 서로를 묵묵히 마주볼 뿐이었다. 군신간에 더 이상 할 말을 찾지 못한 듯했다. 그렇게 많은 시간이 흘렀다. 윤진은 갑자기 이름 모를 적막감에 휩싸이는 기분을 느꼈다. 그동안 격의 없었던 서로 간에 뭔가 보이지 않는 장벽이 서서히 가로막기 시작하는 것 같은 느낌을 받은 것이다.

자꾸만 어색해져가는 분위기를 만회해 보려는 듯 윤진이 뭐라고 입을 열려고 할 때였다. 주용성이 불쑥 들어오면서 아뢰었다.

"폐하, 열일곱째마마께서 뵙기를 청하셨사옵니다!"

윤진은 자신도 모르게 시계를 봤다. 자정이 다 된 시각이었다. 윤진이 잠시 생각한 다음 천천히 말했다.

"들라 하게!"

오사도가 상체를 숙인 채 조심스럽게 입을 열었다.

"폐하! 지금은 사람을 만나 얘기를 듣는 것을 자제하는 것이 좋을 듯하옵니다."

윤진이 왜 그러는지 안다는 듯 피식 웃으면서 말했다.

"그렇긴 하네만 열일곱째는 짐의 심복이 아닌가. 또 아우이기도 하고! 어떻게 문전박대를 할 수 있겠나?"

그러자 오사도가 가볍게 탄식하면서 주용성에게 말했다.

"열일곱째마마께 가서 전하게. 폐하께서는 잠시 휴식을 취하신 다음 궁으로 돌아가실 예정이니 공사公事라면 장정옥에게 전하라고 하게. 또 군사 문제에 관한 일이라면 열셋째마마에게 조언을 구하라고 하게. 사적인 일이라면 폐하께는 사적인 일이 없으시다고 전하면 되겠어. 폐하, 외람되오나 이렇게 말씀 올리면 어떻겠사옵니까?"

윤진이 자리에서 일어서면서 말없이 머리를 끄덕였다. 자신과 오사도 등을 가로막고 있는 장벽이 무엇인지를 비로소 알 것 같은 생각이 들었다.

윤진은 잠시 서성이다 한숨을 내쉬면서 곧 밖으로 나갔다. 오사도 이외의 사람들은 그런 그의 복잡한 심사를 아는지 모르는지 모두 오래도록 무릎을 꿇고 있었다.

52장

토사구팽

강희가 효장태황태후의 장례식을 치를 때 그랬던 것처럼 옹정 황제는 원래 27개월 동안이었던 장례식 기간을 27일로 아주 짧게 줄였다. 대신 알차게 마무리했다.

장정옥을 비롯해 융과다, 윤상 등은 그 27일 동안 혹시 북경에 발생할지 모를 불의의 사태를 막기 위해 교대로 밤낮 없이 자리를 지켰다. 또 섬서성, 하남성, 감숙성, 산서성, 하북성의 지방관들에게는 대장군왕 윤제를 맞을 준비가 되는 대로 보고를 올리도록 했다.

윤지를 비롯해 윤사, 윤당, 윤아 등에게도 비슷한 조치가 내려졌다. 새로운 황제가 영정을 지키는 동안 대내를 한 발자국도 떠나지 못하도록 한 것이다. 심지어 생리적인 문제를 해결하기 위해 측간에 갈 때마저도 시중을 드는 태감들이 감시의 눈을 번뜩였다. 그 바람에 윤사 등은 완전히 손발이 꽁꽁 묶인 신세가 돼버리고 말았다. 서로 간에 대화는커녕 눈빛조차 감히 마주칠 수가 없는 신세가 됐다고 해도 좋았다.

대장군왕 윤제는 병력을 움직일 수 있는 군중軍中에서 상보喪報를 접한 만큼 처음에는 호기를 부려보려고 했다. 즉각 병사들을 거느리고 북경으로 쳐들어가려고 한 것이다. 하지만 상황이 여의치 않았다. 무엇보다 유사시에는 연락을 주겠다고 했던 윤사 등이 감감무소식이었다. 북경에 있는 자신 문하의 막료들, 심복 대신들은 더했다. 아예 연락을 끊었다. 그로서는 도대체 상황이 어떻게 돌아가고 있는지 알 길이 없었다. 그 상태에서 거병한다는 것은 솔직히 무모한 모험이라고 해도 좋았다.

더구나 폭설로 양도糧道 구축마저 차질을 빚은 탓에 군량미도 넉넉지 않았다. 어디 그뿐인가. 거병할 명분도 떳떳하지 않았다. 여기에 자칫 길에서 얼어 죽거나 봉변을 당할지도 모른다는 두려움도 없지 않았다.

그가 그처럼 좌불안석하고 있는 동안 섬서성, 감숙성 총독부와 순무 아문에서는 북경으로 언제 출발하느냐는 공문이 사흘이 멀다 하고 날아왔다. 윤제는 어쩔 수 없이 부하 열 명을 데리고 북경행에 올랐다. 일단 북경에 가서 윤사 등을 직접 만나야했다. 그리고 사후 문제를 검토하는 것 외에는 달리 뾰족한 수가 없었던 것이다.

며칠 동안 망설이면서 시일을 늦춘 데다 폭설로 미끄러워진 길 탓에 윤제 일행이 북경에 도착한 것은 음력 12월 2일이나 됐을 때였다. 미리 대기 중이던 예부의 사관司官들은 바로 윤제를 대내로 안내했다. 그 속에는 당봉은도 끼어 있었으나 두 사람은 눈빛만 주고받을 뿐 서로 한마디도 나누지 못했다. 그는 떠밀리듯 서화문에서 패찰을 건넸다.

"열넷째마마!"

그가 패찰을 건네자마자 육궁의 태감인 이덕전이 달려 나와 인사를 올렸다. 이어 다시 입을 열었다.

"오늘이 장례식 마지막 날입니다. 폐하께서는 이미 상복을 벗으셨사옵니다. 그렇지 않아도 폐하께서 염려를 많이 하셨사옵니다. 열넷째마마가 오시는 길이 힘드실 거라고 말입니다. 길이 워낙 미끄러우니까요."

윤제는 이덕전의 수다에 잠깐 어리둥절한 표정을 지었다. 이어 바로 차가운 어조로 말했다.

"폐하라니? 넷째 형님 말인가? 등극의 대전大典도 아직 치르지 않았는데, 폐하는 무슨 폐하? 세상에 둘째가라면 서러울 아첨꾼 같으니라고! 나에게는 또 왜 이렇게 잘 보이려고 하는 거야?"

이덕전은 끽소리 못하고 서둘러 윤제를 안으로 안내했다. 둘이 건청궁에서 가까운 태화문에 이르렀을 때였다. 이덕전은 윤제가 들어가 허튼소리로 자신까지 엮이게 할 것이 두려웠는지 발걸음을 멈추고 말했다.

"열넷째마마, 소인은 그동안 열넷째마마의 은혜에 힘입어 오늘의 영광을 보게 되지 않았겠습니까? 그래서 올리는 말씀인데……, 지금 북경의 정세는 열넷째마마께서 북경을 떠나실 때와는 너무 많이 달라졌습니다. 며칠 지나면 피부로 느끼실 겁니다. 폐하께서는 선제와는 달리 대단히 섬세하시고 날카로우신 분입니다. 혹시 무슨 드릴 말씀이 있으시더라도 천천히 여유를 갖고 주청을 했으면 합니다……."

윤제가 이덕전의 속마음을 알겠다는 듯 고개를 끄덕였다. 그러면서도 눈은 궁궐 위에서 밀가루처럼 바람에 날아다니는 눈가루와 먼지한 톨 없어 보이는 깔끔한 천가天街에 고정시키고 있었다.

얼마 후 그는 이덕전을 따라 건청문을 거쳐 건청궁으로 들어갔다. 건청궁의 통로 양측은 64개의 백사白紗 궁등宮燈으로 장식되어 있었다. 또 건청궁의 모든 기둥과 주홍색 문짝은 전부 흰 종이로 도배되어 있었다. 붉은 돌계단 아래에는 흰 종이로 접은 동물들이 비풍悲風에 스산하게 몸을 떨고 있었다.

대전大殿에는 흰 병풍이 둘러쳐진 가운데 흰 불탑이 보였다. 그 정중앙에는 녹나무 관이 무겁게 놓여 있었다. 그 앞에 모셔진 강희의 영위靈位에는 길다면 길고 짧다면 짧은 글씨가 적혀 있었다.

合天弘運文武睿哲恭儉寬裕孝敬誠信
功德大成仁皇帝愛新覺羅·玄燁之位

합천홍운문무예철공검관유효경성신
공덕대성인황제애신각라·현엽지위

영위 앞 양쪽으로는 남녀 태감들과 시녀들이 즐비하게 늘어서 있었다. 또 동쪽으로는 윤진을 필두로 차례로 윤지, 윤기, 윤조, 윤우, 윤당, 윤아, 윤자, 윤도, 윤상, 윤우, 윤록, 윤례, 윤기, 윤직, 윤위 등 열여섯 명의 성인 황자들이 자리를 잡고 있었다. 서쪽으로는 옹친왕의 복진 밑으로 혜비惠妃 납란씨를 비롯한 마가씨, 곽락라씨, 대가씨 등 비빈들의 모습이 보였다……. 그뿐만이 아니었다. 답응答應, 상재常在라 불리는 말단의 궁녀들의 모습도 보였다. 그 외에도 수많은 사람들이 자리를 차지하고 있었다. 그들은 한결같이 엎드려 고개 숙인 채여기저기에서 훌쩍이고 있었다.

그 소리가 마치 파도를 이루려고 할 무렵 이덕전이 황급히 들어가

보고를 올렸다.

"폐하, 대장군왕 윤제마마께서 도착하셨사옵니다!"

열넷째 윤제는 눈부신 백색의 세계에 발을 들여놓자 자신도 모르게 어리둥절해졌다. 마치 꿈을 꾸는 것은 아닐까 하는 생각도 드는 듯했다.

얼마 후 겨우 정신을 차린 그의 귀에 윤진에게 보고를 올리고 있는 이덕전의 말이 들려왔다. 순간 그는 "산천은 여전한데 인생사는 예전 같지가 않다"라는 말을 떠올리지 않을 수 없었다. 자신의 뜻과는 상관없이 이름의 앞 글자도 음이 비슷한 '윤允'자로 바뀌버렸던 것이다.

그는 자신도 모르게 번개를 맞은 듯 몸을 흠칫 하면서 떨었다. 오는 길 내내 윤사 등과 힘을 합쳐 막판 뒤집기를 시도해 보겠다는 실낱같은 희망의 끈을 놓지 않았던 그였다. 쇠방망이로 뒤통수를 얻어맞는 기분이 과연 이런 것일까? 윤제는 그런 생각을 하면서 고통스럽게 현실을 인정하지 않으면 안 됐다.

순간 그는 가슴 저편에서 피 같기도 하고 눈물 같기도 한 비릿하고 뜨거운 그 무엇이 세차게 밀려오는 기분을 느꼈다. 눈물이 왈칵 치솟았다. 결국 그는 도살장에 끌려가는 짐승의 그것을 연상시키는 길고 긴 괴성을 지르면서 땅바닥에 쓰러졌다. 이어 죽어라 바닥을 쥐어뜯으면서 꺼이꺼이 울기 시작했다.

좌중의 사람들은 슬픔 때문인지 분노 때문인지 모를 고통을 주체할 수 없어 몸부림치는 그의 모습에 섬뜩하여 몸을 떨었다. 그리고는 더 이상 볼 수 없다는 듯 고개를 돌려 외면해 버리고 말았다.

"아바마마! 어찌 이러실 수가 있는 것이옵니까? 왜 이 아들을……, 기다려 주시지 않으신 것이옵니까? 왜요, 왜! 그렇게도 미우셨사옵니까? 정녕 그런 것이옵니까? 아들이 라싸만 공략하고 뵈러 오겠다고 했을 때……, 왜 한사코 말리신 것이옵니까!"

"거애擧哀(장례식에서 큰 소리로 우는 것을 뜻함)!"

장정옥이 갑자기 큰 소리로 외쳤다. 흥분한 윤제가 무슨 말을 할지 몰라 입을 막아야했다. 강희의 마지막 가는 길에 때 아닌 폭풍이 몰아치는 것을 미연에 방지하려는 것이었다.

그러나 윤제를 제외한 다른 황자들은 눈물을 흘리지 못했다. 이미 울 만큼 울었으므로 더 이상 아무리 쥐어짜 보려고 노력해도 더 이상은 눈물 한 방울 나오지 않았던 것이다. 때문에 대부분의 사람들은 그저 얼굴을 감싸 쥔 채 우는 소리만 내고 있었다.

"열넷째!"

윤진이 거애의 의식이 끝나자 형년의 부축을 받은 채 윤제에게 다가갔다. 이어 탄식과 함께 입을 열었다.

"먼 길 오느라 수고가 많았네. 선제께서도 자네의 효심에 감격하실 거야. 하지만 오늘은 상복을 벗는 날이야. 괴롭겠지만 슬픔은 잠시 접어두고 대사부터 상의해야겠네. 짐이 형제들에게 하고 싶은 말이 있으니 이만 진정해줬으면 하네."

윤진이 말을 마치고는 장정옥 쪽으로 고개를 돌렸다. 이어 그에게 지시를 내렸다.

"여자들과 모든 외관, 내관들은 물러가도록 하게. 그리고 자네는 옹친왕부로 가서 오사도에게 전하게. 짐이 양심전으로 옮기기 전에 한 번 더 찾아갈 거라고. 군국軍國에 관한 중요한 일들을 상의할 것도 있고……."

장정옥이 대답과 함께 물러갔다. 모든 황자들은 엎드린 채 윤진이 입을 열어 뭔가 말하기만을 기다렸다.

그러나 그는 한참 동안이나 입을 열지 않았다. 그저 초췌한 얼굴을 들고는 창밖을 내다보면서 서성였다. 그의 얼굴에서는 처량함이 가득 묻어나고 있었다. 또 한 달 동안 이발을 하지 않아 길게 자란 앞머리가 눈을 찌를 것 같았다.

그가 얼마 후 무거운 목소리로 입을 열었다.

"……그만하고 일어나게들! 오늘은 군신 사이가 아니라 형제 사이라는 점에서 터놓고 얘기를 해보자고. 솔직히 폐하께서 제위를 나에게 넘겨주실 줄은 정말 꿈에도 몰랐어. 나뿐만 아니라 여러 형제, 문무백관들도 오늘을 예측한 사람은 몇 안 될 줄로 알아……."

윤진이 말을 잠시 멈추고는 허공을 향해 한숨을 토해냈다. 순간 황자들의 얼굴에서는 그가 도대체 무슨 말을 하려고 저러나 하는 궁금증이 가득했다. 그러나 감히 묻지는 못하고 눈을 크게 뜬 채 그의 입만을 뚫어져라 바라봤다.

"자고로 장수한 황제가 없는 것은 나름대로 이유가 있는 것 같아. 어떤 황제는 자녀 욕심이 너무 많아 여색을 탐했을 수도 있어. 또 여색을 탐하다보니 자녀가 많아졌는지도 모르고. 아무튼 정력이 너무 일찍 쇠퇴한 탓에 장수를 못했을 수 있어. 또 어떤 황제는 장생불로에 너무 집착한 나머지 이상한 것만 찾아 먹은 경우도 없지 않을 거야. 그러다 보니 오히려 부작용을 일으켜 일찍 갔을지 모르지. 그러나 여러 형제들도 봤듯 우리 부황께서는 일생동안 주색을 탐하시지 않으셨어. 재물에도 별다른 욕심이 없으셨지. 오로지 백성과 나라만을 생각하시며 모범적인 삶을 살아오셨어. 그런데 왜 고작 육십구 세를 일기로 이승을 떠나셔야 했을까? 그래서 내가 나름대로 고민을 많이 해봤어. 결론은 쉽게 나오더군. 이건 바로 우리 애신각라 일가의 운명인 것 같아!"

윤진은 장수하지 못하는 집안 문제를 화제로 올리며 안색이 하얗게 변하는 듯했다. 나중에는 파리해 보이기까지 했다. 그리고 사람들의 반응 같은 것은 안중에도 없다는 듯 천천히 거닐면서 말을 이어 나갔다.

"주원장은 일찍이 오랑캐에게는 백 년의 운이 없다고 악담을 한 바 있지. 곰곰이 생각해보면 틀린 말이 아닌 것 같아. 오호십육국五胡十六國(4세기부터 5세기 초에 걸쳐 중국 북부지역에 동한東漢에서 남북조南北朝 시대에 이르기까지 흉노匈奴, 갈羯, 저氐, 강羌, 선비鮮卑의 오호가 세운 13개 왕조와 한족이 세운 3개 왕조. 이민족이 중국을 지배한 최초의 형태임) 시대에 오랑캐들이 중원을 어지럽힐 때부터 원나라 때까지만 봐도 그래. 그러면 우리 만주족은 어떨까? 고작 백만이 넘는 작은 민족에 지나지 않아. 만약 우리가 아슬아슬한 고난의 세월을 인내와 용기로 버텨오지 않았다면 어떻게 오늘의 대청이 있었겠어? 그러나 말이 쉬워 인내와 용기지, 그것을 지켜내기는 쉽지 않다고! 아마도 우리 선조들의 처절한 삶이 하늘을 감동시켰기 때문이 아닐까? 실제로 그 많은 한족을 치고 올라오기까지 우리 선조들의 삶은 그랬어. 오경五更에 일어나 하루 서너 시간만 잠자고 밤낮없이 다람쥐 쳇바퀴 돌 듯 했잖아. 멀리 갈 것도 없이 우리의 아버지이고 스승이자 주인이신 성조聖祖(강희제)만 봐도 그래. 종묘사직과 중원의 통일을 위해 마지막 피 한 방울까지 흘리시고 지쳐서 돌아가신 거야! 그러게 황제가 되는 것은 고역이라고 하잖아. 우리 만주족들이 황제 노릇을 하는 것은 한족들이 하는 것보다 몇 배나 어려운 거라고!"

윤진이 잠깐 숨을 돌리고는 말없이 황자들을 둘러봤다. 그리고는 다시 천천히 말을 이었다.

"재능과 학문을 논하게 되면 나는 셋째 형님에 미치지 못해. 충후忠厚와 관련한 덕목에서는 다섯째 아우를 따를 수 없지. 또 세상을 보는 식견은 여덟째 아우에 뒤처진다고 단언해도 좋아. 용맹함도 그래. 열셋째를 절대로 못 따라간다고 해야지. 군사 분야에서는 열넷째에게 비교할 바도 못 되고. 아니 아예 모른다고 해야지! 이렇게 여러 면에서 많이 부족한 사람이기 때문에 설마 내가 대권을 승계할 줄은 꿈에도 생각하지 못했어. 지금 이 순간에도 형제들 중 누군가 자신 있게 나서준다면 기꺼이 양보할 의사도 있어!"

윤진은 진지하게 대화를 나누는 것 같기도 하고 속마음을 털어놓는 것 같기도 하다가 일방적인 권유를 하는 것 같기도 했다. 그러나 말투에는 간절함이 배어 있었다. 물론 그럴수록 황자들은 무언가 모를 거대한 압력을 느꼈다. 황자들은 그 때문에 어느 누구 하나 감히 입도 뻥끗하지 못했다. 좌중에서 호시탐탐 노려보는 윤상과 밖에서 장검에 손을 얹은 채 추호의 흐트러짐 없이 부동 자세로 서 있는 유철성과 장오가를 온몸으로 의식하고 있었다면 사실 그래야 하기도 했다.

다시 윤진이 입을 열었다.

"대답을 하지 않는 걸 보니 자신이 없나 보군? 그렇다면 부족한 내가 사력을 다해보는 수밖에는 없겠네! 솔직히 부족한 만큼 더 큰 노력을 기울이면 어떨까 하는 기대를 품고 출발해볼까 하네. 나는 조상들께서 물려주신 대업을 이끌어 나가기 위해 내 안에 잠들어 있는 모든 본능을 깨워 용맹정진할 거야. 나랏일을 부지런히 살피는 것은 기본이겠지. 더 나아가 나의 약점을 적극 보완해 정국에 이로운 일이라면 뭐든지 몸을 사리지 않고 하고 싶은 생각이 있어. 나는 원래 생겨먹기가 고집스럽고 인정머리가 없어. 그러나 애꿎은 사람을 괴롭히는 경우는 없어. 그리고 용서할 때는 통 크게 용서해 버리는 장점도 있어. 다만 나쁜 마음을 먹고 접근하거나 치사하게 뒤통수를 치는 자에게는 악랄한 편이지. 여러 형제들은 이전처럼 내가 실수를 하면 일깨워줘. 따끔하게 충고도 해주면서 적극적으로 보필해줬으면 해. 나는 잘하면 격려해 주고 못하면 가차 없이 혹독한 비판을 하는 그런 형제들이 필요해. 그렇게만 해준다면 나는 여러분들의 공로를 잊지 않을 거야. 뿐만 아니라 구천에 계시는 아바마마께서도 끈끈한 우애를 발휘해서 대청大淸을 이끌어 나가는 우리의 단합된 모습을 보시고 눈물겹도록 즐거워하실 거야⋯⋯."

윤진이 좌중의 황자들이 전혀 입을 열 생각도 하지 않자 미간을 찌푸린 채 말했다. 이어 갑자기 손수건을 꺼내 눈물을 닦았다. 윤상이 그 모습을 보고는 먼저 무릎을 꿇으며 울면서 말했다.

"폐하께서 인간적으로 형제애를 이토록 중요하게 생각하시니, 바위라도 감동하겠사옵니다! 이제 군신간의 구분은 정해졌사옵니다. 저희들은 폐하의 성훈聖訓을 고이 받들어 신하로서의 신도臣道를 확실히 지키겠사옵니다. 폐하와 더불어 천하를 잘 다스려 선제의 영혼을 위로하고 폐하의 성은에 깊이 보답하겠사옵니다!"

윤상에 이어 열일곱째 윤례도 무릎을 꿇었다. 그러자 나머지 황자들도 줄줄이 뒤를 따랐다. 신하라는 사실을 인정하겠다는 뜻이었다. 그들은 곧 지축을 울리는 소리로 외쳤다.

"만세!"

윤진이 얼마 후 자리에서 일어나면서 말했다.

"덕분에 좋은 얘기 많이 나눴네. 오늘은 일찍 돌아들 가서 할 일이 있으면 하고 내일부터는 정상적으로 나와야겠어. 짐이 이미 대사면 은조恩詔를 내렸네. 상서방에 일손이 부족해 마제와 조신교趙申喬를 새로 영입하기로 했어. 끝으로 얘기하고자 하는 것은 세 가지야. 하나는 은과恩科 시험을 봐서 인재를 등용하는 것이야. 다른 하나는 짐의 주화鑄貨를 제조해야겠다는 것이네. 이것들은 이전 황제 때에도 있었던 일이니 새삼스러울 것은 없겠어. 마지막으로 형제들이 빚을 진 국고에 대한 것이야. 갚을 능력이 있는 사람은 서둘러 갚도록 하게. 빚을 지고 두 다리 뻗고 잘 수는 없을 테니까! 정 못 갚겠다 싶은 사람들은 정확한 액수와 이유를 들어 밀주密奏 형태로 올려 보내도록 하게. 공과 사는 분명히 해야 하니까. 못 갚는 사람들은 어느 정도의 처벌은 감수해야겠으나 짐도 그대들의 고충을 적극 보듬어 안는 노력은 할 것이네. 됐어, 이제 그만 물러가게!"

황자들은 윤진의 서슬에 아무 말도 하지 못하고 조용히 자리를 떴다. 그러나 윤상은 마지막까지 남아서 윤진과 한참 대화를 더 나눈 뒤에야 물러났다. 그러다 10여 명의 태감들과 함께 한아름씩 서류뭉치를 안고 양심전으로 들어서는 융과다를 발견하고는 잠시 멈춰 섰다. 이어 웃으면서 말했다.

"융과다, 이제부터 본격적으로 시작하는 건가?"

융과다가 예의를 갖춰 인사를 올렸다.

"폐하께서 부탁하신 서류들입니다. 오늘 저녁 열세 명의 경관京官들의 집을 압수수색하기로 했사옵니다. 미리 재산을 빼돌리지 않을까 싶어 방금 순방아문의 병력을 집집마다 물샐틈없이 포진시켜 놓고 왔습니다. 혹 무슨 일이 있으면 열셋째마마에게 보고를 올리고 지시에 따르라고 하셨사옵니다. 열셋째마마께서는 댁에 계실 겁니까, 아니면 상서방에 계실 겁니까?"

윤상이 웃으면서 대답했다.

"폐하께서 내게도 압수수색할 관리들의 명단을 주셨네. 나는 옹화궁 아니면 여기에 있을 거야. 폐하의 지의에 따라 움직이는데, 나에게 달리 보고할 사항이 있겠어?"

윤상은 말을 마치자마자 바로 자리를 떴다. 그리고는 부랴부랴 옹화궁에 도착했다. 이어 말에서 내리자마자 오사도를 찾기 위해 휑한 뜨락을 거쳐 풍만정으로 향했다.

이미 유시酉時 정각이었다. 날도 완전히 어두워진 뒤였다. 윤상이 한 걸음에 안으로 들어가서는 묵묵히 책을 정리하고 있는 오사도를 보면서 웃음 띤 어조로 말했다.

"오 대인에게 희소식을 전해주려고 왔는데……. 이런 자질구레한 일은 아랫사람들을 불러서 하지 그래?"

오사도가 널뛰는 촛불 아래에서 천천히 고개를 돌리더니 윤상에게 의자를 권하면서 말했다.

"폐하께서 오늘 저녁에 다녀가신다고 하시기에 하인들은 술상을 보러 나가고 없습니다. 열셋째마마께서 이렇게 일찍 오실 줄은 몰랐습니다. 그런데 희소식이라니, 그게 무슨 말씀이십니까?"

"오늘 저녁 당봉은의 집을 치기로 했거든. 대장부로서 은혜에 보답하고 원수를 갚는 일만큼 통쾌한 일이 또 있겠어? 왜 그 무슨 봉이라고 하는 당봉은의 마누라도 있지 않은가? 융과다한테 얘기해서 그것들을 모조리 잡아다 오 대인 집에서 하인으로 부릴 수 있도록 해줄게!"

윤상이 오사도의 질문에 만면에 웃음을 머금으면서 말했다. 하지만 오사도는 그리 기분이 좋지는 않은지 응답을 하지 않았다. 그저 손난로를 안은 채 멍하니 넋이 나가 있는 표정을 지었다. 한참 후에야 그가 입을 열었다.

"폐하께서 즉위 초에 우레 같은 기세로 정치적인 쇄신에 앞장서고 탐관오리들의 부정축재 재산 환수에 발 벗고 나서시는 것은 정말 대단히 기쁜 일이 아닐 수 없습니다. 그러나 사적으로는 다른 사람들이 우는데 박수치고 좋아할 기분은 아닙니다."

윤상이 오사도의 속마음을 알겠다는 듯 너털웃음을 터트리면서 다시 입을 열었다.

"오 대인은 정말 자기보다 앞서 세상 걱정부터 하는 사람이군! 그러면 이건 어떤가? 아까 양심전에서 폐하께서 '오 선생은 진짜 보기 드문 재상 재목이야. 그런데 이렇다 할 직함이 없어서 아쉬워. 그러니 이번에 은과 시험을 보게 해야겠어. 떳떳한 명분으로 그 사람을 한림원에 특채시키는 거지!'라고 말씀하시더군. 한림원에서 어느 정도 있으면 종착역은 상서방이 될 것이라고도 하셨어. 이보다 더한 희소식이 있을까?"

그러나 오사도의 표정은 계속 무덤덤했다. 얼마 후 그가 괴이한 웃음을 지으면서 입을 열었다.

"그렇다고 봐야겠습니다만……, 그런데 사실은 열셋째마마의 표정이 보기 드물게 밝으신 것을 보니 열셋째마마에게야말로 진짜 기쁜 일이 있는 것 같습니다."

"역시 귀신이네. 폐하께서 올 원단에 나를 친왕에 봉해주실 거라고 하셨어. 게다가 그 자리는 영원히 세습될 거라고 하시더군! 나는 친왕에 봉해진다는 사실보다 세습된다는 것이 더 소중하게 여겨져!"

윤상이 싱글벙글한 얼굴을 한 채 말했다. 순간 오사도의 눈빛이 빛났다. 그러나 곧 다시 표정이 심드렁해졌다. 얼마 후 그가 천천히 입을 열었다.

"자손 대대로 세습할 수 있다 해서 철모자왕鐵帽子王이라고들 하죠. 아무튼 축하드립니다! 그러면 이제 친왕만 아홉 분이네요."

"오 대인, 오늘 뭘 잘못 먹었나? 왜 시큰둥해서 그러나?"

오사도가 윤상의 농담 섞인 말에 갑자기 깊은 한숨을 토해냈다. 그리고는 찻잔 하나를 윤상에게 밀어줬다. 영 표정이 밝지 않았다. 오사도는 윤상의 의아한 눈길을 마주하면서 쓸쓸한 웃음을 지으면서 말했다.

"생각해보니 제가 열셋째마마를 뵌 세월도 어언 십오 년이나 됩니다. 저는 그동안 너무나도 인간적이고 의로운 열셋째마마의 인간성에 흠뻑 매료되었습니다. 그렇기에 오늘은 목이 날아갈지도 모르는 위험을 감수하고 열셋째마마께 올리고 싶은 말이 있습니다. 말씀드려도 되는지 모르겠습니다?"

오사도는 시종일관 심각하기만 했다. 그제야 윤상은 놀라며 이미 식어버린 찻잔을 움켜쥐었다. 이어 오사도를 뚫어져라 바라봤다.

"열셋째마마께서는 그 철모자왕의 자리를 사력을 다해 거절하셔야 합니다. 그래야 평생을 두 다리 뻗고 편안하게 사실 수 있습니다. 지금의 황제 폐하께서는 승냥이 목소리에 이리의 눈빛을 가지신 분이십니다. 또 독수리의 눈에 원숭이의 청각을 지니신 분이기도 하죠. 그래서 음덕陰德하고 난폭亂暴하신 효웅梟雄 군주로 명성을 날리게 될 것입니다⋯⋯."

오사도가 자신의 말에 스스로도 한기를 느낀 듯 흠칫 떨면서 낮고 무거운 목소리로 말했다. 윤상이 눈이 휘둥그레져서 오사도의 말이 이해가 되지 않는다는 듯 고개를 갸웃거렸다.

"전에는 용의 자태에 호랑이의 발걸음이라고 했던 것 같은데⋯⋯?"

"그렇습니다. 하지만 그것은 넷째마마로 계실 때입니다. 자신감이 별로 없었던 시기였습니다. 초야의 사람들과 사귈 때는 즐거움을 나누기가 쉽습니다. 그러나 천자와 같이 하는 세월은 다릅니다. 환난을 같이 하기는 쉬워도 즐거움을 공유하기는 어려운 겁니다."

오사도의 목소리가 차갑게 떨렸다. 윤상의 목소리 역시 어느새 흔들리기 시작했다.

"그 말은 도저히 믿을 수가 없어! 오늘도 넷째 형님은 절대 토사구 팽 같은 짓은 하지 않을 거라고 강조하신 걸!"

오사도가 다시 한 번 싸늘한 웃음을 지은 채 입을 열었다.

"불과 내일이면 제 말이 불행하게도 적중할 겁니다. 주용성, 묵우, 묵향, 성음과 점간처의 수십 명 심복들은 수년 동안 일편단심으로 넷 째마마의 시중을 들었습니다. 알아서는 안 될 비밀을 너무 많이 알고 있습니다. 그런 이유로 이제 곧⋯⋯."

윤상의 안색은 어느새 하얗게 질리기 시작했다. 입술도 맥없이 실룩 거렸다. 그러나 아무 말도 할 수가 없는 듯했다. 오사도와 윤상의 눈 빛이 흔들리는 촛불 밑에서 조용히 마주쳤다. 밖에서는 언제부터인 가 억울한 원혼이 황량한 숲속을 휘젓고 다니는 것 같은 바람소리가 들려왔다. 순간 두 사람은 약속이나 한 듯 몸을 떨었다.

'주위는 어디나 할 것 없이 얼음이 얼어붙고 쌓인 눈으로 뒤덮여 있 어. 더구나 너무나도 추운 저녁이어서 사람들은 밖으로 다니지도 않 아. 그렇다고 이 옹화궁이 번화하기를 하나! 외곽지대에 외따로 떨어 져 있지. 주인은 전부 떠나간 탓에 휑하기만 하고⋯⋯. 이제 집을 지 키고 있는 사람이라곤 일부 막료와 스님뿐이야. 만약 여기에서 죽어 나간다면 그야말로 쥐도 새도 모르지 않을까? 하늘과 땅만 알겠지!'

윤상은 오사도의 말에 마음이 흔들리면서 자꾸 이상한 생각이 들 자 연신 숨을 들이마셨다. 갑자기 한시라도 빨리 옹화궁에서 탈출하 고 싶은 충동에 사로잡혔다.

"열셋째마마, 그렇다고 그렇게 두려워하실 것은 없습니다. 열셋째 마마께서 날카로운 기상을 꺾고 스스로 고분고분해지신다면 괜찮으 실 겁니다. 폐하께서는 결코 열셋째마마에게까지 공격적이지는 않을 겁니다."

오사도가 너무 분위기를 살벌하게 몰아갔다고 생각한 듯 갑자기 사그라드는 촛불의 심지를 돋웠다. 방 안이 훨씬 밝아지고 분위기가 조금 누그러졌다. 그가 다시 입을 열었다.

"마지막으로 한 가지 부탁드리고 싶은 것이 있습니다. 제가 방금 했던 말은 무슨 일이 있어도 영원히 비밀로 해주셨으면 합니다.《역경》에는 '군주가 비밀을 발설하면 그 나라가 위태로우나 신하가 비밀을 지키지 않으면 그 몸을 다친다'는 말이 있습니다. 저는 나름대로 별 탈 없이 살아갈 자신이 있으니, 제 걱정은 하지 않으셔도 되겠습니다."

"그러면…… 송아지 등은?"

오사도가 윤상의 질문에 눈을 내리깔면서 깊은 한숨을 내쉬었다.

"글쎄요. 알아서는 안 될 것을 너무 많이 알고 있으니 말입니다……."

오사도와 윤상이 연신 한숨을 내쉬고 있을 때였다. 누군가 가까이 다가오는 발자국 소리가 들렸다. 이어 주용성이 껑충껑충 뛰어 들어왔다. 그리고는 부산스럽게 두 손을 비비고 발을 구르면서 웃음 띤 얼굴로 말했다.

"날씨가 이거 왜 이렇게 춥습니까? 누구 얼어죽일 일 있나? 문각 스님이 술상을 준비하러 간 것은 어떻게 됐나요? 폐하께서는 이미 도착하셨는데요!"

윤진이 주용성의 말이 끝나기 무섭게 태감 10여 명에게 둘러싸인 채 들어섰다. 오사도는 황급히 일어서서 그를 맞이하려고 했다. 그러자 윤진은 그를 눌러 앉히면서 허허 하고 웃었다.

"변한 것은 아무것도 없네. 자네는 여전히 자네이고 나 역시 예전의 모습 그대로의 나야. 괜히 거리감 생기게 굴지 말게. 오늘 저녁 이 자리가 참 소중한 것 같네. 내일부터는 바쁜 일상이 시작될 테니 말이야. 그런데 왜 촛불을 하나밖에 켜지 않았나? 우리 여기에서 이럴 것이 아니라 서재에 가서 술이나 마시면서 얘기를 나누자고."

태감들은 방이 어둡다는 윤진의 말이 떨어지자마자 바로 촛불 대여섯 개를 가져와서는 서둘러 불을 붙였다. 윤상은 멍하니 앉은 채 그런 태감들의 서두르는 모습과 윤진의 격의 없는 미소를 뜯어봤다. 웬일인지 한없이 서글픈 마음이 밀려왔다.

"폐하! 신이 밀주를 올릴 일이 있사옵니다."

오사도는 윤진이 눌러 앉혔음에도 불구하고 고집을 부리면서 무릎을 꿇은 채 대례를 올리고는 입을 열었다. 윤진이 무슨 일인가 하는 표정으로 윤상을 바라보더니 침착하게 말했다.

"그렇다면……. 열셋째, 자네는 먼저 건너가 문각, 성음 스님들과 얘기를 나누면서 기다리게. 나하고 오 선생은 조금 있다 갈 테니."

윤상이 지체 없이 명령대로 태감들을 데리고 물러났다. 그러자 윤진이 바로 다그쳐 물었다.

"열셋째가 와서 무슨 말을 했기에 그대 안색이 이다지도 좋지 않은가! 일어나 앉아 천천히 말해보게."

"열셋째마마께서는 희소식이라면서 폐하께서 신을 중용하실 것이라고 말했사옵니다. 그게 사실이라면 신은 폐하를 독대할 수 있는 지금 정중하게 사절하고자 하옵니다."

오사도의 전혀 의외의 말에 윤진이 말없이 일어나 창가로 걸어갔다. 이어 칠흑 같은 어둠을 마주한 채 한참 후에야 입을 열었다.

"이유가 뭔가?"

오사도가 윤진의 뒷모습을 똑바로 바라보면서 천천히 아뢰었다.

"신에게는 결코 나설 수 없는 세 가지 이유가 있사옵니다."

윤진의 얼굴에는 어느새 두꺼운 얼음장 같은 것이 깔려 있었다. 그러나 오사도를 일부러 외면하지는 않았다.

"첫째, 신은 말 그대로 육신이 온전치 않은 장애인이옵니다."

오사도가 말을 마치고는 천천히 윤진을 바라봤다. 거침없는 눈빛에는 추호의 두려움도 보이지 않았다. 그가 덧붙였다.

"나라에서 인재를 등용하고 관리를 뽑을 때는 나름대로의 원칙이 있사옵니다. 더구나 대청은 국운이 번창한 대국으로, 일월에 비견될 만큼 휘황한 업적을 쌓을 인재들이 넘쳐나고 있습니다. 신은 옹친왕 부에서 십 몇 년 동안이나 있었사옵니다. 아마도 중외中外의 인사들 중에 신의 존재를 모르는 사람은 거의 없을 것이옵니다. 그런데 장애인에 지나지 않는 이런 몸으로 등용되어 높은 자리에 앉는다면 폐하께서는 공과 사를 분명히 하지 못한다는 오명을 쓰게 될 것이 확실하옵니다. 거룩하신 성덕에 타격을 입으실 것이옵니다."

오사도는 내친김에 하려던 말을 모조리 다하려고 작정한 듯했다. 그러나 윤진의 얼굴에서는 달리 반응을 찾아볼 수가 없었다.

"신은 과거에 죄를 지은 몸이옵니다. 이것이 두 번째로 신이 폐하의 은혜를 받아들일 수 없는 이유이옵니다. 신은 강희 삼십육 년에 오백 명의 거인들을 데리고 과거시험장인 공원貢院을 쑥대밭으로 만들어 놓은 적이 있사옵니다. 조야朝野를 떠들썩하게 했던 그 사건의 주동자로 수년 동안 수배도 받았사옵니다. 그러다 선제의 사면에 힘입어 자유의 몸이 될 수 있었사옵니다. 선제의 성은에 보답하지는 못할망정 불신不臣과 불효不孝를 저지를 수는 없사옵니다."

윤진이 침착하게 말을 이어나가는 오사도를 바라보면서 자리에 앉았다. 이어 두 손을 무릎 위에 올려놓은 채 사색에 잠긴 얼굴로 말했다.

"참으로 애석하군."

"마지막 이유를 들겠사옵니다. 신은 폐하를 따르는 지난 십몇 년 동안 그나마 변치 않은 지혜의 우물을 거의 다 고갈시켰사옵니다. 또 폐하를 위해서라면 온몸의 피가 다 마르는 한이 있더라도 두렵지 않을 만큼 최선을 다해온 것도 사실이옵니다. 아무리 남아돌아가는 자원이라도 언젠가는 고갈되기 마련이옵니다. 신은 이제 단물은 없고 거무죽죽한 가죽밖에 남지 않은 헛것이옵니다. 어찌 폐하의 기대에 부응할 수가 있겠사옵니까? 폐하께서 진정 이 오사도의 충성심을 높이 사신다면 신을 산 속으로 돌려보내주시옵소서! 신은 폐하의 홍복을 끝까지 흠뻑 입으면서 영명하신 폐하의 명철한 신하로 영원히 남고 싶사옵니다. 만약 폐하께서 이런 마음을 받아주시지 못하시겠다면 신은 오늘 저녁 극약을 삼키고서라도 유종의 미를 거두고자 하옵니다!"

오사도의 말은 비감했다. 어느덧 눈에서는 굵은 눈물이 소리 없이 흘러내리고 있었다.

순간 윤진은 그의 뛰어난 지략에 다시 한 번 속으로 경탄하지 않을 수 없었다. 사실 그는 오늘 저녁의 술자리를 자신의 휘하에 있던 막료들과의 최후의 만찬쯤으로 생각하고 있었던 것이다.

그래야 하는 이유는 수없이 많았다. 무엇보다 막료들이 괜히 입을 잘못 놀릴 경우 상황이 심각해질 수 있었다. 심지어 일부가 여덟째 등의 작당에 넘어가기라도 하는 날에는 그렇지 않아도 어수선한 등극 초의 정국이 걷잡을 수 없이 술렁이지 말라는 법이 없었다. 그럴 경우 윤진 자신의 위상은 치명타를 입게 될 수도 있었다. 때문에 오늘 저녁 술자리가 파할 무렵 눈물을 머금고 막료들을 모조리 제거해

버리자는 생각을 하고 있었던 것이다.

그러나 윤진은 오사도의 진실이 엿보이는 고백을 통해 자신의 생각이 너무 지나쳤다는 것을 느꼈다. 오사도는 정치에는 전혀 관심을 보이지 않았을 뿐만 아니라 이제는 초야로 돌아가려고 했다. 죽음을 각오하고 그렇게 하기를 원하고 있는 것이었다.

'이 사람들은 어쨌거나 나와 십 몇 년 동안 둘도 없는 지기로 정분을 쌓아왔어. 내가 어둠 속에서 허덕일 때 한 줄기 빛이 되어주고자 혼신을 불태웠던 사람들이기도 하지.'

윤진은 자신의 휘하 사람들에 대한 애틋한 생각이 들자 잠깐의 자책과 더불어 깊은 한숨을 내쉬었다.

"자네 마음은 잘 알 것 같네. 그러면 앞으로 어떻게 하려고 하는가? 무슨 계획이라도 있을 것 아닌가?"

오사도는 윤진이 자신의 의견을 수용해 주는 쪽으로 생각이 바뀌어 간다는 사실을 직감적으로 느꼈다. 긴장이 풀리며 참았던 안도의 숨이 터져 나오고 있었다. 그가 잠깐 생각을 정리하는 듯하더니 입을 열었다.

"폐하께서는 옹화궁이 이제 행궁이 될 거라는 말씀을 하신 적이 있사옵니다. 신은 그 이튿날로 기반가棋盤街에 방을 하나 구해놓았사옵니다. 폐하께서 흔쾌히 허락해주시는 것에 정말 깊이 감사를 드리옵니다. 가능하면 오늘 저녁 중으로 옮길까 하옵니다. 신은 요즘 들어 기관지가 부쩍 부실해져 술은 입에도 댈 수가 없사옵니다. 그곳에 며칠 머무르다 조금 좋아지는 대로 육로를 통해 고향 무석無錫으로 돌아갈 생각이옵니다. 고향 밥을 못 먹어본 지 이미 이십 년도 더 됐사옵니다."

"알았네. 자네 뜻을 받아들이지."

윤진은 윤상 등이 서재에서 기다릴 것이라는 생각을 한 듯 곧 자리에서 일어났다. 이어 책상으로 다가가서 붓을 들고는 몇 글자 적은 다음 덧붙였다.

"자네를 빈손으로 그냥 보내면 내 마음이 편하지 않을 것 같네. 전에 둘째 형님 빚을 갚기 위해 자네에게 빌렸던 은 칠십만 냥을 이참에 돌려줄까 하네. 내일 중으로 윤상을 보내 자네에게 썩 괜찮은 지방관 하나를 소개시켜 줄 테니 고향에 돌아가 한가하게 여생을 보내게. 그래야 짐이 순시를 떠날 때 그곳에 들를 명분을 만들어 자네를 만나보지."

"성은이 망극하옵니다! 신은 분골쇄신하는 한이 있더라도 폐하께서 베푸신 은혜의 만분의 일도 갚지 못할 것이옵니다!"

"그런 말은 하지 말게."

윤진이 황급히 손사래를 쳤다. 이어 태감을 불러 지시를 내렸다.

"짐의 수유를 가지고 가서 수레로 오 어른을 기반가까지 모셔다 드려. 짐을 잘 챙겨드리고, 돌아와서 보고하도록 하게!"

"예, 폐하!"

태감이 우렁차게 대답했다. 이어 오사도를 부축해 일으켜 세웠다.

오사도는 그날 저녁 기반가에 있는 객잔에 짐을 풀었다. 그가 오래전에 옮겨오기로 하고 미리 대금을 치른 곳이었다. 객점 주인은 처음에는 그가 별 볼 일 없는 사람인 줄 알고 있었다. 그의 겉모습은 영락없는 장애인이었으니 그럴 만도 했다. 하지만 오늘 저녁 태감이 직접 바래다주는 모습을 보고는 태도가 완전히 달라졌다. 그야말로 온갖 시중을 다 들며 극진히 대접했다.

그는 방 안에 홀로 앉아 있자 마음이 무척이나 편치 않았다. 자꾸만 욕심이 생겼던 것이다. 사실 그는 옹친왕부를 떠나는 순간 모든 것을 깡그리 잊고 홀가분하게 고향으로 돌아가려고 했다. 하지만 지나간 기억의 편린들이 누르면 누를수록 튕겨 오르듯 떠올라서는 그를 괴롭혔다.

'강희 사십육 년, 그때 나는 사내대장부로 태어나 한바탕 떠들썩하게 뭔가를 해보려고 상경했었지. 이후 꼭 십오 년이 흘렀어. 그런데 여전히 혼자가 돼 떠돌아다니는 신세가 됐어. 모든 것이 허무한 꿈만 같구나!'

오사도는 그런 생각을 한 채 옷을 베개 삼아 베고 누웠다. 그러나 잠은 오지 않았다. 마음이 번잡한 데다 펄펄 끓어오르는 구들장 때문에 도무지 잠을 청할 수가 없었던 것이다.

결국 그는 얼마 후 자리에서 일어나고 말았다. 그리고는 지팡이를 짚고 문을 열고 나섰다. 차가운 하늘에 달빛이 고요했다. 그가 뜨락에서 거닐다 한기를 느끼고 방으로 막 들어가려고 할 때였다. 담벼락 저쪽에서 여자들의 흐느낌 소리가 들려왔다.

순간 오사도는 놀라서 등골이 오싹해졌다. 황급히 들어와서는 객점 주인에게 물었다.

"밖에서 누군가 우는 것 같네요. 혹시 아는 사람이오?"

"오갈 데 없는 여자 둘인 것 같아요! 어르신이 여기를 전부 세내셨지 않습니까. 그런데도 저 여자들이 청승을 떨면서 꼭 여기서 묵어야겠다고 하지 뭐예요? 그래서 끝까지 안 된다고 했더니……, 저 지랄을 하고 자빠져 있네요."

객점 주인이 대수롭지 않다는 얼굴로 말했다. 오사도가 잠시 고개를 갸웃거리면서 생각하더니 바로 입을 열었다.

"날씨도 추운데 사람 얼려죽일 일 있어요? 들여보내요!"

객점 주인은 오사도를 여자깨나 밝히는 호색한쯤으로 생각한 듯 이상야릇한 웃음을 지어보이면서 밖으로 나갔다. 곧이어 추위에 얼어붙은 여자들을 데리고 들어왔다.

오사도는 대수롭지 않은 표정으로 여자들에게 얼핏 눈길을 줬다. 일행은 열댓 살쯤 되어 보이는 사내까지 모두 셋이었다. 그가 고개도 들지 않은 채 말했다.

"여기 화롯불 가까이로 오게들! 먼저 불을 쬐고 있다가 방 청소가 끝나면 올라가면 되겠군."

세 사람은 오사도의 말이 끝나자마자 다가왔다. 이어 다짜고짜 무릎을 꿇었다.

"아니! 혹시 자네……? 이게 누구야!"

오사도는 말을 하다 말고 그만 깜짝 놀라고 말았다. 얼굴에 눈물이 그렁그렁한 두 여자는 바로 김채봉과 난초였다. 세상에 어떻게 이럴 수가! 오사도는 경악을 감추지 못하고 눈이 튀어나올 것만 같았다.

한참 후에야 그가 말문이 막힌 채 흐느끼고 있는 여자들을 향해 입을 열었다.

"난초! 자네는 이미……."

"저는 죽지 않았어요."

난초가 눈물 가득한 얼굴을 들며 말했다.

"그자들이 오 선생님에게 마수를 뻗칠 명분을 만들어내느라 제가 죽었다고 거짓말을 꾸며낸 거예요……."

오사도가 이번에는 시선을 김채봉에게로 옮겼다. 이어 한참을 뚫어지게 바라본 다음 한숨을 내쉬면서 말했다.

"자네 집이 압수수색을 당한다는 사실은 알고 있었네……."

오사도는 더 이상 말을 잇지 못했다. 그저 억장이 무너지는 듯 멍하니 앉아 있기만 했다. 그때 사내아이가 큰 소리로 외치듯 말했다.

"외삼촌! 저의 엄마를 미워하지 마세요! 저의 엄마가 외할머니한 테 비밀을 빼돌리지 않았더라면 외삼촌은 지금쯤 이 세상에 계시지 도 못했을 거예요!"

난초는 사내아이의 말이 끝나기 무섭게 그날 저녁 오사도에게 매달 렸던 사실을 떠올렸다. 순간 그녀의 얼굴이 눈에 띄게 붉어졌다. 김채 봉이 그런 그녀를 힐끗 쳐다보더니 입을 열었다.

"죄는 지은 대로 간다고 하지. 나는 너를 버린 죗값을 톡톡히 받 나 봐. 이제는 더 이상 바라는 것도 없고 미련도 없어. 우리 둘은 삭 발하고 절로 들어가기로 했는데, 아직 어린 이 아이를 어떻게 하나 싶어서……"

김채봉이 가슴이 미어지는지 말을 다 마치지도 못한 채 길게 울음 을 터뜨렸다. 오사도가 깊은 한숨을 토해냈다.

"난 억울함에도 미움에도 초연해진 지 오래 됐어. 그동안 살면서 겪은 은원恩怨이 하도 많아 웬만한 것은 기억도 잘 안 나……. 나 는 비록 출가하지는 않았으나 출가승이나 다름없어. 수행다운 수행 은 하지 않지만 진정한 수행길에 올라 있다고도 할 수 있지. 그러니 그 길을 택하지 말고 나를 따라 나서라고. 밥을 굶기지는 않을 테니 까……"

김채봉 일행 셋은 방 안에 눕자마자 깊은 잠에 곯아떨어졌다. 그러 나 오사도는 그럴 수가 없었다. 나중에는 아예 자리를 털고 일어나 앉고 말았다. 이어 촛불을 끄고 창가에 앉았다. 고요한 월색月色이 한 줌 부드럽게 새어 들어오고 있었다. 마치 잠을 이루지 못하는 그를 보듬어주면서 위로하는 것 같았다.

그 순간 멀리서 대포소리가 세 번 울려 퍼졌다. 자시子時를 알리는 소리였다. 오사도는 차가운 하늘에 점점이 박혀 있는 별들을 하염없이 바라보면서 내일을 상상했다. 그러나 내일을 상상하고 말 것도 없었다. 그는 바로 새로 등극한 옹정 황제를 너무나도 잘 아는 오사도라는 사람이었으니까.

〈1부 「구왕탈적」 끝. 2부 5권에 계속〉